闽南文化丛书

闽南宗族社会

总主编 陈支平 徐 泓
主 编 郭志超 林瑶棋

福建人民出版社

总　序

　　在社会各界的关心支持下,《闽南文化丛书》终于与读者见面了。我们之所以组织撰写这套丛书,主要基于以下的三点学术思考。

　　一、闽南文化是中华文化的一个重要组成部分,同时又是中华文化中的一个极具鲜明特色的地域文化。闽南文化的形成及其发展,是经过了漫长的历史演变与文化磨合,以及东南沿海地带独特的地理环境等多种因素逐渐造就的。中华文化的核心价值培育了闽南文化,而深具地域特色的闽南文化又使得中华文化的整体性显得更加丰富多彩。当今,区域文化研究已经成为世界性的一个学术热点,从中华文化整体性的角度来考察区域文化,闽南文化的研究理应引起学术界的高度重视。

　　二、闽南文化是一种二元结构的文化结合体。这种二元文化结合体既向往追寻中华的核心主流文化,又在某种程度上顽固地保持边陲文化的变异体态;既依归中华民族大一统政治文化体制并积极为之作出贡献,又不时地超越传统与现实的规范与约束;既有步人之后的自卑心理,又有强烈的自我表现和自我欣赏的意识;既力图在边陲区域传承和固守中华文化早期的核心价值观念,却又在潜移默化之中造就了诸如乡族组织、帮派仁义式的社会结构。这种二元结构的文化结合体,可以把许多看似相互矛盾、相互排斥的人文因素,有机地磨合和交错在一起。也许正是这种二元文化结合体,在一定程度上滋生了闽南区域文化及其社会经济的持续生命力,从而使得闽南社会及其文化影响区域能够在坚守中华文化核心价值的同时,有所发扬,有所开拓。我们通过对于闽南二元结构文化结合体的研究,应该有助于对于中华文化演化史的宏观审视。

三、闽南文化是一种辐射型的区域文化。从地理概念上说,所谓闽南区域,指的是现在福建南部包括泉州、厦门、漳州所属的各个县市。然而从文化的角度说,闽南文化的概念远远超出了以上的区域。由于面临大海的自然特征与文化特征,使得闽南文化在长期的传承演变历程中,不断地向东南的海洋地带传播。不用说祖国大陆的浙江温州沿海、广东南部沿海、海南沿海,以及祖国的宝岛台湾,深深受到闽南文化的影响,形成了带有变异型的闽南方言社会与乡族社会,即使是在东南亚地区以及海外的许多地区,闽南文化的影响所及,都是不可忽视的社会现实。因此,闽南文化既是地域性的,同时又是带有一定的世界性的。在当今世界一体化的趋势之下,研究闽南文化尤其显得深具意义。

闽南文化的内涵是极为丰富深刻的,其表现形式是多姿多彩的。为了把闽南文化的整体概貌比较完整地呈现给读者,我们把这套丛书分成十四个专题,独立成书。

这十四本书,既是闽南文化不同组成部分的深入剖析,同时又相互联系、有机地成为宏观的整体。我们希望通过这套丛书的出版,一方面对于系统深入地研究闽南文化有所推进,另一方面则更希望人们对于闽南文化乃至中华文化有着更为全面的了解和眷念,让我们的家园文化之情,心心相印。

　　最后,我们要再次对于众多关心和支持本套丛书的写作和出版的社会各界人士,深致衷心的谢意!

陈支平　徐　泓

2007 年 10 月

目　录

绪 论

国家视野中的闽南宗族社会

概念是分析的工具，事实是推理的依据，治史尤重之。尽管一些学者对家族、宗族的混用不以为然，其实这是研究宗族社会的障碍。

何谓宗族？这必须与家庭、家族概念的说明相系而别分。家庭分为两大类：核心家庭和扩展家庭。核心家庭也叫小家庭，指一对夫妻及其未婚子女所组成的家庭。扩展家庭也称扩大家庭，一般分为两个类型：主干家庭，包括一对夫妻及其子女和夫的父母；联合家庭，包括一对夫妻及诸子、甚至诸孙的生育之家。这里指的是父系继嗣家庭。家族是家庭的扩展，宗族是家族的扩展。[①] 按照中国历时两三千年的观念，同一高祖的血缘群体称为家族，也叫"五服之亲"或"五属之亲"。高祖以上某代祖之下的血缘群体称为宗族。[②] 以英语而言，family 包括中国的家庭和家族，lineage 指宗族，这是英汉翻译的一般定式。作为汉英翻

---

① 参见郑杭生：《社会学概论新编》，中国人民大学出版社，1989年，第 73 页。

② 杜正胜：《传统家族试论》，见《家族与社会》，中国大百科全书出版社，2005 年，第 2 页；李卿：《秦汉魏晋南北朝时期家族、宗族关系研究》，上海人民出版社，2005 年，第 26～27 页。

译，宗族的翻译颇有讲究。虽然宗族指同一宗姓的继嗣群体，但只有以明确的世系和制度维系的宗姓继嗣群体才称为 lineage，而世系不清、关系松散的宗姓继嗣群体则称为 clan（氏族）。中国大陆自 20 世纪 50 年代起，宗族组织瓦解了，而作为宗姓继嗣群体仍然存在，但在严格意义上，只是氏族而非宗族。当然，若不涉及翻译问题的中文表述，仍可称为宗族，就好像对于明清以前世系不清、关系松散的宗姓继嗣群体，也称为宗族一样。但在必要时，可加限定性的语词，如对当下中国大陆的宗族可称为"残缺性宗族"。

与宗族有关的概念还有"乡族"一词。乡族之谓，常见于明清福建志书。傅衣凌先生指出："中国的聚落形态……有的为一村一姓的村落，也有一村多姓的村落，他们构成为相当牢固的自给自足的乡族组织，用家族同产制或乡族共有制度等形式，占有大量土地……在这些村庄之中，乡族关系成为他们结合的纽带。"① 这里，傅衣凌的乡族看起来既可以指单姓家族，也可以指多姓家族。但"家族同产制或乡族共有制度"一语则说明家族别于乡族。据"在这些村庄之中，乡族关系成为他们结合的纽带"一语，可知：乡族关系即建立在地缘关系上的几个家族的联合体。傅衣凌先生在这段阐述后，以江西弋阳西乡的族际关系为例来说明乡族特征。总之，傅先生所称的乡族即以地缘关系结合起来的复数家族。根据文义和举例，其"家族"实则为宗族。

宗族除了地缘性的聚居宗族外，还有若干个异地宗族组合的超地缘的大宗族。除了血缘性宗族外，还有同姓整合而成的虚拟性宗族（或称契约性宗族）。

---

① 傅衣凌：《论乡族势力对于中国封建经济的干涉》，《厦门大学学报》1961 年第 3 期。

　　宗族制度是中国文化的根基之一，具有十分悠久的传统，考察其历史脉络，大致可以分为三个大的发展阶段：春秋以前的宗法式家族制度，魏晋至唐代的世家大族式宗族制度，明代后期至清代、民国的祠堂宗族制度。从明朝后期开始逐渐普见于民间的以祠堂为标志的宗族，是本书的考察对象。血缘性的聚族而居，早在原始社会就已经开始。然而，只是同一宗姓的聚族而居，远不是明后期才出现的组织化和制度化的宗族。明后期以后的组织化和制度化宗族，以祠堂、族产、谱牒为三大标志。其中，祠堂是首要和根本的特征。如果没有以肇始祖为统领的祖先之祀，就无敬宗收族之功能，并且，祠堂是明后期以后新型宗族在组织、制度和管理上的精神凝聚和物质体现，因此，祠堂成为考察宗族形态的聚焦点，其形制、内涵成为鉴别是否是新型宗族的试金石。以始祖之祭为特质的祠堂所表征的宗族，有些学者称为"明清时期家族组织"①、"近世家族"②、"近代封建家族"或"族权式家族"③。鉴于在所谓"近代封建家族"之前没有宗族性祠堂，这种祠堂是明后期出现的新型宗族别于此前宗族形态的分水岭，因此本书将明代后期开始逐渐普见的新型宗族，称为"祠堂宗族"。因而，祠堂成为考察宗族最重要的切入口。

　　从商代，特别是周代开始，即有宗庙之祀，但那是天子、王侯、士大夫的特权。所祀之祖，王侯，不过五代；士大夫，仅三代。这种"礼不下庶人"的规定，一直延续到唐代。唐末杜佑编撰的《通典》有一半的篇幅详述唐和唐以前历代礼制的沿革。

---

　　①　郑振满：《明清福建家族组织与社会变迁》，湖南教育出版社，1992年。

　　②　杨志刚：《中国礼仪制度研究》，华东师范大学出版社，2001年，第350页。

　　③　徐扬杰：《宋明家族制度史论》，中华书局，1995年，第91页。

《通典》卷四十八的"诸侯、大夫、士宗庙"条下，注明"庶人祭寝"。所谓"庶人祭寝"，即平民祭祀祖先之所，只限于寝室。宋代，随着士族在唐末五代社会动乱中灰飞烟灭，随着商品经济发展所触发的社会阶层的流动，"礼不下庶人"的官、民界线开始松动。南宋大儒朱熹从哲学的高度阐述理学思想体系，并且将之运用于民间宗族文化的创制。他认为：聚之以族，约之以礼，族睦而国泰。民间文化与国家政治贯通圆融，这就是朱熹的文化－政治图式。朱子学既高度理论化又可具体应用，他对基层社会的礼制设计细致繁复。他提出：君子应在家居之东营建祠堂，而庶民之家也要设祠堂，但只是祭于寝室的神主龛。历来奉祀祖先之所称家庙，唯有一定等级的品官才有这一权力。朱熹不提家庙而谈祠堂，意在不与礼制名目过招，以致有僭越违制嫌疑，而是另辟蹊径，以"祠堂"说事。并且，不涉官民分野，而道之以"君子"。值得注意的是，尽管祠堂神龛只奉四代神主，但"冬至则祭始祖"。[①] 朱熹继承了二程的思想，他周详设计的祠堂，常祭时是家族祠堂，冬至、立春的时祭就变为宗族祠堂。也就是说，这种奉四世神主的家族祠堂蕴含着宗族祠堂的因素。这些看似平凡的设计，却是祭祖的礼制改革起于青萍之末的蓄势旋风。尽管其最终目的在于维护封建国家的统治，但古代中国判若云泥的封建等级礼仪制度在朱熹的思想世界被颠覆了。

朱熹的理念和举措与重视民间基层组织和教化的明王朝结合，成为明代国家意识形态的主导，并延续至清代。明洪武三年（1370 年）礼书修成，朱元璋赐名《大明集礼》。其中的祠堂制度深受朱熹《家礼》中祠堂之制的影响，规定：品官可建祠堂，

---

① 朱熹《家礼》卷一《祠堂》曰："君子将营宫室，先立祠堂于正寝之东"，"为四龛以奉先世神主"。

祀四代祖先；庶民祀二代祖先于寝室，后来改为可祀三代祖先。

嘉靖朝开始放宽官民祭祖的规定。嘉靖十五年（1536 年）礼部尚书夏言上疏建议世宗皇帝允许臣民祭始祖，促成"诏天下臣民祭始祖"①。尽管该诏令允许官民祭始祖不是设木主常祭而是冬至日临时设祭，却引发了更重要的变化。依照新行礼制，冬至日祭始祖，祭时品官在家庙临时设立始祖纸质牌位。品官一旦可以在家庙祭始祖，那么其原本只祭四代的家族性家庙，就开始向宗族祠堂转变。而民间得祭始祖，宗族联合祭祖便水到渠成。政府对祭祖礼仪的越制并无干预的举动，以至品官家庙的临时设置的始祖纸质牌位就变为木质牌位而成常祭，甚至民间的联宗祭始祖也转向建宗祠祭始祖。这从华南地区宗祠建设的史实可以得到印证。在福建，嘉靖十四年《龙溪县志》卷一《四时土俗》说："（冬至）巨家合族祀始祖"；嘉靖十七年《仙游县志》卷一《风俗·岁时》说："元旦先拜神明以祈一年之福，再谒祠堂致祭祖先"；万历《建阳县志》说："（冬至）是日大族行祭始祖之礼"；崇祯《尤溪县志》卷四《风俗》说："（冬至）会通族子姓以祀其始祖"；嘉靖二十八年《漳平县志》卷四《风俗·节序》说："中元祀祖于家庙，民家颇重之"；崇祯《海澄县志》卷十一《风土志·岁时》说："（冬至）是日巨家祀始祖"。值得注意的是，上引《龙溪县志》所载的"（冬至）巨家合族祀始祖"，既成当地"土俗"，积习成风应已有不短的时日，这说明在祀始祖合法化之前，个别地方已经出现违制祭始祖的新风。尽管嘉靖之前，民间建祠祀始祖已有零星出现，甚至个别地方已成新风，但大量的发生是在嘉靖十五年（1536 年）以后。在这些记载中，

① 许重熙：《宪宗外史续编》（上）卷二，第 176 页，参见常建华：《明代宗族研究》，上海人民出版社，2006 年，第 18 页。

很醒目的字眼是"祀始祖"的"始",而清代方志一般只是说"祀祖",这说明这在明嘉靖记载时系新俗,故而引起关注。

考察了发生于嘉靖朝祭祖礼仪的重要变化后,再来考察谱牒的历史。在中国历史上,至迟在西周,成文的谱牒已经出现。当时各级贵族实行世卿世禄制度,按照血缘关系的亲疏贵贱来分配财产和权力,使贵族世代享受政治和经济特权。这种在宗族内部实行按照血缘关系来分配财产和权力的制度,自然需要有记载这些贵族的世系和血缘亲疏的文献来保证,以免年代久远而发生血缘混乱,导致纷争。这种文献便是谱牒。到了春秋战国时随着宗法制度的崩溃,与之相表里的谱牒也就凋萎。东汉到唐代,随着世家大族式宗族制度的兴起,反映和维系这种宗族制度的谱牒再次兴起。"魏以降……谱牒特盛。迄于李唐,犹相崇重"①。清人朱次琦概述更周:"世禄废,宗法亡,谱学乃旷绝不可考。汉兴,天子奋于草茅,将相出于屠牧,率罔知本系所由来。魏晋至唐,仕宦重门阀,百家之谱上于吏部。维时官之选举必稽簿状,家之婚姻必等门第,而谱学复兴。"② 上述的这类谱牒,皆为官修或私修官认。自魏晋至隋唐,朝廷都设有图谱局,设官修藏。唐末五代,门阀制度彻底崩溃以后,谱牒随之衰绝。精于谱学的苏洵说:"盖自唐衰,谱牒废绝。"③ 应当指出,与这种官修或官管的谱牒主流并行的,还有魏晋以后谱牒私修的细流。④ 宋以后,经过理学家的倡导,谱学有所恢复,但谱牒内容甚为简约。到了明后期,当一种新型宗族组织,即以祠堂、族田、族谱为特征的组

① 归有光:《龙游翁氏宗谱序》,见《震川先生集》卷二。
② 同治《南海九江朱氏家谱》卷首朱次琦序。
③ 苏洵:《苏氏族谱·谱例》,见《嘉祐集》卷十三。
④ 参见常建华:《宗族志》,上海人民出版社,1998年,第236页。

织化宗族逐渐形成和发展起来以后，没有贵贱畛域的谱牒私修也随之逐步发展和完善起来。

一些学者将这种新型宗族的上限定为宋代，[①] 这是不准确的，因为即使到了南宋，这种新型宗族仍相当罕见，仅仅是露出苗头而已。就是在明代早中期，除了极个别的地方，这种新型宗族也非常少见。然而，后世编修的族谱往往将后来才修建的宗族祠堂投影于早年的家族性家庙，造成宋元时期已有不少宗族祠堂的假象。在此，以晋江闻名遐迩的庄氏宗族为例来说明这一问题。《青阳庄氏族谱》载："三世庄圭复……始立祠堂，以奉宗先，创祭田以敦时祀。"[②] 从青阳庄氏族谱关于祭田的陈述来看，似乎庄氏在元代已形成祠堂宗族。其实不然。元代青阳庄氏第三世始建家族祠堂，设祭田以祀先，祠堂匾称永思堂。嘉靖九年（1530 年），才建宗族性的祠堂即"庄氏家庙"于青阳山下。[③] 此前庄姓并没有宗祠，三世庄惠龙所属的房分也没有房祠，以致庄惠龙所置的蒸尝田在"族蕃"后，后裔"共分其地"。[④]

经眼过数百部族谱的陈支平先生发现，福建族谱修于明代的

---

① 例如，徐扬杰《宋明家族制度史论》（第 423 页）说："从宋以后，经过封建理学家们的提倡和朝廷、官府的扶植，以及地主阶级敬宗收族的实践，一种区别于世家大族式的新的家族制度，即以祠堂、家谱和族田为特征的近代家族制度，逐步形成和发展起来。"又如，李卿《秦汉魏晋南北朝时期家族、宗族关系研究》（第 235 页）说："秦汉魏晋南北朝时期宗族合族进行祭祀的活动很罕见……宋以后发展起来的祠堂、族产、族规等标志宗族组织的主要特征此时皆不具备。"

② 见苏黎明：《泉州家族文化》，中国言实出版社，2002 年，第 130 页。

③ 粘良图：《晋台祠堂及姓氏源流·庄氏家庙》，厦门大学出版社，2007 年。

④ 同②。

少见，若有，便是嘉靖、万历年以后的。① 即使明代早中期，乃至宋元修了一些谱牒，但可以明确判断，这些谱牒多是"家族"谱而非"宗族"谱。宗族谱牒修纂的普遍化趋势出现在嘉靖以后，这与宗族祠堂始建的年代相同。而明代广泛推行乡约，也是始于嘉靖。甚至，针对宗族的规约也几乎是出现在嘉靖以后。如此不谋而合，必有深蕴其中的缘由。那么，乡约的推行与宗族祠堂的产生有何共因或因果联系？

明中期，土地兼并急剧发展，而掌握特权的大土地所有者通过隐漏等手法逃避赋税，使得自洪武迄弘治百四十年，天下额田（税田）已减大半。国家赋税并没减少，所漏赋税转嫁给广大农民。一次次规模甚大的农民起义风起云涌于明中期，正是民不聊生的必然结果。如何强化基层的统治，成为封建统治者亟待解决的问题。宋明理学的心学学派代表人物王阳明首先站了出来。

明正德五年（1510 年），王阳明在任江西吉安府庐陵知县时，就进行过乡约试验。正德十二年，他巡抚南赣，实行"十家牌法"保甲制，兼行劝谕教化。正德十三年王阳明推行《南赣乡约》，内容包括乡约的组织（约长、约副、约史、约赞）、乡约所要解决的社会问题（应赋役、不通贼、倡良俗、息争讼）以及每月逢十五日的约会仪式。乡约推行后，地方安靖。区域性推行的《南赣乡约》，正是后来嘉靖朝全面推行乡约的先导。

早在明初，明王朝就确立朱子理学在意识形态的统治地位。朱子学说的重要特点，不仅有哲学高度而且有细致入微的应用举措，其处江湖之远的"修身齐家"，意在居庙堂之高的"治国平天下"。正因为如此，学识精深的朱熹对北宋熙宁九年（1076

---

① 当然，嘉靖年之前，修谱已有一定的数量，但嘉靖、万历年以后，修谱量显著增加，在历史的浪卷沙淘过程中，唯有较多的量才可能幸存一些。

年）陕西蓝田吕大均兄弟制定的旨在德治教化的《吕氏乡约》十分看重，并加以增损。这种敦同族之亲、美天下之俗的基层教化，通过朱子学嫡传宋濂的传达，深得洪武帝的青睐。洪武朝以里甲、老人作为乡村基层管理的基本骨干。老人除了理乡里诉讼，还司教化。教化的范本是《教民榜文》。也可以说，明初就开始了推行类似乡约的乡村教化和自治，但其组织化程度较低。据明后期至清初有关官员和学者的回顾和反思的言论可知，明初类似乡约的实行并没有持之以恒，宣德以后，民间的申明、旌表二亭形同虚设，"小事不由里老则赴上司"，"粮长包揽词讼……惟老人则名存而实亡矣"。①

应当指出，早在自嘉靖八年（1529 年）开始由国家策动的乡约推行之前，甚至在王阳明施行《南赣乡约》之前，已出现由地方官员指导实施或民间自发的乡约实践。正统三年（1438 年）广东潮州知府王源在任内推行乡约活动："刻《蓝田吕氏乡约》，择民为约正、约副、约士，讲肆其中。"② 近年福建泉州出土的道光七年（1827 年）所刻《重修溪亭约所碑记》云："（乡约所）其建于溪亭者，自前明永乐年间始。"宣德年间，龙岩举人蒋辅秩满归里，"与乡人讲行蓝田乡约"③。这些是明代乡约最早的一批记载。④ 这些试验性的乡约，仅仅具有教化功能，它们通常既无如王阳明实行《南赣乡约》与保甲制度的相互结合，更无明后期国家开始推行的乡约所兼具的司法功能。

---

① 顾炎武：《日知录》卷八《乡亭之职》。

② 民国《龙岩县志》卷二十五《王源传》。

③ 何乔远：《闽书》卷一一九《英旧志》，福建人民出版社，1987年，第 3599 页。

④ 汪毅夫：《试论明清时期的闽台乡约》，见《闽台区域社会研究》，鹭江出版社，2004 年，第 27 页。

从嘉靖朝开始，明朝进入其历史的后期。嘉靖元年（1522年）到嘉靖七年，中小型农民起义不断。嘉靖八年以兵部左侍郎王廷相上疏为契机，户部以社仓、义仓、保甲和乡约并行，进行推广。兵部左侍郎王廷相的这次奏疏首先提到的就是"各省岁饥，民且相食"① 这种国将不治的凶险局势。

明嘉靖十九年，监察御史疏请："立乡约以厚风俗，严禁令以遏强暴，择良民以司出入，请旌表以诱向义，因民上所利而不费，藏富于民而下不扰。疏入，上嘉纳之，下户部议，悉从其言。仍命有司从实举行，勉图惠政。"② 嘉靖年间，泉州府贯彻礼部举乡约的通知，是从王仕俊（号方南）开始的。《青阳乡约记》叙道："约正之名，委重于士夫者，自吾郡守方南王公始。公立法之意微矣，盖以末俗滋伪，讼端蜂兴，所望于士夫者，以身率物，以陈太邱为表正，为王彦方之劝谕，为蓝田吕氏之乡约，庶几俗可治而讼可省，是故立斯名以责其实也。"③ 乾隆《泉州府志》载："王仕俊……（嘉靖）十三年以郎中任（泉州知府）"④，后于嘉靖十九年卸任。前述明世宗"嘉纳"监察御史疏请，而后户部才檄天下，令至泉州，王仕俊差不多离任了，做不了推行乡约的事。因此，王仕俊贯彻乡约之举当在嘉靖十九年之前。由此可知，嘉靖十九年由户部檄天下举乡约，是对嘉靖八年首次推行乡约后，再作专项重申。这反映了嘉靖朝君主和朝臣对于推行乡约的高度重视。从推行的情况来看，各地时间有所差

---

① 《明世宗实录》卷九十九嘉靖八年三月甲辰条，转引自常建华：《明代宗族研究》，第214页。

② 《明世宗实录》卷二三九嘉靖十九年七月戊戌条，转引自常建华.《明代宗族研究》，第220页。

③ 粘良图：《晋江碑刻选》，厦门大学出版社，2002年，第53页。

④ 乾隆《泉州府志》卷二十六《文职官》。

异，知府王仕俊抓乡约算是得力，但隶属泉州府的惠安县，直到隆庆四年（1570年）叶春及任知县后才"创亭以为约所，推耆老为约正副"①。有些地方迟至万历时才有推行乡约的记载。

但总的来说，自嘉靖八年（1529年）开始，由国家策动，历经嘉靖、隆庆、万历三朝的乡约实施，对于乡村教化和自治建设，具有重要现实意义和历史意义。这场乡约实施的效果也是显著的。从嘉靖八年到明末天启七年（1627年）约一百年间，社会明显安靖多了。乡约究竟有哪些实践，以致有此等社会功效？

乡约的宗旨是讲善修睦、敦民化俗，明初的耆老制度与之有类似之处，但与嘉靖朝开始推行的组织化、制度化和具有实效性的新型乡村治理制度——乡约，不可同日而语。乡约的具体内容，各地存在一些差异，但基本内容是一致的。惠安知县叶春及所推行的乡约，比较完整地保留在其所著的《惠安政书》里，颇具代表性。

据叶春及介绍，乡约教化内容的核心是："以六谕道万民"，"以四礼齐万民"。具体有：冠礼（成年礼）四条，婚礼十二条，丧礼八条，祭礼五条，明伦五条，禁邪七条，务本三条，节用二条。每项条例规定很细，如丧礼第四条规定："凡停枢踰年不葬，及溺于风水，兄弟相推不葬者，各行戒谕，违者罪之。"又如婚俗末条规定："凡媒妁为人议婚，须通两家之情，待其许诺，勿得欺诳。但求事成，以贻他日之悔，事发罪之。"乡约规定每月朔望二日，集会宣教："月吉（朔），乃属民而读法，书其善者、恶者，老人以木铎徇于路，望亦如此。"除了教化，乡约的又一个功能是司法，即听讼理断。所司之法限于一般民事，计有十九

———————

① 叶春及：《惠安政书》卷九《乡约篇》，福建人民出版社，1987年，第328页。

项内容：户婚、田土、斗殴、争占、失火、窃盗、骂詈、钱债、赌博、擅食园林瓜果、私宰耕牛、弃毁器物稼穑、畜产咬杀人、卑幼私擅用财、亵渎神明、子孙违犯教令、师巫邪术、六畜践食禾稼、均分水利。"奸盗、诈伪、人命重事，方许赴官陈告"。①可见，乡约是礼法兼行的乡村自治制度。②

叶春及为官清正谦谨，有"瘦马无夜刍，渴饮冰下水"之誉，离任时"父老送出郊者累千人"③。尽管他在《惠安政书》里并没有夸耀他推行乡约之良效，但可从同样有效实行乡约的晋江青阳窥得若干。退休官员庄用宾任约正多年，嘉靖二十四年（1545年）四川参政洪富丁艰回晋江，撰《青阳乡约记》。记曰："吾乡有石鼓庙，旧宇倾圮，庄子捐己赀而一新之。于是崇明黜幽，迁佛像于其东西傍，而中为众会之所，悬条约于堂。至朔望，偕钜姓四十人抵其所而申明焉。分为十甲，每岁庄姓偕诸钜姓各二人分董其事，务在相劝相规，相友相恤。有善者，与众扬之，虽微不弃；有犯者，与众罚之，虽亲不贷。抑强而扶弱，除奸而御盗，解纷而息争。由是凡子弟以礼相轨，僮仆以法相检，乡族以睦相守，鸡犬赖以宁，百谷果木赖以蕃，沟渠水利赖以疏。"④

乡约虽与里甲组织互为表里，但里甲责在赋役、稽查，乡约的实行实际依靠的社会组织是宗族或乡族。青阳乡约所依靠的正是乡族：青阳的庄姓、蔡姓等几个大族的代表人物构成乡约的领

① 叶春及：《惠安政书》卷九《乡约篇》，第 328～342 页。

② 参见郭志超等：《农村社区礼法兼治的历史思考》；刘朝晖：《从〈青阳乡约记〉看民间社会的乡村自治》，《闽台石鼓庙文化学术研讨会论文集》，晋江县历史文化研究会 1998 年编印。

③ 嘉庆《惠安县志》卷二十《名宦》。

④ 粘良图：《晋江碑刻选》，第 53 页。

导骨干。如果乡约所覆盖的社区是单一的宗族，那么乡约也相当于族约；如果乡约所覆盖的社区是几个宗族，那么乡约的推行也要依靠这几个宗族，并且乡约也就是这几个宗族所组成的乡族的乡族约。因此，乡约的有效实行自然有赖于宗族这一现成的民间社会资源。当宗族群体还缺乏始祖祭祀时，宗族因无始祖祭祀的认同仪式，就不能敬宗，无敬宗则族散而不聚，乡约也就会因缺乏宗族或乡族的支持而导致失效或低效。重视推行乡约的封建统治者不会无视这一明显的道理。由此联系到前述的嘉靖十五年（1536 年）礼部尚书夏言上疏建议世宗皇帝允许臣民祭始祖，促成"诏天下臣民祭始祖"这一划时代的礼仪变革，其发生与乡约推行近乎同步，实非偶然。始祖祭祀之禁一旦放开，品官原本只祭高曾祖祢四代的家族性家庙，就开始向宗祠转变。而民间得祭始祖，联宗祭祖便会导致祭所的变动，即从寝室祠堂转变为择地另建的宗族祠堂。祭祀始祖之祠的产生，就使自在性的宗族成为自为性的宗族。而祠堂激发的敬宗收族的观念，亦将带动清世系、明血缘的谱牒编修。祭祖例费须要族产支撑，于是成为祠堂专属财产的以祭田为主的族田与时俱增。而且，祭祖不限于高曾祖祢四代，原有的家庭或家族祭田就会随着时间的推移而升格为宗族的祭田。

　　尽管民间修谱早已零散发生，但风生水起的逐渐普遍的修谱局面，则是以宗族祠堂的创建为引领。而且，祠堂宗族形成之前的谱牒，内容简单，不过是"祖宗远近姓名讳字年号"、"世族数之远近"、"标坟墓之所在"、"载适女之出处"。[①] 当以建祠为标志的宗族开始组织化、制度化的进程，家训、族规成为首要，祭田族产也须载明，发挥承前启后作用的像赞、形状——记录，营

_____

　　①　方孝孺：《逊志斋集》卷十三《族谱序》。

造远祖英伟传奇不吝笔墨，族史愈远愈值得炫耀。族谱的这些历史建构、纲纪规定、公产载明使谱牒编修日益繁复丰富起来，宗族的普世化及其组织化、制度化建设使谱牒的修纂进入一个新的历史时期。

宗祠、谱牒、族田开始并驾齐驱，祠堂宗族组织的发展一发而不止。朱熹《家礼》所设计的祭于寝的家户祠堂（实际只是神龛而已）和"君子"家族小祠堂，在历史的进程中犹如撑破花盆的树苗，植入广阔乡土而根深叶茂。宗祠的纷呈迭出，标志着组织化、制度化的新型宗族开始了普遍化的历史进程。

对于宗族的组织化和制度化建设，乡约发挥了直接的推动作用。常建华先生洞察到明代后期宗族的乡约化，并注意到早在明中期已出现宗族乡约化的端倪。[①] 明中期的成化、弘治年间，苏州人文林先后任温州府永嘉知县和温州知府，这就使他在当地推行乡约有一个较长的时间，从而对乡约有较深刻的理解，尤其对地缘性乡约与血缘性宗族的关系有独到的认识。他知永嘉县的第一年，就开始推行乡约。弘治十一年（1498 年）他任温州知府的当年，就在全府推行乡约。他发现："大家豪族，险决万山，安能月诣邑为约。又族之大者聚不下千人，足自为约。……是故立族范所以一而归之礼焉。"[②] 这就是说，对于族大人多的宗族，各自为约。这样，"族范（族约）"相当于"乡约"，"族长"相当于"约正（约长）"。这就是文林所倡行的宗族乡约化。

明后期由国家推行的乡约，虽然没有明确允许宗约也可为乡约，但却直接推动了宗族的乡约化。也就是说，地缘性的乡约被

---

① 常建华：《明代宗族研究》，第 258 页。
② 文林：《文温州文集》卷八《族范序》，见常建华：《明代宗族研究》，第 259 页。

复制到血缘性的宗族。乡约规定设有由约长、约副、约赞等组成的领导层，宗族也有族长、房长和专项事务经办人等领导层。乡约是里级行政社区社众共同遵守的条例，宗族也有族众共同遵守的族规。族规亦称"宗约"、"族约"。乡约有"约正"、"约副"，清代闽南宗族依照官方要求，还另设官方确认的"族正"、"族副"。① 这些正是乡约在宗族的投影。当然，早在宋代、甚至宋代以前，就有"家训"、"家法"，但这类规约几乎都是针对家族而不是宗族。这类家族规约，成为明后期祠堂宗族规约的酵母，并与乡约在宗族的复制，一起推动祠堂宗族规约的产生和发展。

　　将明代惠安知县叶春及制定的乡约与闽南有关宗族族规进行比较，就可以发现乡约与族约（族规）的内容构成是何其相似。叶春及制定的乡约及其所司之法可参见前文。晋江县施氏宗族的《族约》② 有：一、"族众既立有族房长，事可质平，皆当据实秉理……诣大宗祠，平心剖析敦是非，大杖小罚，就祖宗前修好。倘强悍罔从，逞凶兴讼，通族公讨"。这与乡约同样拥有一般民事司法权，并且同乡约一样不得超越约内司法范围而擅自告官。二、"婚、丧……族房长察其果限于贫未可举着，就公会族众量助，务令速举。若冒费不速举，本人杖，族长赔偿"。三、"闺门最宜严肃……"四、"子孙见尊长，当循循执行，不可倨傲……"这与"婚"、"丧"、"禁邪"和"明伦"对应。五、"士农工商，各宜勤俭……设有不肖子弟弃生业，结匪类，开设赌场……令其改过自新，不改者送官究治"。这与"务本"、"节用"、"禁邪"对应。从根本内容而言，皆为倡行正风端俗，明伦尊长，睦族息

---

　　① 嘉庆《云霄厅志》卷三《民风·谕云霄六十保一十三村族正族副》。

　　② 晋江《浔海施氏族谱》天部《浔海施氏族约》，见陈支平：《近500年来福建的家族社会与文化》，三联书店，1991年，第81页。

讼，务本节用，构成了在良好风习的氛围中，以尊卑为经、以睦族为纬的文化图式。这一图式，是通过自律和他律来实现的。教化和规约形成他律，他律则内化为自律。

在族约的条例中，教化的"礼治"和惩罚的"法治"经常是结合在一起的，上引施氏《族约》即是。再看永春达埔官林李氏宗族《族规十章》①的前五条：一、"祖宗祭祀，必诚必敬……不许苟且，亵慢先灵。……如故犯，拿赴祠堂重责"。二、"凡为人子，务尽孝养之道不许溺爱妻孥，忤逆弃养。……如有此等，众共诛之，不许入庙，不许入谱"。三、"兄弟……务尽友恭……阋墙之诮，骨肉相残……众共革之"。四、"伯叔长老，族中之尊……为子侄，必守敬恭之道，如有卑幼抵抗尊长，出言不逊……姑悔之，不悛，拿赴祠堂重责"。五、"夫妇为人道之始，不幸丈夫早殁，如能守节，人所共钦。……改节，必出外姓，即嫁出不许仍回配本族……盖本族非叔婶侄妇，即弟妇兄嫂，干坏伦纪，大坏人道，不许入庙，不许入谱，众共革之"。

一个社会若缺失纲常法纪，充满仇恨和争斗，这个社会就濒临崩溃了。宗族是个小社会，既要教化以礼，又要整肃以法，以纲常建构秩序，以风俗规范生活。倡导互助相衅、释仇怨增友爱，这就是教之以礼；用强制性的规约维持建立起来的秩序，以惩罚措施作为纠察维范的震慑人心的司法权威，这就是肃之以法。在封建时代组织化宗族这个小社会里，人们可以得到血缘群体的亲情相助，安居乐业有着血缘群体的群体保障。平心而论，族约尽管以封建国家的意识形态为准绳，但也体现民间一定的平等精神，甚至有模糊的民主理念。乡约的约长是民选，宗族的族长也是"公推"。族约所倡行的长幼有序、抑强扶弱、相友互助

---

① 永春《官林李氏七修宗谱》，见苏黎明：《泉州家族文化》，第156页。

的和谐原则，反映了族众的共同权益。晋江施氏《族约》中"若冒费不速举，本人杖，族长赔偿"的条例，体现族长也受到约束。以族长为首的宗族领导层所执行的司法范围只是一般的民事，且不得拘禁，目的在于息讼睦族，而不是把宗族拨弄得鸡飞狗跳。性质较严重的民事纠纷和刑事案件，宗族须依法报官审理。有的宗族不依法报官，越权司法，那不是普遍现象。至于族长草菅人命，乃极罕见。那些所传的骇人听闻事件，大多失实。如笔者在南靖县做田野调查时，就听过好几个村子流传着用猪笼装人沉溪以惩办有伤风化的传说，其实皆空穴来风。然而，传闻虽虚，却有震慑人心的功效。这大概是民间别异的教化方式。

宗族的教化和司法还与族内救济结合起来，营造一个即使在社会动乱中也有相对稳定的社会小环境。当一个个封建王朝在战火中灰飞烟灭，新的王朝产生后，社会经济却很快复苏，其中一个重要原因就在于这种宗族社会的稳定性。这也是中国封建社会进入晚期后，依然有树枯叶青这般超稳定性的一个重要原因。①关于宗族对于晚期中国封建社会苟延的作用，或被视为宗族一大罪过。其实，恰恰是在这种所谓的"罪过"中，宗族实践了睦族济困的德行。与其让黎民百姓在社会动乱中流离失所，抑或是无数生命在改朝换代的历史变动中化为尘土，不如宁可社会行进缓慢些，也要让芸芸众生在宗族这一避风港里求得生存和安居。历史进程应成为人类幸福的舟楫，而不是让人类成为历史进程的纤夫。当我们把握"以人为本"的理念后，那些对宗族的历史责

---

① 陈支平：《近 500 年来福建的家族社会与文化》（第 258 页）指出："这种具有相对稳定性的家族制度，既成了社会动荡和阶级矛盾的平衡器和调节器，也是处于升降荣辱富贵贫穷不断激荡变化中的社会各阶层的共同避风港和最终归宿"；"也是中国封建社会晚期之所以能够那样坚韧有力，富有回旋余地的一个重要因素"。

备，值得进行深刻的再思考。

族田是维持宗族制度得以运行的经济支柱，[1] 完全没有族产族田的家族组织是不可能存在的。[2] 宗族的族田主要为祭祀而设，但还有助学、荫润（房支通过值祀轮作获益）、救济等功能。族田的广置和世代保持，与宗族的强大和长盛不衰形成互济的关系。[3] 族田分为两大类：一是祭祀田，也叫蒸尝田、祠田；一是赡族田，义田、书田（学田、书灯田）、公役田等，皆属赡族田。北宋皇祐二年（1050 年）范仲淹在苏州长洲、吴县置田十余顷，设义庄这一管理机构，将每年所得租米供给各房族人作为救济助贫之用，此为族田之始。此后至明中期，设义庄、置族田者渐增，但仍为数不多。义庄族田的创建者多是仕宦之家，也有少数富商。这种义庄族田因私人捐设，地权尚未为宗姓血缘群体所公有，与祠堂宗族的族田性质有别。而祭田，虽然很早产生，但在明后期国家允许官民祭始祖之前，这种祭田只是家庭或高祖以下的家族的祭产。明后期之前，违背国家礼制的宗族始祖之祭，已有零星发生，有祭祖就会伴有祭产，极个别地方出现的建祠祭始祖已有一定数量。把这种个别的建祠祭（始）祖的违制现象放大，把义庄管理的族田与后来祠堂宗族的族田混为一谈，这可能就是所谓"宋元以来近代宗族形成"这一错误认识的缘起。

祠堂宗族的族田是宗族的公产。其来源有三：一是提留，即分家析产时提留一定数量田产作为祖、父辈的赡养费来源，祖父辈殁后，此田即为家庭或家族祭田，当家族发展为宗族，即为宗

---

① 参见陈支平：《近 500 年来福建的家族社会与文化》，第 53 页。
② 参见苏黎明：《泉州家族文化》，第 131 页。
③ 参见莫里斯·弗里德曼著、刘晓春译：《中国东南的宗族组织》，上海人民出版社，2000 年，第 17 页。

族祭田。在有的宗族，这种祭田还留有原属某祖赡养田的印记，即某一部分祭田虽属宗族公田，但在使用上，只用于某祖祭祀。二是义捐，就是殷实之家主动捐银购置族田。三是派捐，就是按人丁或田产摊派银钱，甚至娶妇、添丁也有"喜庆银"之捐的额定款。然后用这些钱款购置族田。若再细分，宗族族田实际上属于不同的层级，那就是族下有房，房下有亚房，如果宗族世代很多，亚房就有很多的层级，某一代亚房建起房祠，就有这一层级房分的族田。某房分的族田只属于该房分所有而不属于整个宗族共有。由于族田不得典当买卖，宗族历久，族田积多。1950年春，福建省农民协会曾对新中国成立前福建若干地区进行典型调查，那时还不知随机抽样，很可能是哪里公田多就去哪里调查。其中，古田七保高达75％，仙游四村占43％，永春七村占29％，南安新榜村占15％。该报告称："一般来讲，闽北、闽西占50％以上，沿海各地只占到20％到30％。"①

当时视公田实质为封建地主阶级剥削农民的土地，尽管有调查数据，但系基于"典型"调查，就普遍性而言，这些数据须大打折扣。不过，我们从中可以了解到从沿海往山区，族田明显呈递增的趋势，即使在闽南一地，情况也是如此，如位于山区的永春的公田就比沿海的南安多一倍。族田少不见得族产就少。明清以后商品经济较之唐宋元有长足发展，人力资源的行业构成多样化以及从事非农业的人数明显提高，这也意味着社会财富以田产为范式标准处于重新调整之中。在多种经营、手工业和商品经济比较发达的闽南沿海地带，族产的名目繁多，诸如：糖房（制糖作坊）、焙灶（干果作坊）、店铺、海荡（滩涂养殖地），甚至干

---

① 华东军政委员会土地改革委员会编：《福建省农村调查》，第109页，见陈支平：《近500年来福建的家族社会与文化》，第63页。

脆以货币作为"公钱款"生息。明清以后，闽南人移民南洋逐渐增多，业绩斐然。闽南华侨素以"慷慨捐输"著称，这种侨风缘于原乡的民风。明弘治《八闽通志·地理·风俗》载："（泉州府）其人乐善。"① 道光《晋江县志·风俗志·民风》载："人多好义，凡邑中兴建大事，及寻常施舍，家非富饶，亦耻于人后。"② 他们对家庭、家族、宗族和家乡的经济贡献相当可观，以致闽南有"靠侨吃侨"的民谚。因此，兼有侨资这一外力的闽南族产是比较充裕的，以致晚清以后闽南侨乡有的宗族械斗由冷兵器改变为热兵器。当然，这绝不意味侨资与族斗有着必然联系。钱如水，可灌溉也会泛滥，其益其弊受制于社会清浊状况和地方良劣风习。

乡族的地缘关系决定不同宗族的乡族共同体有着共同的地方利益，因此族际关系远非争斗一语可蔽之。既有竞争也有协同，既有对峙也有整合，这才是乡族社会真实的族际关系。这种族际关系实际是不平等的，即乡族组织由人多势众、特别是士绅较多或政治地位较高的宗族掌控。同时，乡族又以规约面前诸族平等的约束来制衡族际关系的不平等。③ 以宗族的理性观念而言，宗族对"乡族睦而宗族兴"是有共识的。康熙时任大学士的李光地所在的安溪湖头李氏宗族，就是本地乡族的主导性宗族。李光地曾为本乡里已有的乡规补续一篇《同里公约》，强调：虽"乡规……条约遵行"，然"（处事）心虽无私而气不平，事虽不错而施之甚，则亦于仁恕之理有乖，皆未足以服人心"，希望慎酌

---

① 弘治《八闽通志》卷三《地理·风俗·泉州府》，福建人民出版社，1989 年，第 44 页。

② 道光《晋江县志》卷七十二《风俗志》，福建人民出版社，1990 年，第 1753 页。

③ 陈支平：《近 500 年来福建的家族社会与文化》，第 116 页。

"事之轻重大小","约正……秉乡政,则须主持公道"。① 这说明乡族规约重视秉公施政的原则。陈支平先生有这一论述:"在那些乡规民约得到长期执行的地方,大族巨姓在操纵、控制地方事物的同时,一般也能顾及其他小姓的利益,俾之和谐相处。"

除了乡政外,乡族整合的另一个途径是神明信仰仪式。在华南,以地缘性村庙整合着不同血缘群体,是国际汉学人类学的一致看法。如在惠安县山霞乡,东坑、下坑和下坂,为李姓所居,称"三李",也叫"青峰铺";苏村、前仑、后蔡、莲石、山内、后曾、大峡、东溪、新塘内这九村,为苏姓所居,称"九苏",也叫"青山铺"。晚清发生"三李拼九苏"的械斗,和解后,李、苏两个宗族在清明节和中元节"青山王"春秋二祭时,在青山宫举行共祭仪式,而后协调处理两铺事务。② 整合李、苏两族的青山宫系纯地缘性宫庙。但是,准确地说,在宗族组织发达、特别是单姓村落遍布的地区,纯地缘性的村庙是不多的,村庙多属于宗族。然而,在族际整合的神明崇拜仪式中,核心地位的宗族村庙在观念上成为乡族村庙。例如:南靖县书洋乡萧、刘、吕乡族社区,萧姓为大族,其宗祠所在地的角祖庵是萧姓的主庙,每年正月初九,萧、刘、吕三姓协同举行该庙主神"蛇岳王公"的游香仪式,游香队伍走遍三姓所有的村落。萧姓还有另一座地位仅次于角祖庵的供奉保生大帝的显应宫,每隔 11 年,萧、刘、吕三姓组织香火团到九龙江入海口的青礁慈济宫举行割香仪式。③ 这两个民间宗教仪式起到了乡族整合功能。明清以来,萧、刘、

---

① 李光地:《榕村别集》卷五《同里公约》。

② 郭志超:《青山王信仰调查》,见《惠安青山考》,中国统计出版社,1994 年,第 201 页。

③ 郭志超:《民间宗教视野的闽客族群比照》,见《文化理论与族群研究》,黄山书社,2004 年,第 389 页。

吕除了风水地气的争议有过心结外，基本相安无事。

宗族所存在的一些负面因素是不可否认的，前面提到的族际械斗最为世所诟病。宗族在认同和凝聚的同时，必然伴生着对族外群体的偏见排斥，但只有在民风悍狠和吏治腐败的情况下，宗族才会长出伤害他族的尖牙利爪。宗族与械斗没有必然的关系。械斗起因固然也有涉及地方权益之争，但多是"雀角细故"。在宗族看来，风水关系到宗族命运兴衰，甚重之。如果"细故"牵涉到宗族风水，举族就要为维护"族运"这样的大事而抗争。在许多宗族看来，族人受欺就是宗族受侮（也有不少宗族以理来论对错），这些宗族就要为"面子"而抗争。这就是宗族观念逻辑，这就是"细故"酿成族斗之大祸的缘故。

值得注意的是，明清福建土堡和土围楼修建的第一推动力缘于倭乱，但在接续的土堡建设中，就与族际紧张乃至械斗有关了。[①] 漳州土堡、围楼甚多的漳浦、平和、云霄、诏安，也是闽南宗族械斗的高发区。发祥于闽南沿海地区的土围楼，之所以很快传播和兴盛于闽西客家地区，在于这种建筑形式很适合敦亲睦族的闽西客家人聚居的要求。在那里，这种能以较少占地营建较多居住空间、又可以张扬宗族或家族势力的新型民居建筑，已经同宗族械斗没有太大关系了。但由闽南传入闽西的土围楼，其防御形制照承原始，这往往被误以为是当地争斗的产物。在闽西客家人没有太多战斗防御动机而兴建土楼的清代，闽南，主要是云霄、平和、诏安的土堡和土楼建设却一直保持着箭在弦上的尚斗心理。撰于道光十年（1830 年）左右的陈盛韶《问俗录》描述道："（诏安）四都之民，筑土为堡，雉堞四门如城制，聚族于

---

① 王文径：《城堡和土楼》（2003 年内刊书，第 181 页）指出："不少家族打着防倭的幌子建造城堡土楼，实际目的则是为了防御大族。"

斯，其中器械俱备。二都无城，广筑围楼，墙高数刃，直上数层，四面留空，可以望远。合族比栉而居，由一门出入，门坚如铁石，器械毕具，一夫疾呼，执械蜂拥，彼众我寡，则急入闭门，乞求别村，积弱为强。"陈盛韶接着谈起土堡、围楼缘起以及械斗祸害："其始由倭寇为害，民间自制藤牌、短刀、尖挑、竹串自固。后缘海盗不靖，听民御侮，官不为禁。至今遂成械斗张本矣。江、林、沈、程、许、徐斗案，死者数十人，张、胡两村斗几百年。田地荒芜，死者难于仆数。"[①]

闽南宗族械斗主要发生在清代嘉庆以后至民国年间，尤其是19 世纪 90 年代至 20 世纪 20 年代。这也说明国家衰弱、民风败坏之日，便是宗族械斗猖獗之时。官员对宗族械斗的态度和处置往往分为两类：一类是往谕息争，甚至消除斗因；一类是"以械斗为官府之利薮，利其犯法而后逼其行贿"[②]。后一类正是国家腐朽、吏治败坏的表现。

宗族与械斗固然有联系，但不见得是必然联系。因为华南宗族不唯闽南特盛，皖南宗族势力亦强，为何其处械斗罕闻？泉州府属地的宗族之盛绝不逊于漳州府属地，为何漳之宗族械斗盛于泉？设使闽南没有宗族组织，难道就没有械斗或械斗会锐减？清代早、中期，台湾还处于移民社会阶段，宗族组织尚少，而以漳、泉移民及其后裔为主的分类械斗风起云涌，其势汹汹，令漳、泉原乡的宗族械斗小巫见大巫。看来，将械斗与宗族作必然联系的捆绑，不见得正确。"漳、泉俗好斗，其来久矣"[③]。此俗

---

① 陈盛韶：《问俗录》卷四《诏安县》，书目文献出版社，1983 年，第 85 页。

② 嘉庆《云霄厅志》卷二《学校》。

③ 道光《重纂福建通志》卷二百一十二《儒林传》，民国刊本。

的来龙去脉及其与宗族械斗的关系值得重新思考和进行多维深究。

当我们将把研究闽南宗族的目光投向海峡彼岸时，还须重提开篇提到的"祠堂宗族"这一概念问题。祠堂是宗族首要和根本的特征。没有以始祖为领的祖先之祀，就无敬宗收族之功能。并且，祠堂是明后期及以后新型宗族在组织、制度和管理上的精神凝聚和物质体现。以祠堂为肇始的宗族形态，有些学者称为"明清时期家族组织"、"近代封建家族"或"族权式家族"等。鉴于在这种所谓"近代封建家族"之前没有宗族性祠堂，这种祠堂是明后期出现的别于此前宗族形态的新型宗族的根本标志，因此将明代后期开始逐渐普见的这种新型宗族，称为"祠堂宗族"是恰当的。然而，清代台湾宗族的发展形态却有其突出的地方特点。

因渔而暂住兼事农，由暂住而常住再定居，这是大陆汉民开发台湾北港的方式，也是大陆汉民开发台湾最早的历史图景。到了明代末期，北港的汉族人口已有一两万人。① 1662 年郑成功驱荷复台后，数以万计的人口集中移住台湾。1683 年康熙统一台湾后，移民赴台以涓滴成流的形式进行。乾隆、嘉庆期间移民数量剧增。嘉庆时，台湾汉族人口接近 200 万。移民及其后裔大多数是漳泉籍，此外是潮梅籍。在嘉庆道光年间，宗族组织陆续涌现。此前，也有数量甚少的宗族组织。咸丰以后，台湾由移民社会开始向定居社会转型，血缘组织开始取代地缘组织的主导地位，宗族成为民间社会的基本组织。台湾宗族的组织形式分两类。一类是血缘宗族，一类是契约宗族。所谓契约宗族指的是，

---

① 陈碧笙：《台湾地方史》，中国社会科学出版社，1982 年，第 38 页。江日升《台湾外记》卷六记载："查自故明时，原住澎湖百姓有五六千人，原住台湾者有二三万人，俱系耕渔为生。"

以同一祖籍地的同姓原则组成以祭祀公业为基础的宗族。参与者缴纳一份资金，这些资金用于购置田产，作为宗族的祭祀公业。早在乾隆早期就有这类宗族组织的记载："台鲜聚族，鸠金建祠宇，凡同姓者皆与，不必其同枝共派也。"① 但这只是指开发时间久的台湾县新出现的情况，在台湾西部平原南北两路新移垦地区尚未呈现这种风习。从"台鲜聚族"可知，同宗聚族的血缘群体还是有的，只是少见，但既然非同宗的同姓都要鸠金建祠，那么血缘宗族当然更早就建立宗祠了。血缘宗族也是以祭祀公业作为经济基础，祭祀公业一般是由某代祖先的田地遗产转为祭产的。

如前所述，在台湾县，即使是这种通过契约关系组合的宗族，也仍是以建祠作为建立组织化宗族的根本举措。就这一点来说，其宗族整合的方式与大陆原乡是一致的。没有宗祠的始祖之祭，就难以认祖而聚族。上引的这条"鸠金建祠"的记载接着说："祭于春仲秋仲之望，又有祭于冬至者。祭则张灯结彩作乐，聚饮祠中尽日而罢。"既有祠堂，又有祭祀，当然有供奉的始祖。由于只是同姓合族，所祭的始祖应是传说的得姓始祖或入闽始祖，或者是流传的本姓某代名人。

但在急速垦殖的移民浪潮中，像台湾县这种契约式的建祠立族的传统形式基本弃用。急不可耐的移民尚未建祠，便以祭祀公业的设置开始宗族组织的创建。同一开台祖的血缘性群体，一有祭祀公业便标志宗族组织告成；同姓契约宗族置有祭祀公业也宣告宗族组织成立，经过若干代，其虚拟的血缘转变为具有一定程度的真实血缘。祭祀公业的收益用于祭祖，逢祭日族众聚饮"吃

---

① 范咸:《重修台湾府志》卷十三《风俗一》，中华书局 1984 年影印本，第 2074 页。

祖"。血缘宗族祭祖，除了极少数以墓祭替代祠祭，多数应是以
"祖厝"为"祖厅"这种祠堂雏形作为祭祀之所。同姓而合族的
契约宗族，也应有权宜的祭祀场所。庄英章先生对清代以后南投
县竹山镇宗族形成过程进行了研究。在所调研的 12 个宗族中，
血缘性宗族和契约性宗族各占一半。祠堂建于乾隆时期一座，建
于嘉庆道光时期两座，建于咸丰以后四座，建于日本殖民统治时
期五座。除了一个宗族建祠与置产同时，一个宗族建祠后再置
产，其他皆置产后一段时间再建祠。其中，林杞埔陈姓在乾隆时
已开始形成宗族组织（以祭祀公业为标志），但迟至晚清才建祠。
庄先生认为："（台湾）宗族在整个社会中所扮演的角色不像华南
宗族一样重要，大部分宗族所拥有的公共土地财产并不多，例如
竹山各宗族所有的公共财产大都仅勉强维持宗族本身的祭祀费用
而已，不像华南宗族拥有相当多的公共土地。"[①] 尽管竹山宗族
情况只是对全台宗族情况的管窥，但在一定程度上反映了面上的
大致情况，那就是：契约性宗族占有相当的比例，宗族普遍先置
祭祀公业后再建祠。应当指出，祭祀公业发挥着祠堂祭祖的功
能。这种在清代早、中期普见的有祭产无祠堂的宗族，是台湾移
民社会的一个突出特点。

　　有些学者认为庄英章先生关于竹山宗族建祠的发展相对于全
台情况偏滞缓。根据台湾学者王崧兴先生等人的研究，"至 1850
年时，台湾各地已普遍有宗庙家祠的建立"[②]。这一看法反而失
之草率。

---

　　① 庄英章：《台湾汉人宗族发展的若干问题》，《民族学研究所集刊》
第 36 期（1973 年秋季）。
　　② 见陈其南：《台湾的传统社会》，允晨文化实业股份有限公司，
1994 年，第 172 页。

　　大陆学者陈孔立指出："研究台湾的历史，应当强调两岸历史的共同性，又重视台湾历史的特殊性。只强调历史的共同性而忽略特殊性，就不能正确认识台湾的历史，不能正确认识台湾的现实；只强调台湾的特殊性而忽略两岸的共同性，就不能正确认识历史上的两岸关系，不能正确认识今天的两岸关系，不能正确认识和对待台湾的前途问题。"① 台湾学者陈其南先生关于台湾汉人宗族社会的研究，将这种共同性与特殊性的关系转化为延伸性和变异性的历史动态观。其《台湾的传统社会》的论证揭示："在台湾土著化了的汉人社会，实际上是把台湾汉人在华南原居地的社会形态重新在台湾建立起来。换句话说，台湾汉人移民在后期虽然独立发展出一个土著社会来，就如华南汉人社会之为土著社会一般，但其社会结构形态是相同的，特别是表现在宗族发展的过程上。"②

　　陈其南先生陈述的关于两岸历史上宗族的文化复制，不仅是精辟的见解，也是历史的事实。更贴近地说，基于漳泉籍为赴台的移民主体，两岸历史上宗族的文化复制主要是闽南宗族在台湾的文化复制。以细处而观之，这种复制的机制是延续和变异。居住在南投县竹山镇社寮、集集、清水沟的庄姓宗亲，源于南靖县龟洋庄三郎公派下。嘉庆十五年（1810 年）由社寮的庄妈盛发起鸠资置业，以庄姓公业整合了社寮等三处的庄姓族人，共同祭祀开基南靖龟洋始祖庄三郎。后因族人居住不集中，公议分为"顶公"、"下公"两个族体，分别供祭庄三郎，公业也析分为二，由族人自由选择归依。民国十四年（1925 年）"下公"建祠号

---

① 陈孔立：《科学阐明台湾历史和两岸关系》，见《纪念林惠祥文集》，厦门大学出版社，2001 年，第 7 页。
② 陈其南：《台湾的传统社会》，第 181 页。

"招贵"。翌年，"顶公"建祠号"招富"。两祠均在农历十一月初四举行祭典，祭祀始祖庄三郎。祭后会饮，每户出一人参加，称"吃公"或"吃祖"。① 祭祀唐山祖是台湾宗族继承原籍祖地宗族文化的集中象征。"顶公"、"下公"的组合，主要采用的是就近的地缘原则（尽管称"自愿"择归），原本的房支亲疏原则已不适用。这就是台湾移民社会中闽南宗族制度的延续和变异。庄姓既在当地置公业祭始祖，也不定期返祖地谒祠祭祖，这种依恋祖祠形成的"脐带"关系，应是其建祠迟缓的主要缘故，它来自两岸宗族互动产生的制约力。在闽南，宗族人口迁到外地，形成一定规模，另建祠祭祖乃水到渠成。台湾宗族人口则建祠迟缓，除了原乡祖祠情结外，还缘于直至晚清以后台湾汉人才由移民社会转入定居社会。

在台湾移民社会中，虚拟远祖，"凡同姓者皆与，不必其同枝共派"的"鸠金建祠"，进行特别类型的宗族重建，此乃台湾移民社会对闽南宗族制度的延续和变异的另一种类型。明清以后，闽南宗族进行外部力量的扩张有两种形式：一是没有共同远祖渊源的异地同姓宗族，经过通谱（或称统谱或合谱）形式，整合为同一血缘的同祖异派的跨地域宗族。也有同在一地的非同祖的同姓宗族整合为同一个大宗族，但较少见。另一种是异地异姓宗族，经过共有远祖的传说建构，再以通谱形式，整合为"同一血缘"的同祖异姓的跨地域大宗族。如洪、江、翁、方、龚、汪，就是以多种版本的"六桂传芳"传说，整合为一个庞大的跨地域大宗族。又如文献记载："（漳泉一带）大姓欺压小姓，小姓又联合众姓为一姓以抗之。从前以包为姓，以齐为姓，近日又有

_____

① 庄英章：《台湾汉人宗族发展的若干问题》，《民族学研究所集刊》第 36 期（1973 年秋季）。

以同为姓，以海为姓，以万为姓。"① 宗族素以重血缘世系为要则，以乱宗为大害，但在某些情况下，原则却可以进行变通。由此而观，台湾同姓合族并不奇怪，只是移民社会使之量大而赫然彰显。

从国家的视野而观，具有相对稳定的宗族社会伴随着历史进程显示出多样的面貌，闽南宗族以其典型特征凸显于大陆东南，并以跨地域的文化复制形成两岸主要的血缘纽带。闽南与台湾的宗族关系史，既是那么纷繁又是那么有序。这种关系并没有尘封，随着两岸民间交流的持续升温，台湾族亲回闽南原乡访亲谒祖、重续宗谊的无数新事，正不断地被海峡的波涛传颂着。

---

① 庄吉发：《清代天地会起源考》转引《宫中档》刘师恕折，参见陈支平：《近 500 年来福建的家族社会与文化》，第 124 页。

第一章

闽南的开发与聚族的蔚起

闽南的开发从闽越人就已经开始，北方汉人南下入闽是继发性的开发。本书论述的是汉人宗族社会，因此本章关注的便是这种继发性开发。移民是开发的动力，而开发的深入又带动了移民的续来。

北方移民入闽主要通过两个山隘通道，一是杉关，一是分水关。杉关在光泽西南，为赣、闽通道，发源于附近的西溪，汇入闽江支流富屯溪；分水关在崇安（武夷山市）西北隅，为赣、闽又一通道，发源于此的崇阳溪，汇入闽江支流建溪。富屯溪与建溪在南平汇合，流入闽江。山隘通道、河流谷地，是移民入闽的走廊。闽江是福建接纳南下移民的母亲河。唐末新开通的由浙西南入闽的仙霞岭隘道，多了一条进入闽江流域的通道。由杉关、分水关、仙霞关入闽，沿闽江而下，而后顺着海岸南下，一直是自汉代以后移民入闽、流布闽中的主要路线。汉晋以后，北方汉民迁入闽南，主要分布在晋江下游流域，以及九龙江下游流域。先闽江后晋江再九龙江，这就是北方移民开发闽中的"三江序曲"。而唐末五代以后客家先民主要沿着江西石城到闽西宁化的通道进入闽西。

汉晋至隋唐，由于入闽移民沿途陆续留居，到达闽南后，其人口相对比较稀少，但随着入闽移民的持续，以及莆田两溪流域居民的南移，闽南人口从唐末至宋代剧增。宋至明清，闽南人口甚至成为移民下潮汕、过台湾的主要来源。

行政建制的发展是开发和人口增长的结果。秦置闽中郡，乃虚设。西汉设冶县，以闽越国都城东冶（今福州）为治所，是中央王朝在福建的第一个县级建制。东汉初，东部都尉的治所从冶县移到浙南章安（回浦），部属"侯官"留驻，东冶因此叫东侯官，简称侯官。[①] 东汉末建安年间（196～219 年）孙氏政权之所以在闽江流域设置建安郡，[②] 领五县（建平、建安、汉兴、南平、侯官），正是汉族移民积少成多的结果。三国孙吴永安三年（260 年）的建安郡，领九县：建安、南平、将乐、建平（建阳）、东平（松溪）、昭武（邵武）、吴兴（汉兴改名，今浦城）、侯官（侯官）、东安。[③] 东安县，治所在今南安丰州镇，这是闽南的第一个行政设置，是闽南开发和汉族人口初步汇集的第一个标志。以下分泉、漳两地分述。

第一节 泉州的开发和聚族而居

晋江这条河名，让人想起"晋之衣冠避地者多沿江以居"[④]

---

① 参见林祥瑞、刘祖陛：《福建简史》，国际华文出版社，2004 年，第 37 页。

② 朱维干：《福建史稿》，福建教育出版社，1986 年，第 51 页。

③ 此据《古今图书集成·职方典》卷一〇五三《建宁府汇考·沿革考》。据《晋书·地理志》，孙吴设建安郡领七县：建安、南平、将乐、建平、东平、昭武、吴兴。

④ 王象之：《舆地纪胜》卷一三〇《福建路·泉州·景物上》。

的历史。事实上，晋江流域汉族开发的时间更早。孙吴永安三年
（260年），位于晋江下游南畔的东安县的设置，是自汉代以后闽
南的开发和汉族移民增多的厚积薄发。作为闽南第一县的东安，
位于今南安丰州镇。这个地方后来成为泉州的前身丰州的治所。
今天的泉州城西郊，与南安丰州镇近在咫尺。

在晋江流域，南安丰州镇的新石器时代和两晋南朝的考古遗
存最为丰富。在丰州发现七处贝丘遗址，其中以狮子山遗址的遗
存最为丰富。在该遗址的调查中，采集到石锛、石斧、石戈等，
还有大量的泥质陶片、夹砂陶片、印纹陶片。在有些遗址可以
发现，其上层是汉代遗存，中下层属先秦时期。文化层的叠压
关系表明，汉族移民的开发是在闽越人开发基础上的继发性
开发。

在丰州狮子山南麓和东南麓，发掘了西晋墓1座、东晋墓4
座、南朝墓12座。狮子山墓葬均为长方形单室券顶砖墓，随葬
品以青瓷器为主，这些特征与江南地区六朝墓完全相同，表明墓
主确是入居本地的中原汉人。从墓葬规模、随葬品的丰富来看，
墓主不会是一般的贫困流民。其中墓主身份明确的是东晋太元三
年（378年）部曲将陈文绛墓。此墓规模较大，墓室砖砌券顶，
墓底铺砖，构筑规整。部分墓砖两侧模印"太元三年七月"、"陈
文绛"、"宁康三年八月"等字样。随葬"部曲将印"铜印一枚、
青瓷罐、壶、碗、盘、钵、虎子等共十件。"部曲将"创始于东
汉，是"将军"下的率部曲的领军，魏晋南北朝相沿不改。据
《通典》卷三十七《晋官品》，部曲将属"第八品"。由丰州两晋
墓葬联系到福建其他地方的晋墓特别是闽江流域的晋墓，黄展岳
先生指出："福建汉墓屈指可数，孙吴两晋南朝墓大量出现，埋
葬制度与中原无异，表明当时入闽的中原士民一定很多，各阶层

的人都有"。"中原士民入居泉州后，与土著越人一道，共同开发经营，促进汉越文化融合"。①

西晋太康三年（282年）析建安郡东部置晋安郡（治所今福州），将孙吴时设的东安县分为晋安（今南安）、同安二县。

南朝梁天监年间（502～519年），析晋安郡南部置南安郡，此为闽南首郡。南安郡领晋安、同安以及新设的龙溪、兰水（治所在今南靖）共四县。② 南朝时，"晋安港"开始有了初步的发展。

汉代、三国时期入闽的汉人，以军事人员、谪人、逃户居多，人口流动性比较大，而两晋、南朝时期的北方汉人入闽，"畏难怀居，无复北向"。因此，这一时期北方汉民的入闽，不仅增加了众多的劳动力，而且带来了先进的农业生产工具和技术，使闽中的许多地区的农业得到较快的发展。

隋朝大业三年（607年）并闽中三郡为建安郡，辖四县：闽县、建安、南安、龙溪。其中，兰水并入龙溪，同安并入南安。唐武德年间（618～626年），闽中设三州：建州、泉州（今福州）、丰州（贞观年废）。久视元年（700年）在南安置武荣州。③ 景云二年（711年）武荣州改名泉州。自此，福、泉二州之名固定下来，不再混淆。开元八年（720年）析南安置晋江县，并成为泉州州治。尽管开元二十九年（741年）泉州所辖的龙溪划入漳州，到天宝年间（742～755年）泉州仍有23806户、

<hr>

① 黄展岳：《泉州南朝以前的历史考古问题》，《福建历史文化与博物馆学研究》，福建教育出版社，1993年，第183～184页。
② 参见朱维干：《福建史稿》，第56页。
③ 常有"丰州改为武荣州"之说，不确。李吉甫：《元和郡县图志》卷二十九载："久视元年，县人孙师业诉称赴州遥远，遂于南安县东北界置武荣州，景云二年改为泉州。"

160295 口。① 元和年间（802～820 年），泉州增至 35571 户，占全省 74467 户的近一半。②

福建人口在唐末五代空前剧增。移民入闽的第一波为王仙芝、黄巢起义引起的人口迁徙，流民南下入闽是陆续进行的。第二波是光启元年（885 年）由河南光州南下的武装移民。王绪"悉举光、寿兵五千人，驱吏民渡江"，③ 当年入闽，"有众数万"。④ 这支南下队伍，经赣州入粤北，再南下潮阳，往东入闽南。⑤ 队伍行至南安后改由王潮领导，攻克泉州，数年后占领福州。王潮死后，其弟王审知建立闽国。这是福建历史上规模最大的移民潮。虽然光寿二州的武装移民在时间上较晚，但其行进迅速，实际上更早入闽。昌盛期的闽国政通人和，吸引了众多的北方士民来闽。北宋初太平兴国五年至端拱二年（980～989 年），泉州人口有 96581 户，比唐中期增长一倍，占福建总数的 20.6%。⑥

人口的大量增长促使新县设置。五代后唐长兴四年（933年）泉州增设同安、桃源（永春）、德化三县。五代南唐保大十三年（955 年）增设长泰、清溪（北宋末改名安溪）二县。宋太平兴国四年（979 年），莆田、仙游二县从泉州划出，另立兴化军。⑦ 宋太平兴国五年割长泰县属漳州。宋太平兴国六年设惠安

---

① 《新唐书》卷四十一《地理志》。

② 李吉甫：《元和郡县图志》卷二十九《江南道五》。

③ 《资治通鉴》卷二五六。

④ 《新五代史》卷八十六《闽世家》。

⑤ 朱维干：《福建史稿》，第 144 页。

⑥ 梁方仲：《中国历代人口、田地、田赋统计》，上海人民出版社，1980 年，第 135 页，参见徐晓望：《闽南史研究》，海风出版社，2004 年，第 6 页。

⑦ 唐圣历二年（699 年）置清源县（仙游），属武荣州。唐景云二年（711 年）莆田县从闽州划入泉州。

县。自此，泉州领七县：晋江、南安、同安、德化、永春、清溪、惠安。此后泉州地区县份变化不大。清雍正十二年（1734年）永春升县为直隶州，领永春、德化、大田（从延平府划入）三县。

元朝政府对于经济、宗教的"放牧"式管理使最需要宽松政策的对外贸易及其所带动的工商业繁荣兴旺。宋元时期的泉州受益于得天独厚的地理条件，海港经济臻至鼎盛。可惜好景不长，在明朝闭关锁国政策下，泉州港及其他支港与"夷域"的海上贸易艰难地转为走私方式，泉州进入经济发展的黯淡时期。

明中期天顺初年，泉州有 22880 户，明后期嘉靖隆庆年间（1522～1572 年）泉州有 33330 户。[1] 明代，不仅泉州、漳州，就是全省户数都呈现令人诧异的跌落。户数与真实情况存在很大差距。

清代康熙帝决定"圣世滋丁、永不加赋"，雍正初陆续施行"摊丁入亩"，不再征收丁税。户、口数再没有必要隐瞒。道光九年（1829 年）泉州和永春州共有 577473 户、3027942 口。闽南泉、永（春）、漳、龙（岩）四州人口约占全省的一半。[2]

上述以州县设置作为经济开发和人口增长的要览，以下则以姓氏源流来体现宗姓人口的逐渐聚居。

北方汉民批量地迁入泉州平原与漳州平原，大致始于东汉及孙吴时代。[3] 晋江、惠安一带的黄氏家族，据称，其先是东汉末年迁入的官宦。谱载：始祖"黄道隆为会稽市令官，东汉末，乱甚，弃官入闽隐居……迁于盘龙山东灵秀山庄之黄田（惠安锦田

---

①　梁方仲：《中国历代人口、田地、田赋统计》，第 236 页。

②　徐晓望：《闽南史研究》，第 15 页。

③　陈支平：《福建六大民系》，福建人民出版社，2001 年，第 93 页。

原名)"①。到晋室南渡后，迁入泉州的北方汉人人数有所增加。唐欧阳詹为晋江县郑氏季实撰写墓志铭时云："公讳晚，字季实，其先宅荥阳。永嘉之迁，远祖自江上更徙于闽，今为清源晋江人。"② 泉州《杨氏族谱》称，"其先弘农人，永嘉过江，迁于闽越。祖某漳州长史，父某泉州南安县丞"③。《梁氏族谱》称，其祖先于"晋室乱离，梁芳以族随晋渡江，大衍于钱塘、合浦间，孙遐仕安帝，桓玄篡，逃闽。……因家南安"④。

隋唐时期，北方汉民迁入闽南地区的数量不断增多。如隋初，陈后主叔宝的三个儿子及其族人，就流入泉州一带。《永春县志》记载："镜台翁，相传为陈后主叔宝之子，隋即平陈，镜台挈两弟及宗族引兵南奔，据（永春）桃林场之肥湖，一名毗湖，今称蓬壶。后隋帝有旨令释兵为民，仍令有司四时祭其祖，遂居肥湖之瑞峰。南安曾井曾氏以长女妻镜台，而以次女、三女妻其两弟。镜台生三子，曰鸣、曰珙，分处德化、仙游；曰缘，居肥湖。"镜台之弟陈易任，为民后隐居永春陈岩之峭峰。死后"屡著灵异"，被当地人奉为神明，宋代受封"威应侯，又曰显应（侯），支裔犹存"。另一弟陈易简，"入闽为民后，居慕仁里之溪西"。⑤ 这些后裔衍成永春的大姓。

安史之乱后，北方汉人迁移入闽人数渐增。据族谱的记载，现在泉州、莆田、漳州以及广东潮州一带的蔡姓，源于西汉末年蔡勋的后代。"唐中期迁闽，蔡君智住兴化莆阳，君智长子用之

---

① 陈加锥、林家瑞：《同安主要姓氏》，《同安文史资料》精选本（下），1996年。
② 陈国仕辑录：《丰州集稿》卷十四，南安县志编纂委员会1992年印。
③ 《台湾省通志稿》卷二《人民志·氏族篇》。
④ 同上。
⑤ 民国《永春县志》卷二十七《流寓传》。

五世孙蔡襄，宋仁宗时进士及第，知泉州时建洛阳桥。……其后散处泉、漳、潮各府。君智次子用明，字辉，唐咸通元年自莆阳仙游始迁晋江青阳，是为青阳派始祖"[1]。

世居泉州的鉴湖张氏，在唐代后期已成为望族。唐末王潮率部入闽到南安后，准备北归之时，鉴湖张氏的张延鲁等急追挽留。《资治通鉴》载，"泉州人张延鲁等以刺史廖彦若贪暴，帅耆老奉牛酒遮道，请潮留为州将，潮乃引兵围泉州"[2]。如今泉州一带的张姓，大多为张延鲁的后裔。据族谱的记载，泉州的李、吴、章、曾、傅、唐、庄、吕、欧、潘、董等姓，都是在唐代时陆续迁入晋江流域的。[3]

唐末五代北方汉人纷纷入迁闽南。胡氏家族，除了在晋朝时与林、陈等八姓一道入闽外，唐代后期乾符元年（874 年），又有江西胡竦迁入晋安郡（包括漳、泉二州）。这一次入闽的胡竦，被胡氏后人奉为"闽中胡氏始祖"。竦生五子：长胡傅，回（江西）寿春；次胡审，迁崇安；三胡慎，迁剑浦；四胡明，分居闽县；五胡笃，居晋江。[4] 安溪周氏，"周朴，字太朴，吴兴人，唐季避乱，初隐于安溪县小溪场南山下，所居有塘，因名周塘"。厦门陈氏，"陈黯，字希孺，颍川人，十岁能诗，早孤，事母至孝……黄巢之乱，黯奔遁终南山，后隐同安之嘉禾屿"[5]。泉州苏姓，"世居光州固始，唐末有苏益者，避黄巢之乱……随王潮入闽。……自是苏姓分布漳、泉"。蔡姓，"本周姬姓之后……唐时移迁河南光州固始县……唐末避黄巢之乱，迁于福建闽南"。

①　杨绪贤：《台湾区姓氏堂号考》，台湾新生报社，1981 年，第 159 页。

②　《资治通鉴》卷二五六。

③　陈支平：《福建六大民系》，第 96 页。

④　杨绪贤：《台湾区姓氏堂号考》，第 230 页。

⑤　道光《重纂福建通志》卷一七〇《唐人物·侨寓传》。

晋江、南安、同安高姓，"唐僖宗中和元年其入闽始祖钢，避黄巢之乱，挈眷由淮南西路光州固始入闽，占籍于福州怀安县凤冈……其后遂迁安平，子孙蕃衍，瓜分散处，或居晋江永宁，或迁南安埠边，或赘同安高浦"。南安张姓，始祖"张天觉平王仙芝乱，封南剑刺史，至朱温篡唐，弃官走避闽南，居泉南檗山贤坂里（今南安县前坂村）"。安溪廖姓，"唐昭宗时，官国子祭酒，朱全忠篡唐，避乱入泉，隐于小溪场（安溪），后嗣蕃衍，居闽南者甚众"。泉州、同安、厦门孙姓，"先世居河南光州固始，唐末五季之乱，南迁入闽，居泉州东门，后迁银邑（同安）之嘉禾（厦门）"。①

随王氏父子迁入的，为数甚众。例如：晋江许姓，"始祖许受仕唐，随王潮入闽，镇漳州之诏安，改而入泉，乔居晋江十七、八都间石龟，后枝派分栖"，称为"石龟许氏"。晋江杨氏，其谱称："僖宗年间，吾宗……住在河南省光州府固始县传庆乡海下里……与郡行营兵马司詹敦仁、威武节度使王审知迁居闽疆。吾始祖安隐公暂寓居于仙游……时适王氏政乱，吾祖易居。系逸公居于泉郡南关外芙蓉里"。后迁晋江芙蓉里，族裔分衍石狮、南安、厦门。泉州曾姓，"唐僖宗光启间，王潮由光州固始入闽，中原士民避难者皆徙以从，曾姓亦随迁于漳、泉、福、兴之间"。同安官山陈姓，始祖"河南汝南平舆人，唐末随王审知入闽。其子四翁，择绥德乡同禾里官山筑室以居，至今已分衍几十个自然村"。金门陈氏，"始祖达，生于唐昭宗光化间，原籍河南光州固始县阳翟村，奉镇同安浯州（金门）盐场，后在浯州择地定居，沿用祖居地村名为阳翟"。同安叶姓，"始祖味洙，名关，河南光州固始人，为唐朝散郎，后升三学士。挈冢南迁，先

---

①　以上见陈支平：《福建六大民系》，第97页。

徙江西泰安县射坪乡，至唐龙纪元年复从王审知入闽，择居同安佛子岗岭下，其后裔遂以'佛岭'为分堂号"。[1]

闽南宗族在族谱中多声称来自闽王王审知的故乡光州固始，由于王氏率领的武装移民（应以固始县为主）规模空前绝后，而建立闽国的王审知又有很好的口碑，对于宋代以后修谱的姓氏来源确产生较大的影响，但远无历来估计的那么重大。[2] 至于冒籍固始可得到优待的释因，比较牵强。始于王潮的王氏兄弟统治福建不过33年（893～925年），当时要冒籍，谈何容易。时过境迁，再冒固始，没有必要。有的宗族修谱，发现"固始说"有假，即予纠正。如晋江龟湖吴姓，明嘉靖四十年（1561年）修《灵水吴氏族谱》，族人吴从宪作《延陵谱序》叙其支派云："按吾谱旧稿，有世祖、应祖者，兄弟殷富，自光州固始从王审知入闽，寄迹南台、兴化府塘下，再徙泉州晋江龟湖象泮加埭……复自象泮徙居灵水。"这次主修《灵水吴氏族谱》的吴希澄之子吴可承，于万历年重修族谱，他经过查考，认为吴氏来自光州固始的说法不可靠，而是由四川经江西抚州，折入邵武，再辗转徙居晋江灵水。[3]

宋代北方汉民经常性入闽的数量不少，而两宋之际及宋元之交的战乱，是促使许多北方汉民入闽的主要因素。因靖康之乱而入闽的北方汉民中，有不少是名宦高士。泉州郑氏，始祖"郑獬，字毅夫，安陆人，北宋皇祐年间举进士第一人，通判陈州，神宗朝为翰林学士，权知开封府。苗裔随南宋政权南移……迁温陵府（泉州）"[4]。《晋江县志》载："李邴，钜野人，崇宁五年进

---

① 以上见陈支平：《福建六大民系》，第97页。
② 所谓"今闽人称祖者，皆光州固始"（郑樵语），言过了。
③ 粘良图：《晋台宗祠及姓氏源流·灵水吴氏家庙》。
④ 陈支平：《福建六大民系》，第99页。

士，累官参知政事，后除资政殿学士，寓泉州几二十年，遂家焉"。赵氏，"赵思诚，高密进士，崇宁中宰相挺之之子。建炎南渡，兄存诚帅广东，与思诚移家泉州，后思诚以宝文阁待制守泉，从弟浚、涣皆登进士，涣任御史，以亲党皆在泉，亦徙居焉"。对于赵氏流寓泉州一事，朱维干先生所采可做补充："高密赵存诚，帅广东任满，和仲弟思诚，挈家寓刺桐城（今泉州）。其季弟明诚（李清照丈夫），即著《金石录》者，在金陵身故，有几个儿子也到泉州，依两位伯父。"① 王氏，"王秬，父辟章，为泉太守，母丞相赵挺之孙女也，建炎南渡，秬从诸赵卜居晋江"。② 花氏，"有花帽军者，于宋绍兴二年随帝南迁，入闽，旋徙同安，子孙分衍于闽中，或居永春，或居南安，或居漳之斗屋，或居之院前南门，或徙鹭岛"。洪氏，"金人南侵，高宗拜（洪）皓为金国通向使，如金不得归，其子获麟哀痛病没，二子遵其遗嘱，一隐于建宁书坊，一隐于同安小登屿"。③

宋元时期来自西亚的穆斯林逐渐融入泉州当地。泉州的金、丁、夏、马、郭、葛、卜、哈、铁诸姓，或为元代世居泉州的西亚穆斯林后裔，或为南下的我国北方穆斯林（中亚穆斯林后裔）。世居泉州的蒲姓流散到永春、德化、漳浦、诏安，以经营香料手工业为生计。蒲姓于元末明初逃出城后，大约在清代又有迁回泉城者。民国时泉州城尚有蒲姓 200 多人。④ 陈埭丁姓可作为认识汉族宗族组织、制度的范例，因为自元末丁姓"隐伏耕读"于陈埭以后，就矢志不移地进行土著化的努力。连篇累牍的祭祀规约，

---

① 朱维干：《福建史稿》，第 236 页。

② 道光《晋江县志》卷五十九《人物志·流寓》。

③ 陈支平：《福建六大民系》，第 55 页。

④ 参见林国平、邱季端主编：《福建移民史》，方志出版社，2005年，第 54 页。

显示陈埭丁在宗族文化的后来居上。与此同时，回文化主要存续于崇祖、循祖的祖先崇拜系统中。汉文化与回文化在崇祖的支点上获得平衡。而处于文化孤岛的少数民族特有的凝聚力，使惠安白奇郭姓回民形成由13个村子组成的几乎是单姓的宗族社区。

宋代以后，福建可耕地有限，特别是沿海地区，土地所负荷的人口压力趋于极限。因此，明清时期，北方汉民迁居入闽的数量比起前代有所下降。相反，明清是福建，特别是闽南向外移民的重要时期。

明清时期移民入闽的一个重要组成部分，是戍边的军队。明洪武二十年（1387年），江夏侯周德兴奉命经略海防，在福建沿海诸要如泉州永宁和崇武、漳州镇海、莆田莆禧、长乐梅花等处设立卫所城堡，调拨军队戍守。根据明代兵制，卫所兵士入军籍，不得随意脱籍或迁流，故那些外省兵士驻扎于沿海各卫所之后，便逐渐成为土著。据《崇武所城志》，守城士兵后来成了惠安崇武城内居民的主体。历代戍守军官留居为土著，常见于方志。明代抗倭名将俞大猷的先祖俞敏，早年跟随明太祖朱元璋打天下，以功世袭卫所百户之职，于明初随军入戍而定居于泉州晋江县。①

众多的人口必然有一定的组织形式，松散的宗姓群体和进一步发展而成的组织化、制度化宗族组织，是封建时代基层社会最基本的社区群体。宗族社会建基于同一宗姓人口的聚居。泉州的聚族而居，可远溯晋代。尽管宋代《舆地纪胜》转录的那段关于西晋末年中原板荡，晋人南下晋江，"沿江以居"，是不准确的，因为没有数十年、甚至百年的时间，逐次南移的晋人不可能很快出现在晋江。然而，却有另一种土著化的晋人，他们的先人早在东汉、三国时期就徙居晋江下游，而且他们已经开始形成家族组

---

① 　陈支平：《福建六大民系》，第69~70页。

织。资深考古学家黄展岳先生指出："已发现的丰州狮子山两晋南朝墓分布密集，墓向基本一致（南偏东），显系族葬墓地。"①

北宋初泉州户数较之盛唐中期翻了一倍多。尽管明清时期泉州人大量外徙，但道光时人口仍高达 300 万，户数是宋初的六倍。蔚为大观的泉州人口，其汇集之始有如河源之涓滴，而宗族人口使邈不可见的涓滴积为不计其数的细流。值得注意的是，由于战乱等特殊原因而迁入的高官名士，使泉州一时人文荟萃。在书香熏陶下，一代代乡土士绅成为闽南宗族获得文化自觉意识的核心力量。晋江博物馆粘良图先生在晋江对宗族的广泛调查显示：较早聚族建祠的都是士绅为首的世家望族。② 直至清代，建祠祭祖成为出现缙绅新贵的宗族的惯例程序。乾隆《泉州府志》云："百人之族，一命之官，即谋置祠宇祭田。"③

应当指出，闽南民系的形成④促进了闽南人口的聚族而居，而闽南民系形成的标志是闽南方言的形成。在古代闽南方言以泉州话为代表。隋代陆法言根据汉晋雅音著韵书《切韵》。语言学家黄典诚先生指出："泉州的七音和《切韵》的四声还是一脉相承的"。"（泉州话）保存了汉语历史上的晋唐古音"，特别是"竟把四世纪的河洛古汉语，基本保存下来了"。⑤ 还应提到的是，

---

① 黄展岳：《泉州南朝以前的历史考古问题》，《福建历史文化与博物馆学研究》，第 187 页。

② 粘良图：《晋台宗祠及姓氏源流·后记》。

③ 乾隆《泉州府志》卷二十《风俗》。

④ 陈支平认为："经过唐、五代时期北方汉民的不断入迁泉州、漳州，闽南人这一民系的基本格局便已形成。"（《福建六大民系》，第 98 页）徐晓望认为，"（唐宋时期）北方移民与本地土著相互融合，最终形成了闽南人。"（《闽南史研究》，第 28 页）

⑤ 黄典诚：《晋唐古语在泉州》，原载《泉州文史》1983 年第 8 期，收入黄典诚：《黄典诚语言学论文集》，厦门大学出版社，2003 年。

汉晋以后，闽南话在形成过程中还吸收了当地土著民族的语言。总之，闽南方言至晚在唐代已经形成。

第二节　漳州的开发和聚族而居

沿闽江下福州平原、中经莆仙平原、泉州平原，然后分布于漳州平原，是南下移民流布于漳州的过程。唐早期至北宋后期是漳州开发、人口增长和聚族而居的关键时期。

秦平岭南，在东北以梁山为界的后来的潮州和部分漳州地区设揭阳县，隶属南海郡。赵佗自立南越国后，东北仍以梁山为界，界限的标志点——盘陀岭蒲葵关西南侧属南越，东北侧属闽越。康熙《漳浦县志》曰："蒲葵关，汉南越故关也。"① 直到唐早期，盘陀岭西南属"岭表"，由岭南潮州管辖。唐开元四年（716年）漳州州治北移到盘陀岭东北面的李澳川（今漳浦县城），漳州州治开始投入古闽越地即福建的怀抱。上元元年（760年）漳州从岭南道划出归入属于江南东道的福建。自此，长期部分属岭南②的漳州地区，完整地成为"闽"的"南部"，开始固定下来。

东晋义熙九年（413年）析东官郡之东置义安郡，治所在海阳县（今潮州市东北），在郡之东北始设绥安。绥安县的设立，

---

① 康熙《漳浦县志》卷一《方域志·沿革》。

② 这里的"岭南"主要指文化岭南，也就是人们观念中的历史文化地理的区划，当然也兼指行政岭南。而且，行政区划也是历史文化区影响的结果。所谓"部分属岭南"的"部分"之分野，是曾作为闽越与南越之界——梁山盘陀岭蒲葵关。在唐中叶以前，蒲葵关以南就是揭阳（治所在潮州）界。漳州设置以前，陈政、陈元光率军行动受岭南潮州、循州的军政长官节制。据唐宋墓志、碑铭以及旧志资料，节制陈元光的有循州司马高琔和潮州刺史常怀德。陈元光创立漳州，实际上是析潮州东部置州，漳州北界依然未逾盘陀岭蒲葵关。

使漳州地区出现了第一个县级行政建制。绥安县在梁山西南面，县治在漳水北畔，即今云霄县云陵镇。

绥安县设于梁山西南面，并不意味梁山东北面这一古闽越地的南隅荒无人迹。孙吴设建安郡，建安郡领九县：建安、南平、将乐、建平（建阳）、东平（松溪）、昭武（邵武）、吴兴（汉兴改名，今浦城）、候官（候官）、东安。东安，包括今南安、晋江、同安等县地区，还应远及今漳浦地区。西晋将建安分为建安郡和晋安郡，晋安郡最南边的同安县应管辖到漳浦地区。南朝梁天监年间（502～519年）升晋安县为晋安郡，置龙溪县、兰水县（治所今南靖）。自此，梁山东北面的漳州地区开始有了县级建制。绥安县与龙溪、兰水县，一西南一东北，推动着漳州地区的初步开发。

隋朝开皇十二年（592年），将兰水县以及隶属潮州（开皇十年义安郡改为潮州）的绥安县并入龙溪县。自此，漳州地区结束了以梁山盘陀岭为界，分属两郡的局面。隋代，福建统称建安郡，下辖闽、建安、南安、龙溪四县，总共才12420户。[①]龙溪县开发程度最低，人口最少，即使取平均数，也不过3000户。该县人口主要集中在梁山盘陀岭以东。

唐初陈政、陈元光父子开发漳州是漳州发展史上的一件大事，但迄今为止，写早唐漳州开发史，通常有这一描述：唐总章二年（669年），泉潮间“蛮獠啸乱”，朝廷派归德将军陈政统岭南行军总管事，出镇泉、潮二州之间的绥安故地。当时，陈政率府兵3600多名，从征将士自副将许天正以下123员入闽。陈元光随父从征。其后陈政的二位兄长陈敏、陈敷奉其母魏氏，又率府兵3000入援闽中。两批府兵共约7000余人。

但是，直到盛唐开元年间（713～741年），漳州仅1690户。

---

① 《隋书》卷三十一《地理志》。

如果陈政确有率府兵 3600 多名入漳，而且还是扎根下来，即使没有陈政母魏氏又率府兵 3000 入援，到了开元时漳州户数也不至于还这么少。上说出自万历四十一年《漳州府志》以及谱牒资料。① 此前，漳州的府县志中有关陈政、陈元光历史记载基本还是谨慎的。嘉靖《龙溪县志》转述陈元光事迹说："父政，以诸卫将军戍闽。……（元光）平广寇，开创漳州，以左郎将领州事，后战殁于阵。漳人至今思之。"② 无涉所谓的在漳州地区平蛮獠。万历元年《漳州府志》中的陈元光传略说："陈元光……从父戍闽，父没，代领其众……仪凤二年，会广寇陈谦连结诸蛮……攻陷潮阳，守帅不能收（按：康熙《漳州府志》卷十《宦迹上》，'收'作'制'），公轻车讨平之。……建州于泉潮间，以控岭表。"③ 同样无涉在漳州平蛮獠。但万历四十一年（1613 年）修的《漳州府志》开始冒失地采信素有对早期祖先事迹夸大传统的族谱资料。此后的《闽书》以及许多方志便以讹传讹，开始出现"泉潮间蛮獠啸乱"等新编故事。白石丁氏所谓的"古谱"④

---

① 《饶平大巷陈氏族谱·陈政传》云："已而泉潮间蛮獠啸乱……高宗敕进公朝议大夫统岭南行军总管事，挂印绶节钺，率府兵五千六百名，将士自副将许天正以下一百二十三员，并赐医士李如刚偕行出镇，于绥安故地，比而歼之。旋退保九龙岭下，顾其地势险固，可耕可守，奏请援兵。朝命二兄敏、敷，领军校五十八姓南下。咸亨元年，奉母同行，至浙之江山，不幸二兄俱故，诸侄沦亡。公迎其母，葬其二兄暨诸侄于浦城。由是尽得其父之兵，合五十八姓，进屯梁外之云霄镇，建宅于梁山下之火田村，营城置堠，寇息民安。"

② 嘉靖《龙溪县志》卷三《祠庙志》。

③ 万历元年《漳州府志》卷四《漳州府·秩官下·名宦》。

④ 《白石丁氏古谱》原名《丁氏家谱》，特意标榜为"古谱"，很不寻常。据称，原谱修于宋代，但早已"蠹毁不可寻"，即使残篇也已"毁于元兵火"。（《白石丁氏古谱》，漳州地方志编纂委员会 1986 年刊印本，第 3、35 页）可见明代修的《丁氏家谱》有关开漳历史的记载多为杜撰。

的一些可疑和明显错误的资料也糅入《漳州府志》的内容。清嘉庆年间的《云霄厅志》成为对此前错谬的一个集成。①

《闽书》云："总章二年，泉潮间蛮獠啸乱，居民苦之，金乞镇帅，以靖边方。高宗敕政统领岭南行军总管事，出镇绥安故地。自惟以寡伐众，退保九龙山。奏得援兵五十八姓，乃进屯梁山外之云霄镇。"陈政领兵从何而来呢？《闽书》又说："陈政自固始入闽。"②《云霄厅志》云："高宗总章二年，泉潮间蛮獠啸乱，民苦之，金乞镇帅有威望者以靖边方。朝廷以政……统岭南行军总管事，镇绥安。……比至镇……群蛮来侵，自以众寡不敌，退保九龙山，奏请益兵。朝命政兄敏暨兄敷领军校五十八姓来援。敏、敷道卒，母魏氏多智，带领其众入闽。乃进师屯御梁山之云霄镇，边檄宁弭。"③《云霄厅志》还"采《丁氏家谱》"，使陈政军队南下过九龙江平蛮富有戏剧性："总章二年，将军陈政奉诏镇闽。……先是泉、潮之间獠蛮出没无常，戍卒阻九龙江之险，插柳为营。江当溪海交流，两山夹峙，波涛激涌，与贼相持。至是，儒与政谋，遣人沿溪而北，就上流缓处结筏，从间道袭击走之。遂移屯江之西。为进取计，且战且抚，追桀寇于盘陀下，尽歼之。"④ 早在南朝梁天监年间（503～519 年），九龙江下游之西畔就已设置龙溪县（后为州治），就是到了隋朝，因精简行政建制，整个闽中仅有四县，龙溪仍是其一。怎么到了早唐，九龙江（北溪）之西会尽是"蛮獠"？

陈政、陈元光事迹，唐代几乎无载，唯唐代张鷟《朝野金

---

① 嘉庆《云霄厅志》卷十一《宦迹》"陈政条"。
② 万历《闽书》卷四十一《君长志·唐五代》"陈元光、许天正条"。
③ 同①。
④ 嘉庆《云霄厅志》卷十一《宦迹》"丁儒条"。

载》记有关于陈元光的传闻。① 根据宋《方舆胜览》、《舆地纪胜》所载的碑铭，② 陈元光祖籍是河东，父陈政是广州鹰扬府的中下级军官，领兵戍守绥安（今云霄）。陈政殁后，随军的陈元光继父领军。陈元光打了三次仗：（1）仪凤年间（676～678 年）陈元光随父陈政平潮州"盗"。（2）永隆二年（681 年）平潮州"盗"。③（3）平潮州"盗"后，潮州"蛮寇"复啸聚，陈元光率

---

① 张鷟到岭南是开元初，距陈元光战殁的景云二年（711 年）仅数年，当时人记当时事，甚可信。《朝野佥载》卷二记道："周岭南首领陈元光设客，令一袍袴行酒。光怒，令拽出，遂杀之。须史烂煮以食客，后呈其二手，客惧，擭喉而吐。"住上两代就可算"土著"。这条材料明示：陈元光是岭南土著，此与"揭阳人"、"家于漳之溪口"一致。由此接续的历史信息是，陈元光随父陈政戍守绥安故地的出发地在岭南，而所谓陈政带陈元光从北方率府兵南下显然悖史。

② 宋《方舆胜览》卷十三《祠墓·陈侯祠》："《庙碑》云：公姓陈，讳元光。永隆二年，盗次潮州，公击贼，降之，请置漳州，委公镇抚。久之，蛮贼复啸聚，公因战殁，庙食于漳。"宋《舆地纪胜》卷九十一《循州·古迹》："朱翌《威惠庙记》云：陈元光，河东人，家于漳之溪口。唐仪凤中，广之崖山盗起，潮泉皆应。王以布衣乞兵，遂平潮州。以泉之云霄为漳州，命王为左郎将守之。复以战殁，漳人哭之痛，立祠于径山。有纪功碑。"

③ 陈元光最重要的平乱在永隆二年（681 年）。这一年有包括潮州在内的岭南之乱，受命专征岭南之乱的是循州司马高琔，陈元光奉其令击"潮州盗"，而高琔则主征"盗"所攻的南海等广州周边地区。与陈元光同时代的陈子昂所撰的《唐故循州司马申国公高君墓志并序》道："君讳某，字某，渤海蓨人也。……祖宗俭，字士廉……左迁循州司马。……永隆二年，有盗攻南海，广州边鄙被其灾。皇帝哀洛越之人罹其凶害，以公名家之子，才足理戎，乃命专征，且令招慰。公奉天子威令以喻越人，越人来苏，日有千计。公乃惟南蛮不讨之日久矣，国有大命，将布远方，欲巡御象林，观兵海裔。彼苍不吊，夭我良图，因追寇至广州，遇疾薨于南海之旅次。"（《陈伯玉文集》卷六，见谢重光：《陈元光与漳州早期开发史研究》，文史哲出版社，1994 年，第 158 页）这篇墓志文写于载初元年（689 年），距永隆二年不过八年，史料价值极高，使《方舆胜览》收录的"陈侯祠"碑铭的有关事实得到有力的参证。

轻骑前往，战殁。无论是陈政还是陈元光，都是因"广之崖山盗起"而平潮州"盗"的。永隆二年陈元光所平的潮州"盗"还包括"蛮"，所以平了潮州"盗"后，才有"久之，蛮贼复啸聚"而与潮州"蛮贼"战殁。也就是说，陈政、陈元光从来没有在漳州平所谓的"蛮獠"。宋吴舆《漳州图经序》概述开漳史云："唐垂拱二年十二月九日，左玉钤卫翊府左郎将陈元光平潮州寇，奏置州、县。"① 如果陈政、陈元光曾在漳州平"蛮"，吴舆概述开漳史不可能忽略。② 正因为陈元光平的是潮州的"盗"以及"蛮贼"，而永隆年的平潮之战是循州司马领导的岭南平乱的组成部分，循州才有奉祀陈元光的祠庙及其碑记。

明嘉靖《广东通志》虽然成书较晚，但根据的是旧志，而且与上引的宋代史料基本不悖，比较准确记载陈元光的事迹。该志"陈元光"条曰：

> 揭阳人，先世家颍川。③ 祖洪，丞义安，因留居焉。父政，以武功著，隶属广州扬威府。光明习韬钤，善用兵，有父风，累官鹰扬卫将军。……元光随父政戍闽，父死代为将。潮州刺史常怀德甚倚重之。时高士廉有孙定嗣为申国公，左迁循州司马。永隆二年，盗起攻南海边鄙。定受命专征，惟事招抚。乃令元光击潮州盗，提兵深入，伐山开道，潜

---

① 康熙《漳浦县志》卷十七，见谢重光：《陈元光与漳州早期开发史研究》，第 164 页。

② 谢重光《陈元光与漳州早期开发史研究》有很多早期史料的新发现和一系列的精辟见解，但认为陈政、陈元光有平漳州"蛮獠啸乱"（第104～105 页）；徐晓望《闽南史研究》亦有新见，但也同样认为陈政、陈元光有平漳州"蛮獠啸乱"（第 54～55 页）。

③ 陈元光祖籍河东，是比较权威的记载。陈元光祖父名洪，字克耕，"丞义安，因留居"。义安郡原为揭阳县，故称陈元光是揭阳人。此说与唐张鷟《朝野佥载》卷二所说的陈元光是岭南土著一致。

潜袭寇垒，俘馘万计，岭表悉平。还军于漳，奏请创置漳州……诏从之，就命元光镇抚。久之，残党复炽，元光力战而殁。事闻，上旌其忠，初赠右豹韬大将军，诏立庙漳浦。①

唐垂拱二年（686 年）陈元光在绥安县故址置漳州，② 辖漳浦（附州之县）、怀恩（治所在今诏安与云霄接壤处③）二县。漳州州、县的设置极大地推动当地的社会经济、政治和文化的发展。开元四年（716 年），以地多瘴疬，应州民之请，州、县治并徙于李澳川（今漳浦县城）。这次北移内蕴着州地北扩的张力。开元二十九年（741 年）泉州所辖的龙溪县划入漳州（同时撤销怀恩县），使漳州实力大增，也使州治得于在贞元二年（786 年）迁入龙溪县城。随后的天宝年间（746～755 年），漳州（天宝元年起一度改名为漳浦郡）由开元年间（713～741 年）的 1690 户骤增为 5846 户、17940 口。④ 大历十二年（777 年），原属汀州的龙岩县又划入漳州。龙岩是闽南方言区，属九龙江流域，而与汀江流域的汀州无水路交通，这是龙岩转辖于漳州的原因。

唐元和年间（806～820 年）漳州人口数量明显滑落。唐末光、寿二州的起义军和大批吏民在王绪的率领下南下，经赣州入粤北，再南下潮阳，往东入漳州。⑤ 这支庞大的队伍后由王潮带领，经泉州占领福州。昌盛期的闽国吸引了数量不少的北方士民

---

① 嘉靖《广东通志》卷五一五，见谢重光：《陈元光与漳州早期开发史研究》，第 180 页。

② 康熙《漳浦县志》卷一《方域志》注曰："溪水自西林（按：今云霄县西北），海水自铜山海门入，清浊合流"，"驳杂有章曰漳（按：今仍称'漳江'）"，州名取自"漳水"。

③ 李林昌：《九十九峰起伏漳浦史》，鹭江出版社，1993 年，第 27 页。

④ 《新唐书》卷四十一《地理志》，参见徐晓望：《闽南史研究》，第 5 页。

⑤ 朱维干：《福建史稿》，第 144 页。

来闽。这样，福建人口在唐末五代出现了空前的剧增。北宋初的漳州户数也骤增至 24007，① 是唐开元时 5846 户的四倍。

陈支平先生指出："如果说在汉晋以至五代南迁入闽的北方汉民中，以避乱以及拓边戡乱的突发性移民占有很大的比重，那么到了宋代，南迁入闽的北方汉民中，常规性移民所占的比重则有所加大。所谓常规性移民，是指那种在非战乱时期主动迁徙入闽的移民。唐宋时期，中国的经济重心已逐渐南移，北方汉人大量向南方迁徙，已成为当时人口发展的一种趋向。从政治上看，由于宋政权鼓励大土地所有制，中原地区的土地关系日趋紧张，一般贫民占有的土地越来越少。再加上中国西北、北边生态环境的破坏，农业生产的自然环境开始恶化，这样就迫使中原及其他省份的民众，为了寻求生存空间，再次举家迁移，进居福建。因此自北宋以来，北方汉民在和平环境里迁移入闽的数量有明显的增长。"② 另外，太平兴国五年（980 年），泉州的长泰划入漳州，漳州领四县（龙溪、漳浦、龙岩、长泰），因此，到了北宋后期元丰年间（1078～1085 年）漳州增至 100468 户（无口数），③ 又是宋初的四倍。南宋后期淳祐年间（1241～1252 年），漳州 112014 户、160566 口，④ 户数与北宋后期元丰年间基本持平。⑤

漳州在元明清时县级建制继续发生变化。元代至元三年

---

①　梁方仲：《中国历代户口、田地、田赋统计》，第 135 页。

②　陈支平：《福建六大民系》，第 51～52 页。

③　《元丰九域志》卷九《福建路·漳州》。

④　万历元年《漳州府志》卷五《赋役志》。

⑤　黄桂：《嘉定（1208～1223 年）清漳志序》（见万历元年《漳州府志》）说："中兴（按：指南渡）以来，生齿日繁，漳之事物亦非昔可比。"但从上述户数比较，看不出南宋漳州人口的明显增长。

（1337 年）增南胜县（辖地为后来的南靖、平和，县治先在平和后移南靖）。明代撤销一县（南胜）增六县（南靖、平和、诏安、海澄、漳平、宁洋），漳州遂领有十县。清代雍正十二年（1734年）龙岩升为直隶州，漳平、宁洋划为其属县。漳州少了三县。与龙岩同年升县为州的是永春，因西北部戴云山脉的阻隔，永春州对内陆的经济辐射力甚微。后来，永春仍为泉州属县。与此形成对照的是，龙岩在升县为州后，开始确立起紧邻闽西的闽南山区中心城市的地位，使闽南与汀州属地有力地连接起来，后来成为引领汀州属地经济发展的龙头。在漳州州治的发祥地云霄，清嘉庆时设立厅治，民国时升为县。民国时还新置东山、华安二县。至此，漳州仍领有十县。后来，海澄与龙溪合为龙海。

　　元代漳州有 21695 户、101306 口。户数锐减，但人口只减少三分之一。明弘治十五年（1502 年）漳州（领龙溪、漳浦、龙岩、长泰、南靖、漳平六县）有 49335 户、266561 口。嘉靖三十一年（1552 年）漳州（领龙溪、漳浦、龙岩、长泰、南靖、漳平、平和、诏安八县）有 48572 户、324334 口。隆庆五年（1571 年）漳州（领龙溪、漳浦、龙岩、长泰、南靖、漳平、平和、诏安、宁洋、海澄十县）有 48863 户、240878 口。① 从南宋后期淳祐年间（1241～1252 年）至明隆庆五年的 300 多年里，从表面的统计数字看，漳州人口增长缓慢。清代漳州传统农业的开发已到尽头，移民走台湾、下南洋甚多，有些迁徙海丰等潮汕一带乡村。② 与明清漳州人口外迁并行的是移民的流入。明弘治十五年至嘉靖三十一年，漳州人口由 26 万增至 32 万，是一个小

---

① 　万历元年《漳州府志》卷五《赋役志》。
② 　叶恩典等：《浅析明清时期闽南人向粤东地区的移动》，《潮学研究（三）》，汕头大学出版社，1995 年。

跃升，原因是先后于明正德十四年和嘉靖九年新设置了平和、诏安二县。县级行政设置加强了户籍管理，检括了许多避役百姓。明清时期这两县以及南靖县的人口增长与闽西客家人的移入密切相关。直到现在，这三县靠永定一侧的闽客双言区地带还分布着明清时期迁入的客家人，而闽客双言区靠闽南的山区地带许多是明代迁入的客家人的后裔。新修《平和县志》指出："元、明、清时期，陆续有三路人口迁徙进入平和境内安家落户。一路从江西、闽西进入；另一路从福州、漳州进入；还有一路从广东梅县、焦岭等地辗转进入平和。"① 所说的"闽西进入"和"从广东梅县、焦岭等地辗转进入"，就是指客家人的迁入。

在漳州发展史上应特别提及的还有通海贸易。在泉州港凋敝后，漳州月港则异军突起。明朝海禁政策在漳州受到抵制后，朝廷被迫采纳地方官建议，于隆庆元年（1567 年）开放漳州月港，使之成为中国沿海除了澳门外又一个对外贸易港口。开港之前的一个世纪，月港的走私贸易已有相当的规模，并在一定程度上刺激了漳州经济的发展。由于澳门港只许外商来、不许华商出，因此开港后的漳州独擅海舶通商之利，社会经济盛极一时。②

经济开发与人口增长相互推动，宗姓人口不仅在一地繁衍，而且以迁于新居地而展开衍派的流布。

晋代南朝时，已有少量的汉人迁居九龙江下游。如《福建通志》载："王彦昌，其先瑯琊人，自东晋肃侯彬迁于闽，居龙溪，后析龙溪置漳浦，遂为漳浦人。"③ 又据族谱载，蔡氏，"西晋时

---

① 新修《平和县志》卷三《人口》，群众出版社，1994 年。

② 参见陈自强：《论明代月港》，《漳泉集》，国际华文出版社，2004年；徐晓望：《闽南史研究》第三篇《闽南社会经济史研究》的《明代漳州商人及其与朝廷关系的调整》）。

③ 道光《重纂福建通志》卷一七〇。

五胡入侵，北方又一次大举南迁。河南陈留一带蔡氏随众流入福建。时蔡大业之蔡纪恭逃居福建龙溪。蔡允恭于唐贞观年间卒于龙溪新恩里屿头，墓尚存"①。

　　漳州陈姓，主要源于两大支派：一为陈元光，称北庙派；一为陈邕，称为太傅派。陈元光后裔广布于漳州芗城、漳浦、平和、诏安，以及同安、南安、晋江和金门等地。② 陈邕祖籍"原居京兆府万年县，始祖陈忠在唐为高官，赠鄂国公，子陈邕，为中宗进士，任官太子太傅，与李林甫不合，被贬到闽地。最初居住在兴化枫亭井上，后来迁到漳州南驿路南厢山"③。族裔遍布闽南地区。陈元光部属的后裔也在漳州广泛分布。例如：许天正的后裔主要居住于南靖、海澄；卢如金的后裔主要居住于云霄、长泰；④ 张伯纪的后裔主要居住在漳浦、云霄和诏安。⑤ 此外，今漳州沿海一带的所谓"五山李姓"，据称其入闽始祖为唐高祖李渊的第二十一子、唐太宗李世民的弟弟李元祥，因受封于闽越一带，遂于武德贞观年间从陕西入闽，后派分漳州。⑥

　　安史之乱后，北方汉人迁移入闽人数渐增。唐中期迁闽的蔡君智住兴化莆阳，宋名臣蔡襄即其后，莆田蔡姓除了迁居泉州，还衍派于漳州、潮州。⑦ 龙溪连姓，其先也是在唐中期由婺州，居大田，迁龙岩、连江。"唐文宗时世居福建连江之连刊

　　① 泉州蔡氏宗亲会编：《蔡氏宗族联亲会会讯》，1994年。
　　② 陈在正：《陈元光后裔迁台族谱资料及其初步考察》，《陈元光国际学术讨论会论文集》，厦门大学出版社，1993年，第367页。
　　③ 《闽台陈氏大宗谱》卷首《源流》。
　　④ 万历元年《漳州府志》卷四《秩官志·名宦》。
　　⑤ 李林昌：《九十九峰起伏漳浦史》，第42页。
　　⑥ 漳州官林《李氏七修族谱》卷首《源流考实》。
　　⑦ 林国平、邱季端主编：《福建移民史》，第33页。

迁居龙溪"①。

　　唐末五代是北方汉民入迁漳州的一个主要时期。曾姓，"唐僖宗光启间，王潮由光州固始入闽，中原士民避难者皆徙以从，曾姓亦随迁于漳、泉、福、兴之间"。苏姓，"世居光州固始，唐末有苏益者，避黄巢之乱……随王潮入闽。……自是苏姓分布漳、泉"。漳州郭氏，王审知入闽时，"次子郭嵩随军入闽，居于漳州其山下郭坑，是为漳州郭氏入闽始祖"②。曹姓，"唐末避黄巢之乱，辗转入闽，定居漳州，其裔遍闽南"。漳南萧氏，始祖萧曦于唐代后期中和元年（881 年）迁居入闽，"择居长乐，支派延到闽南各地。萧处仁迁南安，萧本迁安溪高山，萧茂分支安溪芹山，萧造端迁同安梧州（今金门），萧直轩开基晋江岭兜乡。萧岑传至觉，于五代时经长沙入江西泰和，传至萧理，再迁南溪"。其后裔现聚居于南靖、龙海一带。③

　　宋代北方汉民经常性的入闽数量不少，④ 但两宋之交及宋元之交的战乱，仍是促使许多北方汉民纷纷迁移入闽的重要因素。朱熹在《跋吕仁甫诸公帖》中说："靖康之乱，中原涂炭，衣冠人物，萃于东南。"⑤ 庄季裕在《鸡肋篇》中云："建炎之后，西北流寓之人，遍满于江淮、湖广、浙、汀、闽。"在靖康之乱中移民入闽的北方汉民中，有不少是世家。花氏，"有花帽军者，

---

　　① 　杨绪贤：《台湾区姓氏堂号考》，第 286 页。
　　② 　陈支平：《福建六大民系》，第 96～97 页。
　　③ 　同上。
　　④ 　例如漳州高氏，据族谱载，宋代高东溪，其祖于宋神宗熙宁一年（1069 年）负青苗债，带领兄弟子女从浙江绍兴入闽，乃弟入福清，兄高逸来到漳浦杜寻东山岭，结茅为舍，定居下来，后被闽南高姓尊为一世祖（高聿占：《高氏溯源漳浦城》，《漳浦文史资料》第 10 辑，1991 年）。
　　⑤ 　朱熹：《晦庵文集》卷八十三。

于宋绍兴二年随帝南迁，入闽，旋徙同安，子孙分衍于闽中，或居永春，或居南安，或居漳之斗屋，或居之院前南门，或徙鹭岛"。柯氏，"先世居江西广信府贵溪县，始祖某，为潮州太守，当北宋金人之乱，乃隐于福建漳州府龙溪县二十五都良村，枝派蕃衍，遍于闽南"①。

南宋末年，在元兵追击下，流亡的赵宋王室，由浙入闽，据传说，船队继续南航至九龙江入海口南畔的港尾停留。驻泊时对此地的了解，应是南宋在崖山败亡后残部北遁又返回到漳浦的港尾等处上岸隐居的原因。族谱载："有赵若和者，承杨太后命奉少帝即帝昺迁于崖山。旋师溃，帝死，乃以十六舟与黄侍部、许达甫等夺港而出。……遂登岸，晦居于漳浦之银坑。时有豪民倡名赵王，举兵抗元，元人悬金购赵王，若和乃隐姓为黄，以避兵祸，深匿谱牒，终身不敢对人言。再三世，而皇明王兴，洪武十八年，有赵惠官者，娶黄氏为妻，仇民告以同姓为婚，乃出谱以证，查系宋裔，始奏复赵姓。"② 九龙江北溪下游的华安县丰山镇的银塘村（包括附近同姓村），也居住着 900 多户、6000 多人口的南宋赵氏王室后裔，族内保存有皇宋赵家世乘的完整七部《赵氏族谱》。③ 这支贵胄由来与上述的赵若何不同，其更早就入闽，保庆二年（1226 年）择居银塘村，但也因宋亡而易姓（明初复姓）。④ 有趣的是，两支赵宋王室所隐，一海一山，银坑、银塘两个村名居然如此接近，莫非同将"隐"假语村言？

---

① 《台湾省通志稿》卷二《人民志·氏族篇》。
② 漳浦《赵氏族谱》卷首序，参见林国平、邱季端主编：《福建移民史》，第 41 页。
③ 林国平、邱季端主编：《福建移民史》，第 41 页。
④ 赵潮初：《赵匡胤皇族后裔在银塘》，《华安文史资料》第 15 辑，1992 年。

漳浦一带的杨、黄、林等姓，或是随宋室逃遁，隐居于此；或是在南宋末年陆行南下。漳浦佛昙《杨氏族谱》称，杨姓先人为钱塘人杨逢宸，号应达，生三子一女，三子名亮节、亮忠、亮孝，一女名巨良。巨良被宋度宗封为淑妃，生皇子赵昰，即南逃即位于福州的端宗皇帝。赵昰罹难后，赵昺继位，杨淑妃被尊为太后，兄亮节任制置使。航海至泉州时，因泉州地方长官蒲寿庚降元而匆促离去，亮节来不及跟上，携长子、次子隐居浯州（金门），三子避居佛昙，后分衍本县旧镇、湖西等地。漳浦浦西黄姓，为南宋末随帝室南迁的内阁侍臣黄材的后裔。帝昺败亡于崖山，黄材父子护闽冲郡王赵若和夺港而出，沿来时海路北遁，在九龙江江口的浦西上岸，隐居银坑（今龙海港尾），其后裔分迁于旧镇、湖西，以及漳州芗城和华安等地。漳浦旧镇"乌石林"于南宋末年从长乐迁来，衍为著姓巨族，派分台中、云林等地。佛昙"港头林"于南宋末年从长乐南下漳州，分衍佛昙。漳浦杜浔"园头林"也是于南宋末从兴化徙居杜浔，分衍诏安。在漳浦，林姓人口仅次于陈姓。①

平和、南靖等县的居民，绝大部分都是元明以后迁入的。如平和县，据新修《平和县志》记载，目前有族谱明确记载迁入时间的 16 个姓氏中，都是在南宋之后迁入的，其中明代就有：长乐秀峰游氏，明嘉靖年间（1522～1566 年），游均政由永定县大溪迁居于长乐秀峰。大溪江氏，明初，江肇元从永定县方头迁居大溪。九峰杨氏，始祖原籍宁化县石壁村杨家坊，明洪武年间（1368～1398 年）杨世熙迁徙南靖县河头坪（现属平和九峰），明正德十三年（1518 年）平和建县，始移福坪（今九峰杨厝坪），后其子孙繁衍于九峰、长乐、崎岭等地。壶嗣吴氏，明洪

---

① 以上见李林昌：《九十九峰起伏漳浦史》，第 58～61 页。

武四年（1371年），吴文应从漳浦迁徙大溪壶嗣（时属南靖县辖）。崎岭、长乐林氏，明洪武三年（1370年），藻公之后裔庆元迁居平和，庆元之裔孙大荣、大华、大俊等分居长乐之下村、癸村，崎岭之承坑、中寨、黄竹坑、乌石坑、顶厝寨、下楼、田里厝等地。霞寨岩岭庄氏，明宣德年间（1426～1435年），庄敬旺从南靖县奎洋迁居平和霞寨岩岭。① 再如南靖县，双峰丘氏，元大德十年（1306年）迁入，始祖丘杰秀。庙兜郭氏，明洪武九年（1376年）由长泰迁入。书山、斗山、涌山萧氏，永乐九年（1411年）由江西吉安因任官迁入。版寮刘氏，元惠宗至正五年（1345年）由赣南瑞金转迁而来。和溪林雅林氏，元至正年间迁入。竹员陈氏，元成宗年间（约1300年）迁入。长教简氏，元至正年间迁入。黄、张、李、魏、王、赖、召等姓氏，都是明清时期迁入的。② 还有少量客家人深入至漳州沿海，如卢姓，始祖卢光绸，"北宋末南宋初，卢光绸派下子孙相继由江西入闽，分布于宁化、漳州、同安一带"。③

明清时期从外省入闽戍守海疆的军队是漳州人口来源的一个重要组成部分。明代卫所军籍人员，不得脱籍或迁流，外省兵士驻扎于沿海各卫所后即开始土著化。例如，诏安县的徐氏，"世居大江以北，顺治五年戍守南诏，始迁福建省漳州府家焉"④。《东山县志》记载："明洪武二十年，境内设铜山守御千户所，驻防官兵1120名，并有随军家属及外地民工迁入定居。据东山《南屿陈氏族谱》载，东坑陈氏'开山始祖'原系洪武十八年外

---

① 新修《平和县志》卷三《人口》，参见陈支平：《福建六大民系》，第101页。

② 陈支平：《福建六大民系》，第101页。

③ 陈加锥等：《同安主要姓氏》，《同安文史资料》精选本下，1996年。

④ 《南诏徐氏家谱·世系》，见陈支平：《福建六大民系》，第70页。

来的修城民工；南屿陈氏'开山始祖'系洪武二十六年调驻铜山而定居的士兵。"①

根据族谱资料，个人或者家户徙居一地，是宗族的滥觞。以上提及的迁入漳州的姓氏，后来繁衍的宗族人口少以千计，多者以万计。如南靖奎洋（龟洋）庄姓的始迁祖庄三郎于元代元祐七年（1320 年）开基龟洋。明嘉靖年间，龟洋庄姓八世始建宗祠。其后裔衍派于台湾地区和南洋。今龟洋庄姓已传 26 代，人口近 2 万，为南靖一大望族。② 南靖书洋塔下张姓先祖，于元末明初从永定徙大埔，又折回永定入南靖，于宣德元年（1426 年）开基塔下。明末建"德远堂"。乾隆四十年（1776 年）由迁台族人张石敢主捐重修。塔下张姓在本地分居四个村落，人口 2000 多，在台湾地区和南洋的族人数以万计。③

---

① 新修《东山县志》卷三《人口》，中华书局，1994 年。
② 《漳州氏族源流汇编·庄姓源流》，1992 年。
③ 张寿建：《南靖侨乡"德远堂"张氏概况》，《南靖文史资料》第 7 辑，1987 年。

第二章

祠堂：宗族组织的本质表征

在中国，尤其是东南地区的汉族农村，祠堂是非常普见的景观。它们风格古雅，气势宏大，肃穆神秘。祠堂是宗族的观念、组织、制度的空间形态表现。一个姓氏血缘群体成为自觉性的宗族的关键，在于形成共祖的认同，祠堂的始祖之祭就是将共祖这一隐性事实转化为显性的客观实在，从而在宗族成员的观念和情感上确立这种认同，并通过不断的祭祀仪式加以维系。正是宗族祠堂的设置使自在性的宗族开始转变为自为性的宗族。一个自为性宗族就会建立相应的组织、制度来进行宗族社会的运作。因此，祠堂是宗族本质的表征。

明代后期开始广泛出现组织化和制度化的新型宗族即祠堂宗族，以明嘉靖十五年（1536 年）为开端。这一年，礼部尚书夏言上疏建议世宗皇帝允许臣民祭始祖，促成"诏天下臣民祭始祖"①。始祖之祭的礼制变革，推动宗族祠堂的兴建，并迅速蔚为大观。新型宗族奠基于宗祠的始祖之祭，诚如清代著名的史学家全祖望所言，"宗祀之礼，则所以维四世之服之穷，五世之姓

---

① 许重熙：《宪宗外史续编》（上）卷二，第 176 页，参见常建华：《明代宗族研究》，第 18 页。

之杂，六世之属之竭，脱昭虽远，犹不至于视若路人者，宗祠之
力也"①。清人倪元坦也说："亲亲故尊祖，尊祖故敬宗，敬宗故
收族。凡宗族离散，皆由不设义田、宗祠之故。"② 可见，用于
祀先敬祖的祠堂对于宗族是何等重要。

第一节　祠堂宗族的开端

　　血缘性的聚族而居，早在原始社会就已经开始。然而，如果
同一宗姓只是聚族而居而缺乏组织化和制度化，这种"宗族"实
际上只是氏族或者叫继嗣群体、姓氏群体。以祠堂为主导，以族
田、谱牒为辅助，成为明后期及此后组织化和制度化宗族的立基
之本。因而，本书在绪论中将明代后期开始逐渐普及的新型宗
族，称为祠堂宗族。建祠祭始祖，是祠堂宗族的开端。

　　祠堂文化是渊源于原始社会的祖先崇拜发展到一定阶段的产
物。宋代司马光对于祠堂的历史变迁做了这样的概述："先王之
制，自天子至官师，皆有庙。君子将营宫室，宗庙为先，居室为
后。及秦非笑圣人，荡灭典礼，务尊君卑臣，于是天子之外，无
敢营宗庙者。汉世公卿贵人，多建祠堂于墓所，在都邑则鲜焉。
魏晋以降，渐复庙制。其后遂著于今，以官品为所祀世数之差。
……唐世贵臣皆有庙，及五代荡析……庙制遂绝。"③ 从商代，
特别是周代开始，即有宗庙之祀，但那是天子、王侯和士大夫的
特权。所祀之祖，天子七代，王侯五代，士大夫仅三代。这种

---

①　全祖望：《鲒埼亭集》外编卷十四《桓溪全氏祠堂碑文》。
②　倪元坦：《宗规》，载《读易楼合刻》第一册。
③　司马光：《传家集》卷七十九《河东节度使守太尉开府仪同三司潞
国公文公先庙碑》。

"权贵有等"、"礼不下庶人"的礼制规定，一直延续到唐代。《通典》卷四十八的"诸侯、大夫、士宗庙"条下，以"庶人祭寝"作为附注。所谓"庶人祭寝"，即平民祭祀祖先之所，只限于寝室，一般只能祭祢（考、妣也附祭）。这种"礼不下庶人"的旧制遭到宋代新儒学者即理学家的挑战。

宋代兴起的理学，比起以前的儒学，哲学探索含量显著增加，同时也保持传统儒学对伦理学传统的关注。宋代理学家以深邃的政治目光，将乡土文化视为国家政治的根基，倾力于家族制度的重建。张载最早认识到家族与社稷的重要关系。他说："公卿一旦崛起于贫贱之中，以至公相……造宅一区，及其所有，既死则众子分裂，未几荡尽，则家遂不存，如此则家且不保，又安能保国家？"因此他主张："管摄天下人心，收宗族，厚风俗，使人不忘本，须是明谱系世族与宗子法。"① 以祭祀为核心的家族制度经"五代荡析……庙制遂绝"，而北宋的品官庙制既不明确也长期束之高阁，因而程颐才会说："家必有庙，庙必有主。且如豺狼皆知保本，今士大夫多忽此。"他认为士大夫应该在家庙常祭高祖以下祖先，时祭高祖之上祖先。他说："每月朔必荐新，四时祭用仲月。时祭之外，更有三祭：冬至祭始祖，立春祭先祖，季秋祭祢"。"祭始祖，无主用祝……祭先主，亦无主。……常祭止于高祖而下（原注：自父而推，至于三而止者，缘人情也）。"② 程颐的祭始祖之构想，是祠堂宗族制度的思想源头。朱熹是二程理学思想的嫡传，他对程颐祭祖构想的突破，在于弘扬了孔子"有教无类"的平等观念，打破了贵族与平民的礼制藩

---

① 《张子全书》卷四《宗法》。

② 《二程集》卷十八《伊川先生语四》，中华书局，2006 年，第 240 页。

篱，不囿于程颐所限的"士大夫"，而用"君子"一词将官方和民间尽收其中。朱熹在《家礼·祠堂》的导语中说："古之庙制不见于经，且今士庶人之贱，亦有所不得为者，故特以祠堂名之，而其制度亦多用俗礼云。"从"今士庶人之贱，亦有所不得为者"一语，可以明确感知朱熹对庙制不下庶民的不满。他说，君子之家应在宫室之东营建祠堂（属于家居建筑的组成部分），而庶民之家也要设祠堂，但只是祭于寝室的神主龛。奉祀祖先之宫室称家庙，唯有一定等级的品官才有这一权力。朱熹设计的祠堂，只是家族祠堂，尽管祠堂神龛只奉四代神主，但首先提出设神位的始祖、先祖的时祭。而程颐所说的始祖、先祖的时祭，只用"祝"，即以言告祖。朱熹说："冬至祭始祖……前一日设位（原注：……设神位于堂中间北壁下）。""立春祭先祖。前三日斋戒，前一日设位陈器"。① 始祖和先祖之祭，在朱熹《家礼》中开始明确而具体。朱熹设计的尽管还只是家族祠堂，但在祠堂举行的始祖和先祖的时祭，包含着宗族祠堂的基本因素，这就为家族祠堂向宗族祠堂的发展架设起观念的桥梁。

朱熹的理念和举措虽然当时不受重视，但终于与重视民间基层组织和教化的明王朝结合，成为国家意识形态的主导，并延续至清代。明洪武三年（1370年）礼书修成，朱元璋赐名《大明集礼》。其中的祠堂制度深受朱熹《家礼》中祠堂之制的影响，规定：品官可建祠堂，祀四代祖先；庶民祀二代祖先于寝室，后来改为可祀三代祖先。嘉靖朝对官民祭始祖开始弛禁。嘉靖十五年（1536年），"诏天下臣民祭始祖"。尽管该诏令允许官民祭始祖不是设木主常祭而是冬至日临时祭祖，但这却引发了重要的变化。依照新颁礼制，冬至日祭始祖，品官在家庙临时设立的始祖

---

① 朱熹：《家礼》卷五《祭礼》。

纸质牌位前举行祭祀仪式。品官一旦可以在家庙祭始祖，那么其原本只祭四代的家族性家庙，就开始向宗族祠堂转变，即品官家庙临时设置的始祖纸质牌位就演变为木质牌位而成常祭。而民间得祭始祖，族人便联合祭祖，进而择地建祠。自此，一个属于祠堂宗族的时代宣告来临。

当然也不能说，此前就没有祠堂宗族。由于后世追述本族历史上的祠堂，往往以当下宗族祠堂的状况附会到早期家族祠堂上，这就造成明代后期以前宗族祠堂多如群星的印象。闽南闻名遐迩的庄氏宗族的建祠历史颇具典型。晋江青阳庄氏族人的祠堂和祭田是三世庄圭复于元代建置的，所建之祠只是家族祠堂。《青阳庄氏族谱》载："三世庄圭复，平生高志励行，以文学名于世。有元文宗至顺元年，福建闽海道知事、清江淀樟举公于朝，天子遣使以币征，而公辞以衰老，不就。于是始立祠堂，以奉宗先，创祭田以敦时祀。……（三世）庄惠龙，幼失怙恃，励志自强，拓业千亩，以遗子孙。公生于至元十八年，卒至正九年。有菜堂地基一所，年租棉花九十斤，予子孙轮收为蒸尝，后族蕃，共分其地。仍以地换租税十八石于今。礼事作三房。……四世天爵，生大元大德年间。有本里青阳山系倪解元应斗举家所得，山种龙眼树。公用财予以赎，收产两亩，自供赋役，重栽榕木，以荫乡里。又拨出租税三十石予本房子孙轮收，以供父祖忌辰祭扫，以致岁时思慕之意。……六世嗣祖，生于元至正十九年。在襁褓间失恃，哀痛未已，父殁远方，誓不荤食，而为终身之慕。仍拨租税三十二石，棉花二十五斤，予子孙轮收，以供考妣之蒸尝及春秋扫坟，俗节荐新等费。"[①] 从青阳庄氏族谱关于祭田的陈述来看，似乎庄氏在元代已形成祠堂宗族。其实不然，元代青

---

① 见苏黎明：《泉州家族文化》，第130页。

阳庄氏第三世始建家族祠堂，设祭田以奉先，祠堂匾称永思堂。到明嘉靖八年（1529年），庄氏宗族有庄用宾、庄一俊、庄壬春三人同榜考中进士，时称"一榜三龙"。嘉靖九年，任过广西思恩知府的庄科发动族人建新祠"庄氏家庙"于青阳山下。[①] 上引的"庄惠龙……有菜堂地基……子孙轮收为蒸尝，后族蕃，共分其地"，这恰恰说明，当时庄姓并没有宗祠，三世庄惠龙所属的房分也没有房祠，以致庄惠龙所置的蒸尝田在"族蕃"后，发生了后裔"共分其地"的事。直到嘉靖九年，青阳庄氏才创建宗祠"庄氏家庙"。

有了祠堂的始祖之祭，才有宗族在始祖认同进而宗族认同的状态下进行自觉的整合。在此之前，宗族的人口群体也照样存在，但严格说来，那只是缺乏组织结构和制度形式的姓氏群体。

以中原为主的北方移民自汉代以后，开始或零散或成批地入闽。在迁徙、定居的过程中，地域性的宗族人口的繁衍如水之涓滴，积少成多。在明嘉靖祭祖礼制改革的推动下，聚族而居的自在性宗族，因宗族祠堂之建而转变为自为性的宗族。

宗族的绅士势力和经济基础是建祠所凭借的两种基本的社会力量。通海贸易对于闽南经济的繁荣尤其值得关注。宋元时期泉州港经营的海上丝绸之路带动了泉州地区经济和文化教育的繁荣。明清时期尽管出现长时间的海禁，但晋江沿海的偏僻小港悄然进行的私人贸易仍绵延不断，并在弛禁后迅速兴盛。明代，泉州的通海贸易遭到重创后，漳州九龙江入海口的通海贸易则异军突起。在禁而不止的情况下，明朝廷只好顺水推舟，于隆庆元年（1567年）将海澄的月港作为合法的通商贸易港。通海贸易所带动的经济发展，有力地促进了闽南社会经济的发展，进而促进宗

---

① 粘良图：《晋台祠堂及姓氏源流·庄氏家庙》。

族社会的发展。

通海贸易也带动了移民向海外发展，涓滴成流的海外移民使闽南成为著名的侨乡。闽南强盛的宗族组织凭借着海滨邹鲁的书香传统和海外侨亲的经济支持，使祠堂修建在宗族组织最为发达的中国东南凸显出典型和特色。

第二节　闽南祠堂面面观

在闽南乡村，最宏敞华贵的建筑就是祠堂，就是神庙也比之不及。在民俗的信仰观念里，择地建祠重视"来龙"靠山。其实，以祭田为主体的族田才是祠堂宗族所依靠的物质力量。祠堂之设，意在敬宗收族，而谱牒之修则提供历史和现实的文献依据。森严的祠堂也是族塾所在，祠堂的寂寥与族塾的书声，形成尊祖与裕后的组合。宽敞的厅堂，是族长等族中要人进行议事的地方，也是对违犯族规者进行惩戒的"法庭"。在华南，闽南祠堂之恢弘精美，恐怕唯有皖南和粤南方可比肩。闽南祠堂是地方建筑工艺的经典，荟萃了石雕、木雕、绘画和书法艺术。祠堂里的联文，释放着简朴淳厚的乡土气息和深沉博大的民族精神。

以下分述与祠堂相系的族田、谱牒、族学、族政、建筑和联文。

1. 族田。

在大寺院和小宫庙，常常可以看到寺田或庙田的捐题碑刻。田产更为祠堂所必备，正是祭田使祠堂的香火得以延续。族田除了祭田外，还有赡族田。赡族田促进了宗族的凝聚力。有了收族，"敬宗"才得以延续。因此，无论是祭田还是赡族田都维系着祠堂香火的延续。

朱熹《家礼》要求初立祠堂，即置祭田，以供祭祀之费。闽南族谱资料显示，建了宗祠即置祭田，是普见的通例。泉州梅洲陈氏宗族，"吾宗从宋末以迄于今，盖三百年矣，未有兴此田，盖自嘉靖辛酉……诸叔父兄弟佥曰然，遂以告之家庙，而力为大宗义田"①。明清时期，特别是清代以后，闽南宗族族田设置几乎无族不有。

在闽南，一个宗族还分成若干房，房之下还有俗称"柱"的"亚房"。与此相对应的祠堂就有宗祠、支祠乃至祖厅的不同级别。在宗族的社会生活里，某个层级的房族建有主祭本房一世祖的祠堂，该房分就称为"某某祠某某公派下"。除了宗族直接管理的族田，其他族田的所有权归属族内不同层级的房族组织。

明清以后商品经济较之唐宋元有长足发展，这也意味着社会财富不再以田产为单一标准。在商品经济比较发达的闽南沿海地带，族产的名目繁多，诸如：糖房（制糖作坊）、焙灶（干果作坊）、店铺、海荡（滩涂养殖地），甚至有放贷生息的"公钱款"。但就大多数宗族而言，数量最多的族产，还是首推土地田产，即通常所说的族田。

族田设置之于建祠，如影随形。从明后期直至清末，乃至民国时期，闽南宗族的族田，经过数百年的经营和积累，数量可观。族田作为主要的祠堂宗族的公产，其来源主要有三：一是提留，二是义捐，三是派捐。许多宗族还以族田收入的节余，放贷生息，续置田产。由于族田不得典当买卖，宗族愈久，族田就愈多。

族田等族产收入，尽管用途广泛，但对于大多数宗族来说，相当部分还是用在祭祀活动上。宗族的祭祀活动，使宗族的血缘

①　泉州梅溪《陈氏族谱·义田记》，见陈支平：《近500年来福建家族的社会与文化》，第57页。

关系得到加强，增进了族内的亲和力。宗族组织掌握族田等族产的收入，通过"守望相助、患难相恤"的实践，为贫困族人提供一定程度的经济扶持，使他们的生死婚丧有最低限度的保障，避免贫困族人被生活压力所压垮，缓解族内的贫富分化，使族人感受到宗族的荫庇，从而达到收族的目的。

2. 谱牒。

明代嘉靖年以前，祠堂宗族尚未普遍出现，因此嘉靖以前的谱牒一般是家族谱牒而非宗族谱牒。明代嘉靖，特别是万历以后，宗族修谱活动出现了普遍化的趋向。不少闽南宗族都是在这一时期内首次编修族谱，或者在原有家族谱牒上续修并扩充为宗族谱牒。

随着宗族的扩大以及联宗通谱，清代闽南修谱出现两个显著的特点。一是族谱的层级化。一个较大的宗族，除了总谱之外，往往还修撰了房谱、支房谱。由于房支是多层次的，房支谱牒往往要冠以祠名或享祀祖名，以及房支的村域地名以示区别。这种族谱层级化的情况，在清代以前是非常少见的。二是通谱（亦称合谱、统谱、联谱）的兴起与流行。所谓通谱，就是把各居一处的宗支，或者分布四方的同一姓氏的人群的谱牒，总纂起来，形成宗谱或大宗谱。就一般情况而言，体例格式比较完备的族谱，除了序言、凡例，多有源流、世系、人物、规范、文献、祠墓这些基本内容。族谱的实质就是宗族史志，因此其编修基本上是方志体例的复制。

清代以后闽南谱牒之修纷呈迭出，缘于宗族经济势力的增强。这种增强突出地表现在华侨族亲以及台湾族亲的慷慨捐输。这样，即使在晚清以后社会经济出现了衰退的趋势，但族谱编修并不与之俱衰。随着闽南人移居海外以及迁居台湾人数的增多，由这些外迁族亲出资赞助祖家修撰族谱的情况甚多。直到 20 世纪 80 年代以后，此习依然延续如故。

修谱的目的首先是尊祖敬宗。述祖德、记载历代祖先的事迹，意在光前启后。族谱把同一始祖或同一房祖之下的子孙合于同一族谱或房谱，使族人明了同一祖先传承的纵向关系及同族、同房之人的横向关系，懂得长幼尊卑、亲疏有序，并在祖先的认同中，实现百殊归一、同宗一体。诚如清人所言，"宗者总也，族者聚也，宗族而有谱，正在总聚其原本也。虽宗有大小，属有亲疏，时有远近，居有迁徙，总以一体所分，使无谱以聚之，几同陌路矣"①。族谱的溯史撰志，是为敬宗收族，这就是族谱对宗族观念形态的规范作用。族谱载有家训、族规，甚至在谱序中也含有家训族规的内容，从而使口传的宣教和习惯法因载入谱牒这一宗族史志而获得权威性。族谱的这种伦理道德和行为守则的法制化，对宗族成员道德行为发挥了有力的规范作用。

宗族秩序的基本价值依据是宗族的血缘、等级、辈分、礼俗原则。以家训、族规为基本的道德规范和行为准则，维持宗族社会的秩序，这种传统已经融入宗族之中，构成其不可分离的组成部分。宗族中辈分的高低，成为长幼有序的根据。许多宗族都强调"敬祖宗而明统绪，辨昭穆而别亲疏，不为不重……不时观阅，悼知某房是吾族亲，某房是吾小功缌麻之亲。譬之于树而干生枝，由枝生叶，次第相续而不乱。如此，则孝悌之心油然而生"②。宗族之所以要始终如一地强调血缘关系，是因为血缘关系乃宗族组织的自然基础，抛弃了血缘关系上的尊卑、亲疏等文化观念，那么一切的宗族组织和制度便无所归依。而血缘关系须

---

① 同治《彭氏宗谱·增修族谱序》，见常建华：《宗族志》，第 306 页。
② 永春《桃源蓬莱巷乡梁氏族谱》，见苏黎明：《泉州家族文化》，第146 页。

靠世代绵延的谱系来显示。

3. 族学。

宗族书塾多设于祠堂，这使冷寂的祠堂出现盎然生机，朗朗书声犹如响在祖先的耳畔。

宗族治理礼法兼行，但靠的主要是礼治，而达礼须知书。在宗族社会，耕读的兼行并济是基本的发展取向。当建祠、置田、修谱凝聚起宗族成员之后，教育子孙以提高宗族人口素质，培养人才以登科出仕、光宗荫族，就是宗族发展的普遍要求。作为国家来说，教育是实现国家意识形态统摄民间观念形态的途径。因此，在封建专制社会，国家对乡土社会有种种干预，唯独对基层教育奖掖有加。在官方和民间的共同推动下，基层教育持续发展。作为公益性的族学，部分或有限地在宗族中实施教育平等，彰显于青史。

宗族所办的族学，也叫义学、义塾或家塾，在宋代以前还只是个别现象，入宋才有所发展。明清时族学则出现了普遍化的局面。雍正帝《圣谕广训》指出，人民"笃宗族"的一个措施是"设家塾以课子弟"[1]。义学前所未有地受到朝廷重视，这对民间社会的宗族义学是个巨大的推动。闽南的宗族普遍重视文化教育，多办有族塾，有的宗族还办书院或参与办书院。

有些族塾是私人办的宗族公益事业。私人办义学可以发挥个人积极性，也便于精心管理。书塾有家庭、家族和宗族三类，名称繁杂，判断是不是族塾，关键看入学者，诸如"课笃族中子弟"，就可以判断是族塾。书院是比书塾高一级的学校，有的宗族还创办书院。南靖和溪麟野林姓宗族九世林廷璇，于明嘉靖年间在本社碧云岩创建棣华书院，聘请秀才以上的文士教授本族及

---

[1] 见常建华：《宗族志》，第 394 页。

外姓子弟。

宗族教育分为普及性和提高型。宗族教育的提高型教育，旨在是培养宗族的政治人才，也就是通常所说的士绅人才。鉴于农户急需劳动力等原因，族中子弟一般只能接受普及型教育，但能否进入提高型教育阶段，学子的资质往往起决定作用。即使是贫寒子弟，只要功课优异，宗族多有奖助，不使之辍学，更助之深造。宗族组织采取有关措施，使那些天资聪颖、堪可造就的子弟获得深造的机会。不少宗族的族规家训中都有这样的良愿卓识："子弟之质美而无力从师者，须助之。"①

创办族学的关键是经费。为保证族学有较稳定的经济来源，许多宗族都专门设置了书田，或称学田，以其收入作族学的经费。书田的田租收入一般不挪作他用，专供族人教育之用。其使用和分配，除了开办塾学，供给塾师束脩之外，主要是用于族人学子的学习补贴和入泮登科的奖赏和津贴。族中登科出仕者，或经商致富者，在宗族精神的感召下，往往能慷慨捐资助学。明代以后，闽南地区社会经济特别是商品经济的发展，也为族塾的发展提供了厚实的经济基础，族塾因之而盛。石狮《龙渊蔡氏族谱》载："蔡德策，重视族人教育，每岁给考费、供馆资。……素敬业儒，凡造门者，尽礼之。间有缓急，则资给之。"道光《厦门志·人物》载："（许氏）立家塾，置书田，俾族众子弟诵读其中。"

4. 族政。

在祠堂这一神圣空间，祖灵渺不可寻，而宗族组织的领导层却可在祖灵栖所行使实在的世俗权威。这里是宗族领导层的议事厅，也是宗族私法的法庭。祠堂是族政的象征。

---

① 永春《官林李氏宗谱》。

族政指的是宗族的族务和政治管理。宗族是基层社会自治组织，政治管理最能体现自治的性质。政治管理的基本依据是家训族规。家训属于礼教的范畴，族规属于法治的范畴。"礼"治未然，"法"治已然。宗族政治的运行机制，就是礼法互济。宗族的"家训"就是族训。家训是关于修身齐家的道德伦理倡导，要而不繁。族规是道德伦理的具体规定以及违反规定的惩治方式，相对目细而繁。族规中也有家训的宣教内容，惩治只是收族、睦族的手段，因此即使是单独的族规，仍然体现礼法相糅的特点。以族长为首的宗族领导层除了主持祭仪和处理例行族务外，礼教、法治就是他们控制宗族社会的基本手段。

闽南各种族谱中所记载的家训族规的具体内容虽然差别很大，但就其内部管理的最基本的精神，不外是"敬宗"和"收族"两大方面，纷杂的内容可归为孝悌、敬祖、齐家、睦族四项。

以宗祠、支祠为依附的族、房家长的族权，成为仅次于国家政权的基层社会权力。然而，宗族族权的使用，并非没有限制。这种限制首先表现在族权的运用必须以族法为基本准则，以国法为约束框架。

宗族司法实行房、族二级调解和审理制度，并从属于国家法律；宗族的私法与国家的公法，形成社会的二级司法制度。需要说明的是，明清宗族族规原则上须经过县衙的审批，而这恰恰说明了宗族司法对于国家的依赖性和屈从性。对于族内违法犯罪行为，宗族内先行审理、惩戒，必要的话，乃移交官府，这是宗族司法的基本程序。族人或有产业相争等项，也要先在本房处理，但必须禀告族长，如仍未睦，然后提交宗族理断。族人遇有争论，诉之族中，不能理而后鸣之官，如有径赴官府呈词者，即被视为目无尊长。

宗族对于司法的优先权，缘于文化因素。宗族社会讲究"家丑不可外扬"，以免辱没家门，给宗族脸上抹黑。宗族内部的事务，最好关起门来自行处理，不要外人插手。宗族都提倡互让，提倡让尊让长，提倡有纠纷自己解决。宗族能够自行处理内部的各种矛盾，表明家族具有自我管理与调节的能力，具有巨大的凝聚力，显示了宗族的团结与力量。

对违反族规家法的族人的处罚权，是族权的一个重要表现。族规家法是族人必须共同遵循的准则，代表着宗族社会的秩序，一旦秩序遭到破坏，作为族权代表的族、房长，就要运用手中的权力，对违规的族人进行惩处。族、房长掌握审判权，不仅有封建国法的允许，更有宗法族规的明确规定。各宗族的族规家法中常规定族人违规，"族长当呵谴之，议罚之"。"族长率诸尊辈共切责之，使改而止"。"族长会众罚拜以愧之。如不悛则会从而痛杖之。断不可隐忍姑容"。家法族规赋予族、房长审判权，由这种审判权而产生的族房长的惩罚权。审判和执行一般都在祠堂里进行，祠堂是宗族的法庭。例如："犯，拿赴祠堂责"；"诲之不悛，拿赴祠堂重责"；"子孙违犯教令及不肖事，族人告之，于祠堂以声其罪，责之不悛"。①

根据谱牒等资料，未见宗族拥有拘禁权。综观族谱通见的惩处方式，宗族拥有的只是民事和轻度刑事的审判权。宗族对于司法的优先权，很容易被放大为宗族可以在司法体制内专行独断。其实，国家只是将鸡零狗碎的诉讼和案件的审理权交给宗族，至少让宗族将族中的诉讼和案件先过滤一下，不必事无巨细，一律禀官。就宗族理小、官府理大这点来说，宗族的司法制度与乡约非常相似。

---

① 参见苏黎明：《泉州家族文化》，第152页。

宗族领导层由三种人组成：宗子，族长和房长，士绅。宗子就是宗族的嫡系长子。早在商代就确立宗子制度。宋代理学家张载提出恢复宗子法的主张，宗子的族长地位后被民间社会所接受。从全国来看，明代宗子主祭祀兼任族长，清代以后宗子一般只是精神领袖，不做族长，但继续主祭祀。在清代闽南宗族社会，原先世袭族长和主祭的宗子的地位发生了根本的变化。各宗族普遍依照"尊贤使能"的原则进行公推。族长总理族政，是宗族的最高领导者。这与明后期宗族的组织化、制度化的深入发展有关。此外，祭祖仪式的主祭多不是宗子，有许多宗族由族长或缙绅（即"有爵者"）担任主祭，或者由族长或缙绅与宗子分别担任首祭和终祭，有些宗族干脆不设宗子。

房支是宗族基本结构的突出体现。理论上，每历一代，就有一次房的分蘖。但唯有设支祠的房分才设房长。另外，各个宗族还根据具体情况，设立一些族长的助理人员和各种专职经办人员，协助族长工作，司掌族中的各项具体事务。

士绅就是士人和缙绅（出仕者）。宗族的活动范围广泛，当涉及宗族对外的一些重大事务，如宗族之间矛盾的调解，以及与官府打交道时，族长的能耐和权威有限，士绅则以见识、社会人脉和对官场的谙熟而一显身手。在祭仪中，唯有良好的文化素养，才能胜任各种祝文、祭文的唱赞。有功名者在祭仪中参与主祭，被视为宗族的荣耀。因此，士绅是祭仪的要角。宗族之间发生冲突，尤其要士绅挺身理论。士绅在社会上有着较高的地位、广泛的交游、比较成熟的领导能力，他们与宗族组织的紧密配合，有效提高了宗族族务的工作效率，提高了宗族领导阶层的权威性。士绅既依附于国家又根植于宗族，因此他们需要在两者之间寻找适合的平衡点。当士绅倒向宗族、甚至与国家对抗的时候，其能耐最为国家所忌。当宗族利益与国家利益一致之时，士绅在宗族和乡族的作用得到国家的鼓励。

以上只是为陈述得清晰起见，将族长与士绅分类别述。实际上，有些宗族，士绅本身就是族长。

5. 闽南祠堂的形貌及工艺特色。

闽南祠堂的建筑格局，通常是两落三开间。前落实际上是门内厅廊，后落中为厅堂，厅堂中间安置神主龛，两侧各一房间。前后落之间是天井，两旁是庑廊。闽南祠堂重"门面"，用功最多。泉州祠堂的大门旁多置一对石鼓，面墙墙根砌以平整条石，墙面砌以红砖或用六角形红砖拼砌。为了显得规整，两侧和后墙也是下条石、上红砖。漳州祠堂的大门同样有一对石鼓，墙面的下半部也多是平整的条石砌成，但上部多敷以白灰泥。

漳州部分祠堂在门面白墙上绘以一幅幅彩画。周跃红主编的《台湾人的漳州祖祠》一书中，介绍117座祠堂，有祠堂外观装饰的106座，其中大门两侧白灰泥墙面施以彩绘者有29座，比例达27％。较之泉州祠堂大门两旁几无素面彩绘的情形，这一比例算是很高了。龙海虽属漳州，但祠堂外观接近泉州。泉州祠堂彩绘施于祠内，再则，泉州祠堂门面的下白石、上红砖的墙面，也使彩绘无处可施。泉州祠堂内彩绘的量比较节制，注重以青石质料的人物、花鸟等浮雕、镂雕、透雕为墙面装饰。例如晋江东石西霞蔡氏宗祠，大厅两侧对着大门的墙上，安装着青石夔龙窗，白石墙根有麒麟浮雕，两侧庑廊墙面嵌着阴刻的青石诗匾以及戏剧人物的精致青石镂雕。

漳州祠堂前多有半圆形或方形的泮池，有条件的话，依着山坡的祠后有半圆形的草坪（俗称"伸手"）。草坪后的山坡养护着风水林。漳州祠堂的风水林构设，越往内陆腹地越普遍。南靖县金山乡乐土黄氏龙湖祠建于明初，在祠后的"卧牛眠地"形状的后山，营造了三百多亩的风水林。现在，"卧牛"山林成为全国罕见的风水林，也是中国东南少有的热带、亚热带原始雨林。晋江流域短窄，只有九龙江流域的三分之一，沿海地燥，较难蓄水，惠安尤其突出。这可能是泉州祠堂较少泮池的一个原因。泉州祠堂即使有泮池，皆为方形。除了永春、德化等山区县，泉州祠堂不重风水林，也少有风水林。

闽西客家人祠堂或有树立"石笔"（或叫"石龙旗"）的习惯，那是给有科名或有贡献的族人立的纪功碑。靠近闽西的闽南西南边缘地带也有客家人，其别致的祠堂样式丰富了闽南祠堂建筑文化。紧邻永定的南靖书洋塔下聚居着客家人张氏宗族，其祠德远堂前的半月形泮池两畔矗立着 21 根石笔，为客家地区之最。闽南人没有这种在祠前树石笔的习惯。漳州西隅的双言区地带分布着客家人村落，客家人的祠堂比较低矮，规模较小；青砖砌墙不抹白灰泥；屋脊平直，没有闽南人祠堂的中间弯两头翘的两燕尾美人脊。简朴与华丽，构成漳州地区客家人与闽南人祠堂的鲜明对照。即使像闽西上杭稔田李氏大宗祠这一客家地区罕见的规模宏大的祠堂，仍体现出端朴无华的特点。闽西客家人祠堂多围以院墙，不少祠堂的大门不在祠堂正中而是侧开，这是出于"聚气"的考虑。另外。许多客家村落沿溪谷而建，背靠溪谷一侧的祠堂与溪谷对面之山近对，为求祠门之前敞阔，故大门侧开。漳泉闽南人所居地势一般较为平阔，没有祠堂风水所忌讳的面前逼仄问题，平时大门紧闭，只从侧门进出，无"散气"之忧，不设院墙，大门正开。

泉州祠堂一般是三间开，祠堂大门内缩，成凹形，使门前形成较大的空间。外墙横向取直，以连贯的线条造成比较宽广的视觉效果。如果是五间开，中间部分的屋脊一般高于两旁屋脊，俗称"三川脊"，但泉州祠堂三川脊的中间部分的屋顶斜坡侧沿为硬山式，即屋顶侧沿不突出墙面。漳州祠堂三间开比泉州更普遍，大门也是内缩，成凹形。许多三间开祠堂也采用三川脊形制，中部屋顶采用歇山式，即屋顶斜坡侧沿突出墙面，这部分突出的屋顶就覆盖着旁边降低的屋顶，从正面看，形成局部重檐的形态。云霄县阳霞方氏孝思堂正面的外观就是如此，更具特色的是其后落是独立厅堂，也就是左右没有以两廊与前落连为一体，厅堂的中部向前突出为三面通透的前亭。这种形制是极罕见的。

闽南的宫庙建筑很多都采用彩瓷剪贴雕塑（以下简称"彩雕"），以漳州最为常见。云霄的威惠庙和供奉林太师的云山书院屋脊上的彩雕著于闽南，人物、动物雕塑栩栩如生，色彩丰富。泉州祠堂怕采用屋脊上双龙相对的彩雕属违制而不用，但不少漳州祠堂很大胆地采用这一形制。① 除了双龙形制，其他彩雕在漳州祠堂建筑也比较普遍，漳浦沙西下寨李氏绍光堂屋脊塑有麒、鹿、鹤、鱼和花卉的彩雕，重重叠叠，尤其是屋脊两端上扬的部分，至少有 1.5 米高，显得过于厚重，但却与祠堂门面艳丽的彩绘形成呼应的关系。东山县何氏追远堂，屋脊彩雕对厚重有所控制，从而显得沉着而轻盈。诏安县东镇霞河何氏祀先堂屋脊彩雕既华丽又庄重。诏安县南门外沈氏飨保堂屋脊的双狮、双龙彩雕，非常生动传神。东山东沈唐氏永锡堂的彩雕雍容优雅。漳州祠堂

---

① 如漳州市：芗城区杏林吕氏惇叙堂、龙文区朝阳杨氏世美堂；龙海市：港边许氏奕世堂；长泰县：枋洋青阳卢氏忠谏府、陈巷陶塘洋杨氏瞻依堂；漳浦县：湖西贻安城内的黄氏大宗祠、赤岭蓝氏种玉堂、绥安高氏高东溪祠、旧镇郑氏通德堂、佛昙杨氏大祖（昙）；南靖县：金山霞涌萧氏四美堂、南坑高港曾氏崇木堂、梧宅赖氏垂德堂、奎洋庄氏大宗祠、奎洋庄氏聚精堂、梅林长教简氏大宗祠、双峰丘氏追远堂；云霄县：马铺和地何氏家庙、阳霞方氏孝思堂；平和县：坂仔镇心田赖氏家庙、乾岭黄梧祠；诏安县：南门外沈氏飨保堂、秀篆黄氏炽昌堂、秀篆游氏广平堂。

彩雕可谓多姿多彩。在台湾，祠堂、尤其是宫庙的彩雕，远望如彩云重重叠叠，比漳州的更为夸张，可谓"青出于蓝而胜于蓝"。

晋江祠堂可为泉州祠堂、甚至是闽南祠堂建筑的典型代表。"塘东崎，檗谷大，庄厝祠堂盖南门外"，这是一句在晋江耳熟能详的谚语。"塘东崎"指塘东的蔡氏家庙屋顶建得高斜峻峭，尽管祠堂面积不大，但二丈九尺九寸的脊高为晋江祠堂之最。晋江东石檗谷黄氏宗祠，为砖、石、木建筑五开间两进闽南古建筑，祠前有大埕七个层级，宽 24 米、深 221 米，祠堂占地面积 4.8 亩，规模冠于泉南群祠。青阳庄氏家庙则是晋江最美观的祠堂，为硬山顶抬梁式木构架砖木建筑。建筑面积 925 平方米。祠堂七开间二进，其前后厅屋脊为三川脊，即中央五间自起屋脊，两头尽间降低高度另起屋脊。高低错落的屋脊各造起高翘的燕尾，屋角耸立鸥吻。面墙墙根砌以"泉州白"条石，墙面用六角红砖拼砌，嵌着一对八角形青石螭虎窗。祠堂开三通门，门廊处立着四根石柱，两侧"对看堵"的砖雕为瑞草灵禽。五开间的厅堂十分宽轩，大厅内侧安置神龛，两旁厅壁上书"忠、孝、廉、节"四个金字。[①]

漳浦乌石林氏海云家庙堪称漳州祠堂中的佼佼者。该祠五开间三进，两天井，宽 23 米、进深 70 米，前坪 4 亩，泮池 7 亩。尤具特色的是，前落门前由石柱木梁形成与整个门面同宽的前廊。龙海（龙溪）杨厝林氏义庄是祠堂与民居结合的大型五凤楼，坐西北朝东南，中轴线自东南而西北依次为：泮池、埕院、二进大厝、花园。面宽 90 米、前后长 114 米，总面积 3730 平方米。[②]

---

① 粘良图：《晋台祠堂及姓氏源流》的《檗谷黄氏宗祠》和《青阳庄氏家庙》。

② 周跃红：《台湾人的漳州祖祠》，国际华文出版社，2002 年，第 61、54 页。

6. 联文。

闽南祠堂联文通常是柱联。柱联多刻在石柱上，也有刻于联板，挂在石柱或木柱上。祠堂联文是宗族文化的精华，凝聚着宗族历史、制度、规范和观念。①

（1）炫耀风水宝地。

晋江青阳蔡氏家庙："前紫帽后罗裳庙堂冠冕；左旗山右石鼓将相规模。"联文中的"前紫帽"，指祠堂远对着紫帽山。据云，祠堂前的远山是"笔架"的象征，寓意书香传统。

晋江东石玉井蔡氏宗祠："玉堂祖考观五马来朝诚香盛概；井里孙曾报千枝竞秀喜乐开怀。"联文阐释风水与宗族的关系，以及栖灵宝地的祖先与子孙受福荫的关系。

漳州龙文黄氏蓝田种玉堂："赖他好景来龙远，宗我蓝田衍派长。"联中"来龙"指祠堂后有绵延山脉。

漳浦旧镇郑氏通德堂："祖宗识远知此青山独可家，诗礼恩深宜其后世多佳士。"上联有风水意蕴，下联的人文阐发与上联的自然理解对应，珠联璧合。

东山美山杨氏四美堂："龙潭护卫为襟带，虎山排闼做屏风。"据云，"阴居阳宅"背依如动物盘踞之山，面临如襟带之水，系吉地。

龙海海澄和平卢氏追远堂："前飞凤后盘龙此地钟灵垂祖泽，左伏牛右卧狮他年育秀贻孙谟。"据云，后为绵延山脉如"来龙"盘此"结穴"（按：山脉转为低矮的突出部，称"结穴"或"结局"），又有左右低缓山势（按："伏牛"、"卧狮"皆为低缓之形）拱卫，系"上吉地"。

---

① 宗祠联文，晋江的见粘良图《晋台祠堂及姓氏源流》，漳州的见周跃红《台湾人的漳州祖祠》。

风水观念和具体的阐释属于地方性知识，是古代人们表达其文化经验和未来向往的象征符号，其中也积累着宝贵的历史经验。

（2）勾勒宗族迁徙史。

晋江青阳庄氏家庙："锦绣御墨恩浓，自宋迄今，频惹御香依玉阙；桃源春光瑞霭，分永入晋，共看春色满青阳。"

晋江塔江刘氏宗祠："远从北里分宗派；近自东楼肇本支。"

晋江塘东东蔡家庙："源出济阳系迁莆阳派衍青阳；分支仑里居卜梓里族聚东里。"

诏安桥东霞河何氏祀先堂："自光州固始以来莆才侨居三四世，由化郡新安而入诏乐斯土千万年。"

祖先迁移史和发祥地有实有虚，或虚实相间。很多宗族修谱始于清代，关于早期历史的记忆，与其说是记录，不如说是意识和心理的表达。就以上面联文提到的"光州固始"来说，对于不少宗族来说是真实的，也有很多是随波逐流的产物。无论是实是虚，都在表达中原认同和华夏认同。

（3）颂扬祖先道德、伟绩和科第功名。

晋江衙口施氏大宗祠："东溟欣砥定，生民咸颂干城；南纪庆安澜，上将精诚卫国。"

晋江青阳庄氏家庙："一榜三龙齐奋，五科十凤联飞。"

晋江围江周氏宗祠："细柳为营汉代忠贞胄，莲花立说宋朝理学家。"

晋江东石（紫云）黄氏祠堂："江夏绵华裔，祖宗成就耀史册；海峤怀往烈，子孙绳武振家声。"

诏安南门内许氏纶恩堂："三世两人庙祀，一门六代恩荣。"

由这些颂祖联文，自然会让我们联系到宗族历史记忆的建构。历史记忆既会筛选也会重组，历史表述与历史真实永远无法重叠。颂扬祖先的筚路蓝缕，其实也是在表达后裔的立志和远图。

（4）训诫、劝勉。

晋江东石世美叶氏宗祠："南阳世泽长，承先启后，无忘孝悌初心；佛岭家声远，尊祖敬宗，不外纲常大礼。"

晋江芙蓉杨氏家庙："继祖宗一脉真传，曰清曰白；教子孙两行正路，惟读惟耕。"此联是清代泉州书法家庄俊元为杨氏家庙题写的真迹。

晋江科任吕氏宗祠："士农工商，一字认真便是祖宗肖子；忠孝廉节，四德克尽堪称天地完人。"

晋江东石（紫云）黄氏祠堂："祖训当永遵，绵历千秋，木本水源出忠孝；宗亲宁可忘，播迁四海，连枝同气共敦和。"

漳州龙文黄氏蓝田种玉堂："承恩秉铎司清漳保民如赤论亲疏不论贵贱，作祖蓝田传世系视子若孙分上下何分东西。"

龙海港边许氏奕世堂："祖宗传家在亲贤积金积书到底不如积德，孙子继志惟孝悌事父事长将来始可事君。"

漳浦旧镇林氏浯江海云家庙："重礼仪而教诗书栽培祖德，别尊卑而敦敬爱缀属宗亲。""家之兴在礼仪朔望参谒者礼仪之本，族之大在孝敬春秋祭祀者孝敬之源。"

漳浦佛昙陈氏鉴湖堂："至孝至忠至正至中以天下之大仁行天下之大公天下第一，笃亲笃敬笃诚笃信以人间之传德成人间之伟业人间无双。"

南靖奎（龟）洋上洋庄氏聚精堂："聚会肃冠裳入庙须知孝敬，精灵倚杖履登堂无废诗书。"

平和五寨林氏大宗（祠）："读古人书留意天地经纬，为后世法无忘祖德宗功。""要好子孙须从尊祖敬宗起，欲光门第还是读书积善来。""绍祖宗一派真传克勤克俭，教子孙两行正路惟读惟耕。"

第三章

族田：宗族社会的经济基础

族田是宗族制度得以维持的经济支柱，[①] 完全没有族产族田的宗族组织是不可能存在的。[②] 宗族的族田主要为祭祀而设，同时也有助学、荫润（轮耕值祭）、救济等功能。族田的广置和世代保持，与宗族的强大和长盛不衰形成互济的关系。[③] 清人倪元坦所说的"凡宗族离散，皆由不设义田、宗祠之故"[④]，点明了族田（也称义田）之于宗族的重要性。

第一节　族田的设置

北宋皇祐二年（1050 年）范仲淹在苏州长洲、吴县置义田十余顷，设义庄这一管理机构，将每年所得租米供给各房族人作为救济助贫之用，此为族田之发萌。至明中期，设置义田者渐增，但仍为数不多。义田的创建者多是仕宦之家，也有少数富

---

① 陈支平：《近 500 年来福建的家族社会与文化》，第 53 页。
② 苏黎明：《泉州家族文化》，第 131 页。
③ 参见莫里斯·弗里德曼著、刘晓春译：《中国东南的宗族组织》，第 17 页。
④ 倪元坦：《宗规》，载《读易楼合刻》第一册。

商。这种义田因私人捐建，产权尚未为宗姓族人所公有，与祠堂宗族的族田性质有别。而祭田，虽然很早产生，但在明后期国家允许官民祭始祖之前，祭田通常只是家庭或高祖以下的家族的祭产。明后期之前，违背国家礼制的宗族始祖之祭，已有零星发生，极个别地方出现的建祠祭始祖已有一定数量。将这种个别的建祠祭（始）祖的违制现象放大，把义庄管理的义田与后来祠堂宗族的族田混为一谈，这可能就是所谓"宋元以来近代宗族形成"这一错误认识的缘起。

宋以后，随着宗族组织的逐渐发展，朱熹等理学家大力鼓吹"敬宗睦族"，对家族祭祀积极倡导，并把祭田的设置作为实现这一目的的重要手段之一，促进了祭田设置风气的日渐兴盛。例如：晋江磁灶林氏家族，"十一世林坤，为人好学，习礼明章，性宽厚笃诚。重孝道。设置祀田，看守祖墓。立有祠宇于栖乡下宫南北畔"。晋江西坑锦马林氏家族，"十二世林晚成，宋孝宗淳熙八年生……公为人忠厚老实，克勤克俭，率子孙开发西坑，披星戴月，奋力躬耕。置祀田七石五斗，祭祀竭诚，时人称之"。惠安龙塘王氏家族，"王健男，判泉州检校司空太宝。生宋天祐年间，葬南安二十三都。公置田租在永春县上场等处，为蒸尝祭扫"。①

元代，祭田的设置更多，规模也更大。如上一章所述的晋江青阳庄氏宗族的祭田，就是元代开始设置的。

元代泉州坂头吴氏族人设置的祭田量也很大："三世祖吴君弼……号清江。清江公拨租二十三石，田四段，坐在东庄桥弥陀前，长生桥埔仔前，南清洋埔乾等处，为祭田。……三世君锡……置祭田百余石在本邑芦洋金田庄，被彼处侵渔过半。……

① 见苏黎明：《泉州家族文化》，第129～130页。

四世祖希禹、显胜、翊斋，置祭田收租一十六石，在白水营等处。另，墓前地四丘，载税银四钱"。又有"置田于南四都、后洋、山头林、东院、糖部、旧厝、沙坪、夏艾头、下尾、竹坑、尾崎、陈洋、山仔、潘坑、玉卦庭、横塘、寮内等处，载米一十六石计共租粟三百余石"。①

宋元时期祭田的设置，局限于那些富裕家族、宗族。明代以后，社会经济特别是商品经济的发展刺激着宗族组织的发展。明后期开始，宗族的祭田等族田的设置逐渐普遍。一般的家族在建祠的同时，也大力筹集资金扩置族田。泉州梅溪《陈氏族谱》云："吾宗从宋末以迄于今，盖三百余年矣，未有兴此田，盖自嘉靖辛酉……诸叔父兄弟佥曰然，遂以告之家庙，而立为大宗义田。"到了清代，族田之设已成惯习。乾隆《泉州府志》云："百人之族，一命之官，即谋置祠宇祭田。"说的是族人达到一定规模，或者族中有人入仕为官，就要"谋置祠宇祭田"。可见，建宗祠置祭田，已是社会生活的模式。闽南宗族的族田主要是在清代扩增的。

明代中叶以后，激烈的社会变迁，增强了福建民间宗族的凝聚力，族人对宗族的认同感和依赖感也进一步加强。而厚积起以土地为主体的宗族共有资产，个人依靠宗族才得以确保。陈支平先生引述浦城《后山蔡氏族谱》的《祭田引》关于置祭田之远虑："先人为子孙虑也远，故其为计也周，家产分析，虽数万金，传历再世，愈析愈微。惟厚积膳田，生为奉侍赡养，殁则垂作祭产，以供俎豆之需，或共理以孝字，或轮授以虔祝，绵延勿替，历久常存。不幸而后昆式微……余资犹堪糊口。"② 祭田虽为公

---

① 《金榜吴氏族谱》，见苏黎明：《泉州家族文化》，第 131 页。
② 陈支平：《近 500 年来福建的家族社会与文化》，第 68 页。

田，但轮值耕祭可得祭祀费用之余，即使子孙"式微，扣除余资犹堪糊口"。这条材料虽出自闽北族谱，但同样适用闽南宗族的情况。

应当指出，族田的所有权很大一部分归属族内不同层级的宗族组织，但这些层级性公田都统称族田。

1950 年春，福建省农民协会曾对解放前福建地区的农村共有田作了典型的调查，调查报告略云：

> 本省各地区共有田在田地总数中的比重是这样的：古田七保占 75.8%，古田地溪占 61.4%，永定西湖村占 60%，永安吉前保占 56.6%（以上属于闽北闽西地区）。仙游 4 个村占 43.5%，永春 7 个村占 29.53%，莆田华西占 21.87%，南安新榜村占 15%，福州市郊 6 个村占 13.55%，福州市郊 2 个村占 7.98%，福清梧屿村占 9.02%（以上属于沿海地区）。从这里，我们可以看到各地共有田所占比重极不一样，有高到 75.8% 的，也有低到 7.98% 的，一般来讲，闽北、闽西占 50% 以上；沿海各地只占到 20% 到 30%。[①]

该调查报告还着重指出：各种共有田中，族田占绝对的多数。族田在福建土地总量中占有如此之高的比重，这恐怕在全国范围内也是十分少见的。陈支平指出：福建省沿海族田比重较小，并非意味着沿海的家族制度较闽北地区不发达。沿海族田比较少是因为沿海各地人多地少，土改时人均土地仅在一亩左右，以当时的生产力计，每人必须有七八分土地才能保证食粮足用，因此，族田占土地总量的 20%～30%，可能是沿海地区扩充族田的最高

---

① 华东军政委员会土地改革委员会编：《福建省农村调查》，第 109 页，见陈支平：《近 500 年来福建的家族社会与文化》，第 63 页。

限度。①

当时视公田实质为封建地主阶级剥削农民的土地，尽管有调查数据，但是基于"典型"调查，就普遍性而言，这些数据须大打折扣。不过，我们从中可以了解到从沿海往山区，族田明显呈递增的趋势，即使在闽南一地，情况也是如此，如位于山区的永春，其公田就比沿海的南安多一倍。

第二节　族田来源、项目和功用

从明后期直至清末乃至民国时期，闽南多数宗族的公有财产，主要是族田，经过数百年的经营和积累，数量可观，其来源主要有三：

一是提留。即分家析产时提留一定数量田产作为祖、父辈的赡养费来源，祖父辈殁后，此田即为家庭或家族祭田，当家族发展为宗族，即为宗族祭田。不少赡养田成为祭田后，成为房支祭田，仍泛称为族田。这类田产提留，是闽南族田扩充的主要方式。如南外天源赵氏《家范》称："祭田之事自恨贫薄不能，言及此语痛心再三，呜咽流涕。倘我后世子孙如有余饶能继吾志者，可拨出腴田三十五亩以为祭祀之资，严戒后之子孙长久保守，毋致质鬻。"②

二是义捐。即殷实之家主动献田，更多是捐银，以购置族田。

三是派捐。即按人丁、田产或身份摊派银钱，甚至娶妇、添

---

① 陈支平：《近 500 年来福建的家族社会与文化》，第 63 页，注释二。

② 《南外天源赵氏续谱》。

丁也有"喜庆银"之捐的额定款，然后用这些钱款购置族田。如泉州薛氏家族，"子孙娶妇喜庆银一钱，添丁喜庆银五分"①。在通常情况下，能力、权利和身份与责任是相互联系的，有的宗族就是以能者多贡献的原则议定献银标准。南安蓬岛郭氏家族，"祖宗九世以上未有祀田，至十世朴野公始建祀业，亦聊具粗略而已。迨乾隆甲申冬诸绅衿见其秋冬两祭简陋难堪，于是共兴孝思，充祀银以为买置祀田之资……一生员充银一大元，一监生充银二大元，一乡宾充银二大元，一贡生充银四大元，一举人充银四大元，一进士充银十两，一及第充银五十两，及第充银五十两，仕宦随力充捐"②。不少登科、出仕者，不囿于派捐而慨捐，那就是义捐了。

此外，还有"罚银充公"，部分公银可能购置公田。漳州市南靖县十八家村《郑氏族谱》，录有一则明代警示碑刻，颇是典型："姚陈氏四娘，葬在窑上岗背黄蛇过江，郑一葵兄弟倚恃财势，于本年正月径然就于姚坟左八步之内占葬二穴。有祖姚四户子孙户长郑友学、郑再兴、郑珊、郑楷等，切齿不甘，公同屡看有碍，务要起骨殖谢祖。次日，仍到城隍庙同誓，公罚一葵兄弟罚出系银一百两，为祠堂之用。……万历十一年正月十八日（郑友学）十三户户房长全立。"③

开基祖的田产在下一代分家析产时就提留部分为祭田，这祭田今后将演变为开基祖后裔所形成的宗族的族有族产。在闽南，这种情况是罕见的。如果是三世、四世或更多世的分家提留田，

---

① 《薛氏族谱》卷一《族谱义例》。

② 南安《蓬岛郭氏家谱》卷一下《祀田》，见苏黎明：《泉州家族文化》，第134页。

③ 南靖《郑氏族谱》（手抄本），见陈进国：《信仰、仪式与乡土社会》，中国社会科学出版社，2005年，第608页。

那在以后形成宗族时，这类提留田属于房有而不是族有。因此，三世以后提留的祭田，广义上是族田，实际上是房族田。可见，以祭田为主的族有田几乎都来自义捐和派捐。当然，捐置族田不是一次而是多次进行。"十世朴野公始建祀业"，系义捐。乾隆年开例充银以置田，则是身份派捐。泉州紫云黄姓由单个族人捐金购置了本族最早的族田，族谱载："守恭公舍宅为寺，延僧守之。僧德公立檀越祠以志。万历间几罗于火，裔孙黄文炳重修建构，群子孙以岁序拜公祠宇……文恉毅然会族众而谋曰：不奉先不孝……乃醵金买田千亩……春秋祭祀，而所需又惟此福田。"①

族田分为两大类：一是祭祀田，即祭田，也叫蒸尝田、祠田。有的宗族的族庙还有庙田；一是赡族田，包括义田、学田（书田、书灯田）、公役田等。

（一）祭田

1. 祠田。

祭祖的花费是宗族开支最主要的部分。祭田的收入主要用这一项开支，因此，在许多家族中，族田几乎是祭田的同义词。祭祀时用的各种牺牲、祭品、用具，祭祀时的宴饮、演戏，都出自祭田收入。祠堂的修理、族谱的修撰与续修、祖墓的培缮、墓庐的管理，以及家族的迎神赛会等开支，往往也出自祭田。祭田一旦设置，轮祭者就要自觉履行祭祀的职责。对此，各个家族都有严格的要求。"凡有轮收祭祀祀墓田地，岁收子粒，务要依时祭扫，勿得坐收其利以废祀事。敢有侵欺盗卖者，族长率诸尊辈共切责"②。

---

① 泉州《紫云黄氏宗史谱·祀田记》，见苏黎明：《泉州家族文化》，第 135 页。

② 《南外天源赵氏续谱·家范》。

明清以来，族产兴起的一个重要原因，是为了防止子孙们在动荡不安的社会经济中生活无着，给子孙留下一份永久性的公共田产。各房子孙每逢轮值耕种年份，收成除了用于祭祖，还有一定剩余，这实际上是隐形的经济补助。这种动机一直到民国期间依然在起作用。1950年福建农民协会调查家族共有田时，了解到："地主从他们的所有土地中划出一部分为族田，部分固然是为了作死后的祭祀之用，但最主要的还是怕子孙把产业败光。所以提作族田，也就是想使占有的土地保持得更稳固些。"例如泉州仑山留氏家族，"康熙年间，孟迪公有子三人……恐后子孙记缺，商议公拨园地三丘，每迎年载租七十斛。每贴干净租七十斛，为公存忌，永垂不朽，以表兄弟之情，俾死者有赖，生者无愧"。这就是说，这个"存忌"的祭田就是三个儿子的公田，每人轮耕一年，除贴七十斛作为亡父忌日的祭祀费用外，余额就成为个人的收入。又如"诏安……族大而丰者，看核维旅，海物维错，鼓吹演剧。其次者看馔必备，不敢俭于所生。维缙绅及六十以上抱孙者，得与于祭而颁胙，以爵贵贱为差等。原于乃祖分产之是，留田若干为子孙轮流取租供祀，曰烝尝田。厥后支分派别，有数年轮及者，有十余年始轮及……更有数十年始轮及者，其租多盈千石或数百石，少亦数十石，供祭之外，即为轮及者取赢焉"①。所谓"颁胙"，就是祭祀后，宗族按男丁数量颁发一份祭祀用的牲肉。它是共祖、平等和一定程度的经济共有的象征。

2. 庙田。

宗族宫庙的田产，由族人谢神而捐置。如南靖县书洋乡萧姓宗族的核心宫庙——角祖庙（位于车田村），庙貌宏敞，供奉

---

① 陈盛韶：《问俗录》卷四《诏安》。

"南海岸蛇岳王公"，原有庙田，每年田租 30 多石。①

（二）赡族田

一个社会有对资源进行重新配置的责任，否则当资源配置严重失衡时，这个社会就难于维系。一个宗族就是一个小社会。将宗族部分经济资源重新配置，在某种程度上填补贫富分化的鸿沟，从而达成宗族社会的稳定，这就是赡族田的本质。

1. 义田。

义田为收族的经济根基。清人倪元坦说："亲亲故尊祖，尊祖故敬宗，敬宗故收族。凡宗族离散，皆由不设义田、宗祠之故。"② 倪氏之言具有很强的代表性。"以祖宗视之，均是一气，当深悯恻，量力资助"，这是宗族固有的睦亲相助的道德要求，也是敬宗收族的实践需要。赈济贫困族人，避免他们生活难继、流离失所，宗族才可能聚合，这就是设置义田的主要用意。义田赈济的对象具体有：族中衣食难继者；孤寡残疾无助者；族中无力婚娶及无力举丧营葬者；因天灾人祸而陷入困境者。③ 如泉州梅溪陈氏家族，在明代嘉靖万历年间始设义田，其族谱曰："义田何以兴乎？为赡族人而设也……宗之乏者有嫁娶丧葬则咸于是取给焉。"④

---

① 永定县湖坑乡马额官的《刘汉公王李姓大福田款》碑文载："大清乾隆五十三年捐题，五十七八年置买：一乱石岌下分钟家地前禾田……钟昌圣白手借耕；一乱石蓝屋场禾田……钟宁魁白手借耕；一乱石大岌下……钟宁松白手借耕……"马额官为李姓宗族所有，"做福"活动唯湖坑李姓参加。每三年，湖坑李姓做一次大福（逢子、午、卯、酉年），其他年份做小福。书洋与湖坑都处于闽南人与客家人的交界地带。角祖庙与马额官之间，车程约 20 多分钟。这说明，至少在这一带庙田有较高的出现率。

② 倪元坦：《宗规》，载《读易楼合刻》第一册。

③ 陈支平：《近 500 年来福建的家族社会与文化》，第 334 页。

④ 泉州梅溪《陈氏族谱·义田记》。

赈济的对象当然必须是本宗族的成员，因此族人的义子、养子、已嫁之女是没有接受赈济权利的。但已嫁之女如果年轻守寡，老来贫困无靠，也可以接回家族奉养，接受宗族赈济。因为她们虽已不属本族成员，但守节是宗族的荣耀，故可以破例。家族赈济对象的选择，要经过房长、族长的评议认定。一旦认定以后，则以计口授给的办法，或划分为几个等级，予以赈济。①

2. 学田。

办学助学是设置学田的目的。学田收入的用途可细分为如下几项：(1) 兴办私塾，供族中儿童上学，如建造塾舍、聘请塾师等。(2) 补贴族中学子的学杂费。(3) 对应举赴考的族中学子予以资助。(4) 奖励取得功名的子弟。有的宗族的族规规定，族中子弟凡考取秀才奖若干元或若干石，考中举人者奖若干元或若干石等。例如：清雍正年间，印塘杨氏家族十三世时开始设置学田，称为"毓材田业"，所置计"有田十四丘，田面四十三篮，由懿亭公直祀收管。当年应纳产米柒钱玖分，折征银捌钱，仓米四升八合，折谷九升六合"。这些学田后来即由其后代轮祀者"依次轮流"管理，但规定"当择师时须公议斟酌妥当，不得擅自主意，亦不得各延一师。倘若各延一师，田业依旧听当年之人收管。当年如不延师，田业所出停公收贮"。十四世的时候，又增加"毓材田业"八丘，田面十三篮，专作应举赴考的族中子弟的资助，以及奖励取得功名者。"公订毓材田无数亩，原以为试费膏火之资。本房中若有登科之人，即以此田付之收管，俟后起有人然后将业交代。倘幸而……科中或数人登科，则就计亩均分可也"。至于先后登科之人如何交换这些田业，以及收管者每年应纳的赋税，家族也规定得很清楚。"公订毓材接受之间，以立

---

① 苏黎明：《泉州家族文化》，第142页。

夏立秋为准。如立夏前登科，则此年春季旧管即应卸下，以付新
科之人收管，倘立夏后登科，须俟至秋季方许收粟，春季之粟仍
是旧科收管，立秋例放此。另，园一丘订以五谷收成为准，不得
援田以为例。此毓材田业收管者当年应纳产米四钱九分七厘，折
征银伍钱一分叁厘。仓米三升，折谷六升"。①

3. 族务田。

宗族事务，如修水利、修路、修桥、设渡，以及与外族的民
事纠纷、诉讼甚至械斗等，皆有赖于族务田。公役田、桥田、渡
田等都属于族务田这一类。有的宗族还设置有专门支付某类族务
费用的族田。例如，清代泉州印塘杨氏宗族，就设有"应酬世事
田业"。② 这种田产也属于族务田。

4. 公役田。

为了统筹安排本家族的赋税钱粮，有些宗族专门设立了公役
田，或叫门户田，统一应付政府的赋税差徭。如梅溪陈氏家族，
明代中叶设五班里正公田，"一班二班之田各百余亩，三班四班
之田各六十余亩，五班之田则八十余亩，大约诸子姓所以充里正
一岁之费者，皆是物也"③。公役田在宗族之设，并不多见。

族田名目一旦确定下来，原则上不能随意变更，以便保证不
同类型族田的专用。乾隆《泉州府志》曾记载这样一件事："林
豫宗，晋江人，祖之宦也，先置族义田，后欲为父秋江公置祭
田，力不逮，告从兄五河令请割义田数亩为祭田。兄不可，曰：
非先命也，于是别图塘田海荡为祭田。终以薄为歉，使其子茂先

---

① 《印塘杨氏族谱》，见苏黎明：《泉州家族文化》，第 143 页。

② 参见苏黎明：《泉州家族文化》，第 143 页。

③ 泉州梅溪《陈氏族谱·里正公田记》。

至五河谋之，茂先至真州而卒，从兄乃割俸充秋江祭田，以竟其志。"① 有的宗族，祭田项目较细，如南靖龟洋庄氏宗族的祭田中，有"二世必文墓租三十石四斗"、"六世盘谷公萃英堂祠租百余石"，等等。② 族田项目细分，类似现在财务的"专款专用"，便于管理。不过在某些情况下，经过族房长的商议酌定，族田的用途也有一定的灵活性。

族人所捐不仅有田产，还有鱼池、山场、坟山等业产。乾隆《泉州府志》载："（明代）李梯，晋江人，移居南安……祖祠浅狭，捐分地并易地拓建之。"③

族田等族产收入，主要用于祭祀活动，用于族学和赈济的只是较小的部分。祭祀是每个宗族都必须举办的活动，族田的设置首先保证这项基本用途。在一些经济条件比较优越的巨姓大族中，由于族田族产较多，除保证宗族的祭祀活动外，其他活动也能较好地开展。而一般的宗族，用于祭祀以外的族产不是很多。宗族的祭祀活动，使宗族的血缘关系得到加强，增进了宗族的亲和力。宗族组织掌握族田及族产的收入，通过"守望相助、患难相恤"的实践，为贫困族人提供一定的经济扶持，使他们的生死婚丧有最低限度的保障，使族人感受到宗族荫庇的好处，从而达到收族的目的。

第三节　族田的经营管理

族田的来源，无论是宗族购置，还是富裕族人捐献的，一旦

① 乾隆《泉州府志》卷五十九《笃行》。
② 《漳州氏族源流汇编》，第61页。
③ 乾隆《泉州府志》卷六十一《乐善》。

确定为族田，也就成为全族共有的财产。所有这些族田，都必须将其地理位置、坐落四至、田亩面积、收成情况以及经营管理者等录入家谱，以防止时间久远，因情况不明而引起产权纠纷或族田流失。子孙必须对族田世代永守，不准擅自出卖。这一条往往作为家族的族规家训载入族谱，举族遵行。倘有不肖子孙敢于私自盗卖族田，则要受到家法的严厉惩处。晋江《沪江侯氏族谱·谱例》云："凡坟墓及祭田皆当书其乡村地名及向背四至，以防迷失。子孙无问隐显，但有放僻为非，有玷其父祖及侵祖坟卖祭田者，并大书之以示戒，中有贤能子孙能盖前愆者，乃特书之。"虽然变卖祭田，无论出于何种缘由，均为家族之大忌，均被视为是大逆不道的不孝行为，但一个宗族在漫长的历史发展中，也难免由于各种原因而出现盗卖祭田的现象。对此，宗族组织往往也在修谱上予以惩处：一是"削谱"，即在族谱上削去其名；二是在族谱中"书之以示戒"。如《青阳庄氏族谱》中就记载着好几个盗卖族田的不肖子孙。"庄公福，字本源……既骑葬仑头山震彦公墓头，又兼盗卖烝尝焉"。"庄尾……有祭田十担……所不幸者，不能以继志，祭业倾覆几于将尽"。"庄饶……平生荡覆家业，至卖烝尝，又留产在户以累子孙。噫，哀哉"。所谓"留产在户以累子孙"的"留产"，指负遗产，寓意"父债子还"。《青阳庄氏族谱》就记载明后期有三兄弟出银赔偿其祖所盗卖的族田。①

　　之所以常发生宗族祭田因"不肖私行典卖"而流失的情况，原因就是这类公田还有私有的依稀印记，一些不肖子孙利用对这类土地的使用上有祖先遗留下来的特权"私行典卖"。当然，这种专有权会随着世代延续所出现的后裔众多而成为完整意义上公

_____

①　参见苏黎明：《泉州家族文化》，第140页。

有的族田。即使是这种完整意义上公有的族田也仍然会因"久租成业主"等原因而流失。

族田经营的方式，既有租给外家族耕种，也有族人自己耕种。从宗族的道义角度而言，族田应由本族人租种，这也是先人将田产提留一部分充作族田以免后裔无田可耕的一个远虑。但从管理的角度而言，一般并不提倡族人自己耕种，因为"久佃近业主"或"久佃成业主"的事时有发生。为了防止族人对族田的侵蚀，宗族往往更愿意以招佃取租的形式租给外姓。族人对族田有否先租权，各地情况有别。在南靖、漳浦地区，一般倾向于族人有优先权。当然，若族田地处遥远，就不必考虑族人的优先权了。宋代以后，人多地少的问题在闽南、尤其是沿海地区日益凸显。20 世纪 50 年代初土改时，泉州地区人均耕地仅一亩左右，晋江、惠安、南安人均耕地更少，只有七八分。[1] 耕地少的地区，宗族所置的族田往往与宗族社区距离甚远，甚至有在外乡、乃至外县者。这类族田当然让所在地的人承佃。例如：惠安龙塘王氏宗族的王健男，"判泉州检校司空太宝。生宋元祐年间，葬南安二十三都。公置田在永春县上场等处，为烝尝祭扫"[2]。

族田由族人自耕的形式有两种：一是将族田租佃给族人耕作，照常纳租。如印塘杨氏族田中就有部分属这种情况："一祖留下产园一丘受种九升，坐贯本乡土名浚埔，配产米一钱零二厘，年纳税银六钱，现耕裔孙焕亲。一祖留下产园一丘，受种六升，坐贯本乡土名浚埔，配产米六分八厘，年纳税银四钱，现耕裔孙懋枝。一祖留下产园一丘，受种六升，坐贯本乡土名浚埔，配产米六分八厘，年纳税银四钱，坝耕裔孙培恼。一祖留下产园

---

①　参见苏黎明：《泉州家族文化》，第 136 页。

②　惠安《龙塘王氏族谱》。

一丘，受种六升，坐贯本乡土名浚埔，配产米六分八厘，年纳税银四钱，现耕裔孙培潭。一祖留下产园一丘，受种三分，坐贯本乡土名浚浦，配产米二分一厘，年纳税银一钱，现耕裔孙锡出。一祖留下产园一丘，受种三升，坐贯本乡土名浚埔，配产米二分一厘，年纳税银一钱，现耕裔孙锡攀。"

二是"直（值）祀自耕"，即某人殁后，其蒸尝田由几个儿子按年度轮值耕祭，轮值者承担当年祭祀费用，余额自得。印塘杨氏族田中也有部分属于这种性质："一祖留下产田一丘，田面二篮，坐贯本乡，土名大沟后岸坑乾，年配产米二分四厘，此田系直祀自耕。一祖留下产田一丘，田面五篮，坐贯本乡坂边，此田系直祀自耕。一祖留下产园二丘，受种六升，坐贯本乡土名坂边，此田系直祀自耕。一祖留下产园一丘，受种一斗，坐贯本乡，土名伍厝头，此系直祀自耕。"①

祖先提留的族田，从原则上说，凡是他们的子孙便有享用这些族田的权利，但从实际上看，族田所包含的经济共利关系，在值祀自耕方面表现得更为明显。因为它往往是高曾祖祢等近亲的祭田。一方面这些近亲祖先的祭祀规模一般都不大，仪式比较简单，花费比较省。另一方面，这些值祀自耕的祭田一般都采用轮种的方式，例如前述晋江仑山留氏家族，孟迪公留下的三块地就是三个儿子的共有田，每三年轮耕一次，除贴七十斛作祭祀费用外，余额即成为个人的收入，实际上等于每三年分享一次经济收入。当然，如遇收成不好，轮耕值祭也有赔本的。

此外，土改时福建农民协会的调查报告中指出："中、贫农所产生的族田，虽也同样受浓厚的祭祀观念的影响，但颇多是由于他们所占有的土地有限，如都分给子孙们，非但不能使他们解

---

① 晋江《印塘杨氏族谱》，见苏黎明：《泉州家族文化》，第139页。

决生活，且反而使耕地的使用显得零碎与不合理，以族田的方式保留下来，让子孙们得以从事较合理的使用。"①

宗族对于无论哪一种族田的管理，都有比较严格的制度。一般情况下，会在族中推举一人或数人专门管理，他们须是"公廉正直"或"殷实练达"者。也有的宗族将经管族田的权力集中于族长或房长之手，他们作为宗族组织的代表来行使族产的管理权。不过，一般还是设有专门的管理人员，具体负责族田的招佃、收租和收益分配工作。族田出租，无论是新出租或更换租佃者，都要将族田的位置、名称、租给何人、租金多少，以及租佃契约、收益分配等等记录在案，以备查询。如果因某些情况而引起租率的变化，也要及时记录，以免口说无凭，引起纠纷。《印塘杨氏族谱》记载："袋仔田租一石两斗，系石塘直祀自收，与洋塘直祀无干。后因年荒租谷累欠，故二房公议将一户粮米拨付诸现耕当差。"② 这里不仅记录着租谷的变化，且涉及两房之间的利益分配。

宗族对族田管理礼法兼施。礼指道义上的教化，法指依照族规的惩罚。明清以后，闽南宗族对族田的管理形成一套比较严格的办法，并随着时间的推移不断地加以调整和完善，使之更加透明化，以防出现舞弊的现象。但网密仍有疏漏，族长、房长和经管人基于利益的驱动，利用管理上的职便，采取各种名目欺骗众人，从中谋利的现象也不可能避免。有的宗族的族规，申明族长应为公廉之人，这也透露了曾有反面人物的存在。然而，此类事情罕闻。其因可能是，若真有此类事情发生，"为尊者讳"的史

---

① 《福建省农村调查》，第 110 页，见陈支平：《近 500 年来福建的家族社会与文化》，第 63 页。

② 晋江《印塘杨氏族谱》，见苏黎明：《泉州家族文化》，第 139 页。

笔惯例不会曝光于族谱。再则，即使记载于族谱，也不会亮出他们的身份，致使我们今天难于解读。下引的例子，我们就无法辨明盗卖者是房族长或经管人，还是"久佃成业主"的族内承耕者。晋江《青阳庄氏族谱》记载："琛治……盗卖蓝田公烝尝，有孙朝鸣、本泽、本迟共出银代赎，以垂永鉴云。"族田作为宗族的共同财产，无论谁加以侵吞，都被视为大恶，也使子孙蒙羞。因此，庄琛治盗卖房族祭田，其孙共同出银作为被盗卖祭田的"代赎"。

一旦发生族田被盗卖，族、房长会设法追回。据《沙堤王氏家谱》，明永乐年间"乃立田园租三十余石与柏山四处为烝尝"，后来田园陆续被不肖子孙盗卖。民国十九年（1930年），沙堤王氏西山房的王若察邀集各房房长共同调查，追回祠堂公田十之七八，充作历年新婚轮值大宗祠春冬二祭之资费。①

根据上引以及同类资料，盗卖的公田几乎都是房族田。这可能是相对于宗族共有的族田，房分的共有田具有一定的私有性质（某代祖后裔私有，与宗族公有相对）。特别是蒸尝田越往后，私有成分就越高。

---

① 晋江《沙堤王氏家谱》。

第四章

族谱：宗族制度的史籍志书

族谱也叫世谱，即世代系谱，这很简明扼要地指出族谱的核心内容。世代源远流长，史也；世代不断新生，志也。族谱通过说史志今，将宗族成员整合在一个祖先衍派系统里。始祖之祭固然使宗族有了认同的核心，但族人与祖先联系的依据在于世系，世系使族人获得了历史的记忆。有了这一记忆，宗族根基得以生成。而且人们的根源之寻不会止于始祖（开基祖），于是族中士人就虚虚实实地建构始祖以前的历史，一经编入族谱后，始祖前史就成为宗族的集体记忆。这样，族人崇祖的内容便丰富起来。谱牒世系为长幼尊卑秩序提供依据，仅此远不够，宗族这个小社会必须有法度，于是家训族规产生了，规范着族众的行为。崇祖敬宗有了文献的依靠，历史的叙述有着当今的诉求，时下的记录和自律他律文献的收存，规范着现实社会。这就是族谱这一宗族制度的史籍志书的重要功能。

第一节　族谱的回顾

族谱是同宗共祖的血缘群体记载其家族或宗族世系和事迹的图籍。在甲骨文、金文中，就有一些家族世系的记载，这是族谱之发萌。周代的《世本》是族谱的开山之作。战国时代的《春秋公子血脉谱》开以"谱"为名之先。东汉以后士族门阀势力兴起，世家大族世袭的门第特权须要有谱牒依据，因此自魏晋至隋唐，朝廷都设有图谱局，掌管士族谱牒的纂修和收藏。唐末五代士族门阀制度崩溃之后，谱牒也随之衰绝。宋代以后，族谱的编撰方式由过去的官修演变为私修，功能也从社会政治转向亲睦族人的伦理道德。

宋代，一些大族固然已经数修族谱，但这种修谱活动远未普及。明代后期以后，修谱活动出现了普遍化的趋向，闽南不少宗族都是在这一时期内首次编修族谱的。泉州梅溪陈氏家族，其族谱"相传修葺自太学介石公之手，介石公以弘治丙辰岁贡入太学，丁巳卒"[①]。据修谱者的生卒年，梅溪陈氏家族于嘉靖年始修族谱。元代元祐七年（1320年）开基南靖龟洋的庄氏宗族，于嘉靖二十八年（1549年）首修宗族族谱。《龟山旧族谱序》曰："仰维我始祖三郎公……始立籍于南靖，永丰其属里也，龟洋其故居也。历年三百，历世十有二三矣。前世家谱，惟存大略，未得其详。"[②]"惟存大略，未得其详"的"前世家谱"应是家族谱。[③]

族谱编修需要一定的经济基础和稳定的社会环境。明清的倭乱和迁界对于闽南宗族的谱牒编修和保存是一次沉重的打击。如

---

① 泉州梅溪《陈氏族谱》附录《裱续旧谱前序》，参见陈支平：《近500年来福建家族社会与文化》，第42页。

② 《漳州氏族源流汇编》，第87页。

③ 明嘉靖二十八年（1549年）修谱之前，庄氏唯于永乐年间修过一次。《庄氏族谱·龟山修谱辨疑论》云："自明永乐年间，我三郎公之五代孙宏茂公，兴水木之思，始修明志之谱。"但当时庄氏尚未建宗祠，宗族组织尚未形成。

泉州《董氏大成宗谱》记道："吾宗世谱，一失于元至正二公挈家下水之时，再失于明嘉靖倭乱，三失于海上黄凯、林顺之纵掠（按：清初）。沧桑迭变，文献尽湮，由是统绪散失，而世传杳杳难明矣。"① 泉州《霞山陈氏家谱》记云："余族经康熙海氛，族多散离，有徙于泉郡，再徙于十三都塘仔乡者，有升平复界而归耕于科任之厅前者，比乡相望，不过数十里，而杂乱参错，名号相袭，种种不可胜纪。……谱牒未正，心每恙焉"。"吾祖经海氛兵锋，谱牒无存，是以徽音善行不传于族"。② 漳州府诏安《杨氏族谱》亦载云："吾家杨氏……皇明时丁几千数，代有名人。……明末不造，草寇窃发，大清初起，海氛未平，昔之闾阎扑地者化为丘墟矣，昔之鸠宗聚族者化而星散矣。……慨自皇明鼎革海氛变乱之时，父子兄弟相聚者少，离散者多。入城多致困毙，入山惟恐不深，又何有于房亲，又何有于族属哉？故今族谱既失，其长次三房之先世……慎勿以其举一遗百而忽之，可乎！"③

清朝廷于康熙二十二年（1683 年）统一台湾，结束了数十年的战乱，福建的社会经济进入了恢复和发展的阶段。康熙、雍正、乾隆三朝号称"康乾盛世"，是清代社会经济的繁盛时期。社会安定和经济繁荣再一次为修谱活动提供了良好的基础。自康熙中后期始，闽南许多宗族进行了族谱的重修工作。至清代中后期，不少宗族的族谱一再重修，体例和规模也日益完善和扩充。

随着宗族的扩大以及联宗通谱，清代闽南修谱出现两个显著

---

① 民国泉州《董氏大成宗谱》卷首《重新族谱例》。
② 民国泉州《霞山陈氏家谱》，乾隆陈硕捷、陈克宪序。
③ 诏安《清漳霞山杨氏族谱·谱叙》。

的特点。一是族谱的细分化。一个较大的宗族，除了总谱之外，往往还修撰了房谱、支房谱。由于房支是多层次的，房支谱牒往往要冠以房支村域地名以示区别。这种族谱层级化的情况，在清代以前是非常少见的。二是通谱（亦称统谱、联谱）的兴起与流行。所谓通谱，就是把各居一方的同一姓氏的人群，用族谱合编、联编在一起，从而形成"合千万人于一家，统千百世于一人"①的大宗谱。通谱中的族人，多数并非有真实的血缘关系，而只是同一姓氏而已。这种泛血缘的通谱的出现，一方面反映了清代民间修撰族谱的进一步发展，另一方面反映了在血缘关系作为民间社会组织的基本法则仍然有效的情况下，出现了以姓氏为认同符号整合虚拟血缘的趋势。这种趋势在 20 世纪以后海外华侨华人社会中方兴未艾。

清代以后闽南谱牒之修的纷呈迭出，缘于宗族经济实力的增强。这种增强突出地表现在华侨族亲以及台湾族亲的慷慨捐输。这样，即使在晚清以后中国大陆社会经济出现了衰退的趋势，但闽南族谱编修并不与之俱衰。随着闽南人移居海外以及迁居台湾人数的增多，由这些外迁族亲出资赞助祖家修撰族谱的情况越来越多。如南安码头诗口的吴氏族谱载："所有谱牒，毁于倭氛。……十六世张公复起重修……民国庚申年有族长青山者……设局修纂，请仰周叔主笔，由岷侨相继捐金。"②"岷侨"即岷尼拉（马尼拉）侨亲。清嘉庆二十五年（1821 年）晋江县玉山林氏家族修纂族谱时，在台湾淡水经商的族人林正兴，"积金满千，公鸠佛银，交入行中，言念宗谱未修，以为修谱之用。又恐不足，自独加捐以补足"。又如泉州《蓬岛郭氏家谱》记载族人郭

---

① 民国《蓬岛郭氏家谱》卷一。
② 南安《金榜吴氏族谱》。

腾蛟，"自其祖徙居台湾苗粟郡苑里庄猫盂，公生长其地，与蓬岛祖居远隔万里。……当光绪庚寅，我族三修谱牒，公亲率其子若侄，越重洋归来相视并为其一派先灵填还冥库，虽云卿从俗例，亦属孝子顺孙所用心。今家乘四修，其孙木火又能慷慨赞成，捐银二百元以助经费。可见公虽身在海外，而其水源木本之念，实相传勿替"。

华侨和台胞对闽南祖家修谱等宗族事务的支持，也成为了闽南宗族文化和村落文化维系和发展的动力。如十年动乱使族谱、宗祠、村庙经历了一场空前的浩劫，改革开放以后，泉州地区最大的两支回民宗族陈埭丁和白奇郭，皆编纂几十万字的宗谱，就是分别由菲律宾侨亲和台湾族亲捐资出版，这是侨、台特色的闽南宗族文化重建的一个缩影。

第二节　族谱的类别

古代天子、诸侯祭祀祖先之所叫"宗庙"，诸侯以下的品官的祭祀祖先之所叫"家庙"，原因就在于天子、诸侯所祭的最远代祖先之下的亲属叫宗室（宗族），宗庙之谓，即缘于此。而诸侯以下的品官只能祭高曾祖祢四代或者四代以下的祖先。高祖以下的亲属叫家族，祭祀不超过高祖的祖先之所以称家庙，正缘于此。这种礼制等级观念影响久远。国家意识形态的大传统制约着民间观念形态的小传统。在民间理念中，宗族通常涵盖家族。如果同宗的几支族众，其各自的谱牒称为族谱，其合谱就叫宗谱。如果是区域性的同姓联宗的谱牒，一般称大宗谱。关于"宗文"、"房文"这二个名词，"宗"之衍派即"支"，"宗支"的"支"指聚居一地的宗族。相对于"支"的"宗"，则指若干分居异地的宗族。例如，泉州晋江陈埭《丁氏

族谱》① 曰："吾宗传世，自宋节斋公始"，"（于）陈江肇开宗
支"。一世开基泉州文山里的宋代丁节斋的派下称"宗"，开基陈
江的三世丁硕德派下称"宗支"。"房"之衍派亦称"支"，即
"房支"。"房支"既可以是"房"、"支"的合称，也可以指
"房"下的支派。闽南方言的"房柱"就是"房支"的俗称。
据此，一个聚居的宗族，其谱牒叫族谱；房族的谱牒叫房谱，
房下的某一支衍派的谱牒叫支谱，如"某房某支家谱"。尽管
族谱、家谱可以混称，但如果一个宗族的谱牒叫族谱，房支谱
则称家谱。反之，未曾见一个宗族的谱牒叫家谱，而房支谱牒
有叫族谱的。了解了这些，对于闽南谱牒名称之纷繁，诸如房
谱、支谱、家谱、家乘、族谱、祠谱、世谱、宗谱，以及联
谱、统谱等，就不会一头雾水。

1. 族谱、宗谱、房谱、支谱。

族谱是明清以来闽南宗族最普遍使用的谱牒名称，也有的称
家谱、家乘。族谱一般指记载聚居一地的宗族以世系递传为主要
内容的民间史志。同一始祖分支异地的各衍派的合谱，或称族
谱，但一般叫宗谱。陈埭丁氏宗族编修于道光，续修于嘉庆、光
绪的宗族谱牒名为"福建泉州晋江县南关外二十七都陈江雁沟里
丁氏族谱"。丁氏宗族的房谱有：《江头大厝房房谱》，大厝房是
九世求仁公派下；《晋邑江头丁氏竖棋柱义亭公派下家谱》，"竖
棋柱"是大厝房的亚房，因"本柱神主亦已经分厅奉祀（义亭
公）"，所以有"竖棋柱"（"柱"乃"房"下之"房"），而"义亭
公派下"是对"竖棋柱"的进一步说明。这里所说的是相对于
"房"的"支"。在泉州府属的有些县份，"房"、"柱"之下还有

---

① 有关陈埭丁氏谱牒资料，均见庄景辉编校：《陈埭丁氏回族宗谱》，
香港绿叶教育出版社，1996 年。

"刊"，这是"柱"下之"房"。

如果一个宗族衍派于不同地方，那么"宗"的"支"，一般指聚居一地的宗族。元末明初，蒲氏在泉州掀起的仇视色目人的风潮中首当其冲，其族人遁居于永春、德化、龙溪等地。福建漳州《龙溪蒲氏支谱》，就是由泉州蒲氏分化出来迁居龙溪的一支族人的家谱。谱名的"支"与"宗"透露着真实的血脉渊源关系。如果一个宗族与其他没有血缘关系的同姓宗族联宗而有宗谱，此后这个宗族不会自称为"支"。对谱牒学应用很有研究的庄景辉先生，在重纂丁氏宗族谱牒时，鉴于所辑内容不限于陈江（陈埭）一地的丁氏宗族，其内容是"一个汉族之宗族的族谱""难于比拟的"，故命名为《陈埭丁氏回族宗谱》。

2. 祠谱。

祠堂是宗族最核心的特征，是宗族及其分层组织的符号。在宗族的宗祠之下还有不同级别的支祠（或叫房祠）。宗祠以及不同级别的支祠分别有着对应的宗姓血缘群体。闽南宗族中的房及其下多级别的亚房，通常要有支祠作为表征。理论上说，每一世代都有房分，但作为组织化的宗族，其内部房支的组织化须以祠堂为表征。换言之，每代都有房分，但这并不意味着每代都有族人认可的房族，关键在于有无对应的祠堂。每一个支祠都有对应的房族，每一个房族就有房长。鉴此，祠谱就是族、房谱牒。如果祠是整个宗族的总祠，那么祠谱就是该宗族的族谱。如果祠堂是一个宗族内某一层级的支祠，那么祠谱就是这个支祠所表征的某一房族的房谱。

陈支平先生认为："祠谱是以家族祠堂及其所属族人为收谱对象的谱牒。有的祠谱与房谱、族谱没有多大差别，如龙岩《谢氏祠谱》，基本上是记载同一聚居地族人的谱牒，在收载内容上更侧重于祠堂的管理、礼仪等方面。"① 陈氏所言的"在收载内容上更侧重于祠堂的管理、礼仪等方面"这种情况，适合于一个宗族的祠谱，但如果是房的祠谱，就不见得了。由于房支的世代级别很多，纷繁迭出，不易分辨。例如，说起某房房族，那么到底指的是哪一代的某房？如果说是某支祠的名号，那就一语了然了。因此，某支祠的祠谱，就是某一层级的房谱。尽管以祠谱称房谱甚方便，但闽南人更习惯称"某某公派下"，如"晋邑江头丁氏竖棋柱义亭公派下家谱"。也有些房族，不用"某某公派下"，而以本房开基村落作为房谱的冠名，如"江头大厝房房谱"。这种以村落冠名的房谱，其实就是延续族谱以地名冠名的惯式，如"陈江雁沟里丁氏族谱"。假设泉州丁氏除了陈江（即陈埭）这一支外，还有其他几支，这几支宗族族谱整合而成的谱牒，可称为"泉郡丁氏族谱"，或是"泉郡丁氏宗谱"。这种村域或地域冠名的族谱，显示了宗姓血缘与地缘的关系。宗姓是一地的族众还是分布几地的族众，从地域之冠的谱名，就一目了然。

3. 统谱。

统谱，亦称宗谱、统宗世谱、大成谱、联谱、通谱、总谱等。统谱一般有两种形式：一种是把分布于各地的同族各支派统编于一谱，这种统谱是有血缘关系的宗谱，即上述的"同一始祖分支异地的各派合谱"。福建《朱氏通谱》，收谱对象限定于徽州朱氏（朱熹先祖）的后裔，凡自认为源出此脉者，均可被收入此谱。这种基于血缘关系的宗谱，在上述与族谱、房谱、支谱一并介绍时已谈到。这种真实血缘的宗族往往与虚拟血缘的宗族混为一谈。

———————————

① 陈支平：《福建族谱》，福建人民出版社，1996年，第19页。

　　统谱的另一种是同一姓氏的联合谱，收进这种统谱的同姓人，大多并没有血缘关系。如晋江《董氏大成宗谱》，把各地董姓收入谱内，所谓"河间派，董仲舒迁居；临川派，董晋公扩源；湖溪派，董仲三金公；临湘派，董旭一公；云南派，董旭二公；广昌派，董谋公；浙江派，董思敬；广东派，董言公……"又如安溪《谢氏总谱》，除了收载泉州一带的谢氏族人外，也把华南许多谢氏群体均认为同宗而总汇入谱。尽管"同宗共祖"是设定的，但还要讲得事出有据："吾族得姓之始本姜姓，神农之后申伯，为周宣王之舅，受封于谢"。"申伯公所流而传哉，一本万殊，万殊一本，寻源溯流，自必由周而汉而晋而齐而梁而隋而唐而宋而元明，原原本本，班班可考矣。……吾谢英裔共培祖德，齐笃宗盟，广搜联络，大会成篇，爰订此血脉志，以为探祖问宗者循溯之基、会合之柄云"。民国时期撰修的《吴氏全国大统宗谱》，共收进吴氏各支派达"五百零三支"。光绪年间编修的《章氏会谱》，"齐联福建江西两浙诸族，于世表外，著有郡县地望分支系图，于各族派别一览了然"①。

　　闽南族谱的上述类别，既是类型逻辑也是历史逻辑。由家庭发展为家族，再由家族发展为宗族。宗族组织在完善过程中还会促进房族组织的发展。宗族还因族人迁居异地而形成若干衍派。族谱与支谱，族谱与房谱，族谱与宗谱，族谱与统谱，反映宗族组织的历史发展和人为扩展。

　　宋元时期闽南撰修的族谱已不可寻，但从民间修谱推崇欧阳修和苏洵的谱图、谱式的情况来推测，宋代闽南族谱的体例简单，篇幅短小。明代闽南编修的族谱，传世甚少，虽然编目多起来，但内容简约，篇幅不大，跨地域和跨家族的大型宗谱未见，

---

　　①　陈支平：《福建族谱》，第20页。

明代后期开始，闽南修谱的项目逐渐趋向完整，但内容还比较单薄。同安《林氏族谱》，系明正德进士、名儒林希元于嘉靖年间所撰。该族谱为不分卷本，所载内容除世纪、世系图外，还有诸林宗派、得姓源流、家训、祭土地文、物产、麝圃埭等，记述也都比较简略，体例没有一定的规则。如其中《物产》一节，仅记如下数行文字："物产者，可生之业，人所赖衣食以生者也。林氏散居四方，显晦贫富不一。予族居翔风里十三都为名族，田园虽少，犹足课子力耕，免于饥寒。自屯叟至予之孙完，凡六世，颇能克扩，不能悉书。姑即其关于门户之盛衰者书之，以示子孙，俾世守而勿失焉。"其他项目的内容也同样简略。因此，尽管族谱所包含的项目不少，但篇幅不长，全谱不过薄薄的一小册。① 泉州《梅溪陈氏族谱》，于明万历十五年（1587 年）由该宗族九世孙、进士陈学伊纂修。陈学伊在《前序》中写道："余分责诸子弟检订旧谱，缀次新支，而裁之以独见，凡十年而始成新谱。谱凡上、下二卷，有总序，有义例，有世系图，有世传，有纶音，有年次，有外谱，有居室坟墓考，有祠堂记，有祭法，有大小宗祀田记，有义田公田记，有谱训，有立后解、家难考等纪。以万历丁亥之春缮写成书，告之家庙。"虽然陈学伊纂修的族谱包含了以上这么多项目，但相关内容都比较简单，远不如后代的族谱那样连篇累牍，因此整部族谱的篇幅不大，仅为抄本二册。②

这两部族谱分别修撰于明代嘉靖、万历年间，其时正是祭祖礼制改革，开启了宗族组织化、制度化建设的新时期。修撰者虽

---

① 《林氏族谱》（抄本），见陈支平：《福建族谱》，第 22 页。

② 泉州梅溪《陈氏族谱》附录《裱续旧谱前序》，见陈支平：《福建族谱》，第 21～22 页。

是进士，但族谱的规模都比较小，体例的设计也没有定式。由此可以窥见，即使到了明代后期，闽南族谱还比较简略。即使是福建的名族朱（熹）氏的族谱，其在明代万历四十八年（1620 年）撰修的《建安谱》同样比较简单。卷首除了朱熹、真德秀的两篇序言和修谱序外，正文共分十款：会元、尚像、世系、褒典、实录、像赞、丘陇、祠院、渊源、留题，整部族谱只有上下二册。因此，直至明代后期，闽南族谱的简约不是闽南一地的区域性现象。从这些族谱也可以了解到，尽管明后期的宗族出现乡约化趋势，但宗族的规约还处于萌芽时期，一般还未出现宗族的成文规约。

清代康乾时期（1662～1795 年），社会稳定，经济繁荣，人口剧增。宗族人口膨胀在促使房支组织繁复化的同时，也促使宗族人口外迁，从而形成新的衍派。于是，原有的族谱规模和编写体例已不能适应这一时期宗族发展变化。这样，有经济能力和文化条件的强宗大族，兴起了修纂大型族谱之风。

族谱一方面固然是为了正本清源，团结与凝聚族人，但另一方面，却也是宗族向社会显示势力与地位的一种表现形式。自清代以来，后一种社会作用日益显示出它的重要性。因此，民间在修纂大型族谱的基础上，对不同地域内的同姓族谱进行联纂。许多跨府县、跨省份的超大型宗谱、世谱、统谱等，在清代陆续出现。

超地域的宗谱、联谱的出现，与绅士的社会活动是紧密联系在一起的。绅士有着较为广泛的社会交游和声望地位，修纂超地域的宗谱、联谱，自然非他们来倡导和组织不可。清代康熙年间，福建泉州安溪出了一位大学士李光地，号称"理学名臣"，福建其他地方的李氏家族多引以为荣，并有攀龙附凤之意。于是，许多李姓家族纷纷请李光地为族谱撰词作序，联宗认亲。其中，汀州李氏与泉州李氏本无联系，但汀州李氏家族的士绅们不远千里，到北京请李光地作序，经一番联络，认定双方祖先都是出自李唐宗室，因此，两地李姓互认宗亲，视为同一血缘。

借助同姓名流以提高本族的社会地位，这也正是清代民间认宗联谱现象的重要原因。

闽南宗族修纂族谱虽然大体存在着从简易家谱到大型族谱、再到跨地域的联宗统谱的演进过程，但对于一般的宗族，难于企及，甚至有很多宗族连编修比较规范的族谱都做不到。这些宗族修的族谱只记载本族的源流、迁移过程和简单的世系表。随着人口的不断繁殖和宗族人口的扩散外移，同一宗族的支派、房头也越来越多，而那些分支出来的族人，在新居地形成新的衍派之后，又开始撰写各自的族谱。因此，这种体例简陋、篇幅较少的族谱，在闽南族谱中占多数。笔者经眼的南靖县数十个宗族以及房族于清代以及民国时期纂修的谱牒，至少有一半以上除了谱叙只有世系记录。纂修较规范、体例较完备、内容较丰富的族谱，诸如龟洋庄氏族谱、书洋萧氏族谱、塔下德远堂张氏族谱等，只占少数。

第三节　族谱的构成

清代闽南在不断涌现大型族谱、宗谱、联谱的同时，族谱的体例格式也出现了逐渐趋同的倾向。就清代的一般情况而言，体例格式比较完备的族谱，除序言、凡例外，有这些基本内容：源流、世系、人物、规范、文献、祠墓。

族谱的实质就是宗族史志，因此其编修，基本是方志体例的复制。方志的基本内容有：星野、建制、山川、军政（城池、公署、关隘、防御、兵制、水利、津梁、学校）、户口、赋役、职官、宦迹、人物（笃行、儒林、文苑、隐逸、烈女）、风俗、艺文、祠庙寺观，此外还有物产、祥异。作为宗族史志，不必有星野、建制、山川、军政、户口、赋役、职官、宦迹，以及物产、祥异，而人物、规范、文献契字、祠墓，正是与方志的人物、风俗、艺文、祠庙寺观对应的，宗族重血脉世系，源流、世系就成为族谱的特色内容。族谱对方志体例的复制，反映国家意识形态对民间基层的控制和影响。国家史志、地方史志、宗族史志的一脉相承，体现了史志意识从国家到民间多层结构的一体化。

1. 序言与凡例。

谱序是每部族谱都不可缺少的内容，它包括本族人和邀请外族人写的序。谱序的内容一般可包含修谱缘由、修谱经过、家族的渊源传承以及谱学理论等。随着族谱撰修次数的增多，序跋也不断增多，故一些大型的族谱历经数修之后，序跋多达十余篇乃至数十篇，如泉州《延陵吴氏宗谱》载有序、跋等50余篇，字数亦达三万余字。族谱新修之后，旧谱大多逐渐散失，而唯独历次的序跋，一般都能够在新谱中保存下来。因此，谱序是了解清代以前特别是宋元时期族谱修纂情况以及该宗族历史发展的重要资料。

凡例又称谱例，主要说明族谱的纂修原则。族谱的凡例看似林林总总，但主要内容大同小异，旨在强调宗族血缘的纯洁性、重要性以及族谱记述的真实性。与凡例相辅相成的是谱论。谱论一般是摘录前代名人学士谈论谱学的简要语录，其中以欧阳修、苏洵、程颐、朱熹等宋代名臣大儒的语录最为普遍。有些族谱还把洪武帝、康熙帝、雍正帝的谕民榜、谕民诏令载入谱中，作为谱论告诫族人。

2. 源流。

先世考有时亦称源流考、迁徙考等，主要考述本姓来源、本族的历史渊源以及始祖、世派的分支迁徙情况。云霄《云阳方氏谱牒》的第二章即为《渊源》，分《述要》、《考据》二节。《述要》称："方氏……最早有雷，原姓姬，为神农八代孙黄帝之女儿榆罔之子。相传雷佐黄帝伐蚩尤，因功封于方山，遂以封地为姓。……唐朝总章二年，世居河南固始县的我伯虞公，字子重，随陈政将军入闽。"①

陈支平先生通过对福建李、陈、林三姓族谱的比照分析，指出："（这三姓）先祖渊源合流情况大致可以反映福建民间家族追溯先祖渊源的一般情况。"② 这一概括同样适合闽南族谱的先祖追溯。闽南族谱的宗族源流，远虚近实。远虚即先祖早期史，近实即始迁祖以后的晚期史。同安《浯阳陈氏族谱》的宗族源流很有代表性。据旧谱，浯阳陈氏始祖是随王审知入闽的部下，清代康熙九年（1670 年）重修族谱，竟变成了陈政、陈元光的后代。尽管如此，这次重修族谱的谱序明确地说："始祖以下，见闻最近，综核宜详，不敢缺略，不容假借。"③

由于族谱之修犹如层垒，早期所说的族源会因族谱的旧序汇辑而在旧序透露出来。修谱者对族源如有不同意见或质疑，也可直陈己见。陈埭丁姓族谱就显示了不同期修谱者对于族源的不同认定或陈述新资料作为存疑待考。对始迁祖以前的族史，或随意嫁接，或认真考辨，这两种态度表现于不同宗族，也表现于同一宗族。

　　3. 世系。

---

① 云霄《云阳方氏谱牒》，正德元年（1506 年）方月序，见陈支平：《福建族谱》，第 125 页。
② 陈支平：《福建族谱》，第 153 页。
③ 同上。

世系是各宗族血缘传继的直接表述，是族谱的主要内容。世系一般可分为两种方式：一种是世系传录。它详细记载从一世祖开始到修谱时止，宗族所有成员的姓氏名号、生卒年月、简历、妻室子女以及葬地封赠。如《石井郑氏宗族谱》关于郑芝龙、郑成功父子世系的记载："十一世……郑芝龙，小名一官，字曰甲，号飞黄，崇祯间以军功授前军都督。……弘光封南安伯，隆武封平西侯，后进太师平国公。投诚，封同安侯。先娶陈氏，继娶日本翁氏，一品夫人，后娶颜氏，侧室陈氏（逐出）、李氏、黄氏。生男五"。"十二世……郑成功，讳森，字明俨，号大木，明赐国姓，名成功……永历嗣封漳州公，继而晋封延平王。妣董氏，雷廉道董容先女。……生男十"。①

世系的另一种方式是世系表或世系图，即以图表的形式记载该宗族的血缘传继情况。福建族谱中的世系图，大多沿用宋代欧阳修的谱图，五世一图，取五服之义。南安郭氏族谱的谱例云："五世为一图……缀以一乔梓，纵棣横萼，仿欧阳文忠公之例。"②

4. 人物。

（1）人物传略。包括行状、墓志铭、神道碑以及年谱等多种形式。族谱对于族人入传的选择，基本上遵循"扬善隐恶"的原则，虽偶有对某一族人因犯族规而被削除族籍的记载，但相当罕见。有些族谱因某一族人功业显著，耀祖光宗，所撰的传记冗长。如安溪湖头《李氏族谱》，载有清代大学士李光地的年谱，长达万余字。泉州《刘氏家谱》，载有宋代名将刘锜的传记，亦

---

① 《石井郑氏宗族谱·世系》，见《郑成功族谱三种》，福建人民出版社，1986年，第83～86页。

② 民国《蓬岛郭氏家谱》卷一上《旧例》。

几近万言。这种长篇传记，相当罕见。

（2）科第录。也称科名志，系族人历代登科名录，有的还记载登科者的简要业绩及著述等。当代续修的云霄《云阳方氏谱牒》，专辟《科第》一章，记载明清两代具有生员以上身份的族人200余人，以及民国以来至1949年具有高中以上文凭的族人近百名。

5. 规范。

（1）家礼。家礼又称凶吉礼，主要记载家族内的祭祖礼仪。泉州梅溪《陈氏家谱》就载有《大宗祭法》、《小宗祭法》，对族人的祭祀礼仪做了严格规定。有些族谱也涉及家族内的冠礼、婚礼以及祭鬼神礼等。龙岩《长塔赖氏家谱》，载有《敦和堂祭省牲仪则》、《祭祠堂仪节》、《升龛仪节》、《长塔求熟祭文》、《求熟仪则》等仪礼，其中《求熟仪则》略云："阖乡众弟子等卜以今日祈安求熟之期，有事致告于神农皇帝、定光古佛、陈真祖师及本境勅封银青光禄大夫、民主公王、田祖尊神并众位神祇之前……"

（2）排行。排行又称字辈谱、行第谱，是标明宗族世系人名的排行用字。惠安《刘氏族谱》陈述这种名字排行的作用时指出："行者，列也，雁群飞必排空横列，遥而望之参差如一，故父之齿随行，兄弟之齿雁行。……字而缀之以行，列之以次，行明等也，次教辨也。曰某行某次，而众明于诸祖诸父、群季群孙之序矣。"[①] 后代族人在为子孙起名字时，一般要遵循字辈谱的顺序规定，这样才能世次不乱，辈分分明。字行多四字一句，句句意可连接，内容上及国家，下启子孙，亦家亦国。晋江翁氏（元代开基）自十八世起统一编有字行："孝悌忠信，温良恭让，

---

① 惠安《峰城刘氏族谱》附录《字行说》。

德礼乃立，修身齐家，治国临民，光于朝廷。"还有谥行："义丕基永，源泽长存，孙谋诒燕，以裕后昆，克绍先烈，受福无垠。"①

（3）族规。族规是宗族制定的约束和教化族人的家族法规。族规的名称很多，如家法、家约、家戒、家范、族约、条规、祠规、禁约、规范等等。族规的内容十分庞杂，除强调敬宗收族为其核心内容外，其他如财产继承、婚姻纠纷、禁盗禁赌、山林管理等，也因各个家族的不同情况而有所偏重。如云霄《云阳方氏谱牒》收载有万历三十七年（1609 年）制定的《家规十四条》，禁止：强吞弱，少凌长，砍山木，绝水源，唆图赖，谋匿捏，引奸宄，招赌友，设妓女，谋幼子，树盗党，私接宰，犯名义。要求：公举协力。有些在地方上具有一定影响力的宗族，在族规中还制定有乡规民约，以规范本族和制约参加合约的同乡里其他宗族。例如：安溪湖头《李氏族谱》就载有清代大学士李光地为当地乡族规定的《同里公约》；龙岩《长塔赖氏家谱》载有合乡共定的《禁赌博开花会约》。

6．文献。

文献包括艺文（著述诗文）、皇帝和官员对宗族成员的封赠，以及族产产权的契据等。

（1）艺文，即族人所撰或与家族有关的各种体裁的诗文。如南靖龟洋《庄氏族谱》收载有寿文、挽文、祭文、诗歌等数十种，以及族人、进士庄亨阳遗著《秋水堂集》的许多篇目。艺文的名迹录，记载与本族相关的名胜古迹、山水桥梁、庵寺书院和亭台堂舍等，诸如《龟山岩岭纪略》、《埔头甲社仓记》、《奎山造

---

① 晋江《玉塘翁氏族谱》。

文峰序》、《指南居文林社叙》、《下龟洋八景》等。①

（2）皇帝和官员对家族成员的封赠，称恩荣录，有诰勅、赐谕、公文等。如《延陵吴氏通谱》的卷一和卷二，均载录各种与本家族相关的封诰、祀典、碑文等。龙岩《长塔赖氏家谱》载有东晋安帝六年（402年）十一月十一日的诰命，诰封赖氏先祖赖遇"万古之郡、子孙百百世"。恩荣记录，可彰显宗族声望，但远代恩荣，邈不可考，虚实难辨。

（3）族产契据。族产包括祀田、坟山、山林、义庄、书灯田、庙产、房屋、店铺等，是家族组织赖以运转的经济支柱，族谱记载族产的数量、买卖情况、管理规则、收支账目以及经营租佃等等。许多族谱在记载族产的同时，还附载与之相关的契据文书。此外，一些与家族事务相关的承嗣、婚姻、过继、分家、遗嘱、断罚，以及与外家族的纠纷调解合同、状告文书等，也往往一并附载于此。所以，有些族谱的契约文书数量十分可观，达百余页。晋江陈埭《丁氏族谱》收有元代的契据。此外，可能是鉴于明代鹿园墓地产权纠纷的教训，陈埭丁姓宗族甚至还专门汇编一本《坟山契约》。②

7. 祠墓。

祠堂和坟墓是宗族进行敬宗祭祀的主要场所，族谱对于祠堂、坟墓的修建历史、建筑规模、地理位置等都有或详或略的记载，甚至配图说明。有的宗族每新建或重修一次祠堂，往往由族人或请外姓名人撰写祠堂志，因此有的族谱中的祠堂志之类，不下十余篇。如泉州学前《李氏宗谱》，就载有祠联十余幅。同安兑山《李氏族谱》，也记载十余幅祠联。有的还介绍祠堂环境的

---

① 南靖《龟洋庄氏族谱·艺文》。

② 厦门大学人类博物馆有抄藏本。

功用，包括风水效用，如龙岩《罗陈文安竹庭公（派下）族谱》云："五世祖竹庭公祠……右植榕树数株以护堤基而遮拦水口。"①

与祠堂相比，记载坟墓的文字较少。有些族谱在记载坟茔时，或配以地图，注明四至界限，称"墓图"。闽南人对祖墓远无客家人重视，许多客家族谱的祖墓往往一墓一图，闽南族谱的墓图较少见，记载文字也较简略，② 但越往山区、特别是接近客家地区，墓图也逐渐多起来。这可能是较之沿海地区，内陆山区可提供营造墓地风水形胜比较丰富的环境素材。墓图多不是单纯记述形貌，而是在传播"佳域"、"吉穴"的神秘信息。

以上是闽南较大型族谱的基本体例格式，这种体例格式与中国其他地区的族谱大体相同。闽南族谱中，也有一些比较少见的篇目，如龙岩《长林世谱》有《大事记》二册，"大事记就一邑一乡及本族重大事变并有关于一族教育事业水利人口兴替等事迹，列入籍，资后人观感。大事记仿史例纲目编纂"。永春《官林李氏七修族谱》卷一有《听年大当考》，记载该家族于清初承应"大当"役的情景："其听年，本朝以来俱系三房催办……周而复始，不得推诿。"泉州《薛氏族谱》载有《控案稿》，记载本宗族与郑、何等姓争夺育墓山和汪坑草庵山等处山产的诉讼文件。惠安峰城《刘氏族谱》载有《迁海记》、《展复说》，对清初的迁海政策及族人的流离失所进行专节追记。③

---

① 龙岩《罗陈文安竹庭公（派下）族谱》卷首《祠堂谱序》。

② 肇基于永春，衍派于晋江、南靖等地的锦绣庄姓族谱，有绘墓图、详说明的传统。类似锦绣庄姓族谱的这一风格，在闽南人的族谱少见，但在闽南西北与永定接壤的闽客双言区地带的客家人族谱中多见。

③ 陈支平：《福建族谱》，第33～34页。

第四节　族谱的编修

明清以来，闽南宗族都把修纂族谱作为后代子孙的一种义务写进族规，以保证族谱续修的相沿不断。古人认为，族谱应当三十年一修方为善继善述，因为三十年为一世系。但实际上，这种愿望很难实现，也未见这样的谱牒。由于战乱和经济等方面的因素，闽南宗族都不能严格按三十年间隔来续修族谱，但"三十年一修族谱"作为族人承袭的理念，起着"取法其上，适得其中"的效果。

倘若撰修族众较少的族谱，或者只是修房支谱，在资金不愁的情况下，只要编纂得人，修谱并非难事。如果宗族源远流长、人口众多，撰修族谱的工作量很大，实非易事，且印刷出版，耗资甚多，另外，族众多、房支繁，族、房长的协调亦得慎重。

清代大型族谱的编修，首先是组织修谱董事会，接下来就是筹措资金，以及收集整理资料进行编纂。修谱董事会，或称"谱局"，即族谱修纂委员会。南安郭氏家族，"民国戊辰孟冬之月开族众大会议修族谱，到者五十余人……议决族谱有重修之必要"。次年春天，选举修谱董事会。董事会由族长及各房派的房长组成，"紫阁派：绪越、绪祉；小宗二：朝宣、重龄；白叶坑：治仁；牛角垅：云益；湖中派：缵余、礽成；双池派：重吉、缵绅……"共有 53 人。修谱董事会成立后，开始具体分工，"执行应行应止事件，及聘请总纂、校对、印刷事宜"。①

除了族、房长之外，士绅在族谱的编修中发挥了重要的作用。明代状元、泉州庄氏宗族的庄际昌，不但热心于修纂族

---

① 民国《蓬岛郭氏家谱·族谱外记》。

谱，还亲自为家族制定了《谱例》。该《谱例》云："族谱序、图于前，凡例于后，别为外集及诰勅、志铭、行述并列例。一续宗传，附祭牌、祭期、祭仪。二建祠堂传，扩地倡义财用。三续缙绅传，传其行述志铭。四训行义传，训词孝悌、和睦、敦亲、安分、勤业。五训起家传，戒酒色赌斗。六续贤妇传，有仁义孝慈四德者为立传。"① 族中贤能在修谱中各尽其能，缙绅名列主修，族长、房长在修谱董事会发挥作用，读书人中之干练有能者执掌修谱的具体工作。所谓"贤者在位，能者在职"，修谱尤然。

筹集修谱经费的途径有下述四种：

（1）从族田的收入中拨出一定数量作为修谱经费。② 为修谱设置的专项产业极其罕见，而各种名目的族田各有专项用途，出自族田的修谱经费只能从祭田提取，但祭田收入主要用于祭祀费用这笔大宗开支，从祭田支出之余提取的修谱之费，只能聊作贴补。因此，这种方式，较之其他修谱经费筹集方式，显得无足轻重。

（2）按宗族人口摊派。③ 南安郭氏家族在民国年间四修族谱时，由谱局向族人颁发《募捐启》，启文称："邀族众集大宗祠开会议决择日告祖开局纂修，无论远近或存或没咸登谱牒。……第牵一发而动周身，成一裘必集群腋。以吾族支派愈多，户口愈众，印刷编辑工费浩繁，预算非巨万不成。议定每人口出资壹元，不敷之数，就族中有不动产及生计活泼者，以次捐助。尚希我族众仁孝为怀，父劝其子，兄勉其弟，踊跃而破悭囊，明大义

---

① 见陈支平：《福建族谱》，第 40 页。
② 同上书，第 41 页。
③ 同②。

以襄盛举。岂特芳名勒之谱端，垂于后世，而敬尊爱亲之道胥在是矣。"①《募捐启》的"募捐"是柔性表述，实际是"每人口出资壹元"的摊派。

（3）以捐喜钱的方式汇集储备修谱资金。龙岩谢氏宗族规定凡新丁出世，须交新丁钱，以备修谱，"每年议报新丁，定于正月十二日，若路远不及报者，随到随登，以备下届续修易于稽查。公议每丁捐出小洋三角，倘隐匿不报，实系自误。至续修之日查出，丁费仍要补足，方许登谱，以昭大公"②。有些宗族还规定族人有添丁娶妇、入泮科举等喜庆事，须交纳谱钱以备修谱。如泉州《薛氏族谱》载："子孙娶妇喜庆银一钱，添丁喜庆银五分，各自钞集生年月日交与本房公举续修私谱之人。……子孙进泮喜庆银二钱，补增生喜庆银二钱五分，补廪生喜庆银三钱……登第喜庆银六两，居官者随其官之大小岁入一月之俸，武职岁入半月，致仕方免。"③

（4）自愿性捐献。由于族人贫富不等，特别在贫寒之家为数不少的情况下，用派捐的方式会造成不安的家族氛围。又由于闽南因通海贸易以及这种贸易刺激的商品经济的发展，常使族内出现若干财力厚实之家。这样，有财力者的自愿性捐献的筹款方式，应是明清、特别是清代闽南宗族修谱的首选和主要方式。而且，闽南人习性仗豪侠、好义举，这就使捐资修谱几成习尚。南安郭氏家族四修族谱时，"住台湾各派合交人口六百四十一元一角三"④。泉州尤氏家族有不少族人迁居东南亚各国，民国重修

---

① 民国《蓬岛郭氏家谱》卷一《公启》。
② 龙岩《岩平谢氏迁玉族谱》卷一《凡例》。
③ 泉州《薛氏族谱》卷一《族谱义例》。
④ 民国《蓬岛郭氏家谱》卷一《捐款》。

族谱时，"南渡数次，劝诸同志题金重修谱牒。幸先灵呵护，诸族亲乐从。起自宣统庚戌，至甲寅春复南渡鸠资，并劝郡西裔家标倡捐向诸亲族输金合谱，亦各乐从。……乙卯之春谱成，而各房族亲及邻乡亲朋齐集同庆落成之喜"①。清道光二十五年（1845 年），晋江蚶江石壁村玉山林氏修谱时，在台湾淡水经商的族人林正心，"积金满千，公鸠佛银，交入银中，言念宗谱未修，以为修谱之用。又恐不充，自独加捐以补足"。晋江蚶江林氏这次修谱全由台湾族亲主动捐输，主捐者是林正心，其他人"公鸠佛银"。②

道光《厦门志·风俗记》说："岛中风俗，好义者多，凡遇义举、公事，众力易擎。"③ 好义尚公的民性及其实践，使闽南修谱等宗族事务的经费来源获得一个非常有力的支撑。

如果缺乏殷实之家的独捐或数人合捐可达修谱款额，那就为首倡捐，举族应倡，有力者多捐。如泉州刘氏宗族在明末清初重修时，便由族中进士刘麟长倡捐，并撰写《募捐疏引》告示全族。该《疏引》略云：

> 岁己丑吾宗中重修牒谱告成，兄起丰将贵牒遍告宗中叔兄弟酿金而助之梓，光厥家乘，盖孝思也。爰白芝山遣弟大仍航海而语不肖长曰："愿兄翁一言弁其首。"余喜曰："是吾祖父谋之数十年而弗克就者，余何幸当吾身而克睹其成也。是祖若宗之神灵实式凭之，而诸叔兄弟侄之心力实共襄之者也。不肖长藉有荣施弁言之役，敢不唯唯。"……余叨

---

① 《闽泉吴兴分派卿田尢氏族谱·述祖世系志》。参见陈克平，《福建族谱》，第 42 页。

② 苏黎明：《泉州家族文化》，第 221 页。

③ 道光《厦门志》卷十五《风俗记》，鹭江出版社，1996 年，第 514 页。

宦，亦刻意承先志稍置义学、义坟、义海，事少试其端，而以任内偃蹇萧索状，亦多中格。……此意正惓惓未敢自懈也。惟我宗中叔兄弟侄联翩鹊起，继武穆文清公张而大之，余小子藉光多矣。敬捐征资，弁首为倡。①

族人的捐款，在修谱经费中占有重要的位置，如南安郭氏宗族四修族谱时，不少族人认捐了数十元大银，"璇兴派治石公捐大银五十元……甲田长朝宝捐大银八十元……楼上派烈阿捐大银六十元……"②

族谱编修资料的来源有二：一是前代遗留下来的旧谱资料或口述资料。如云霄方氏家族在明代前期修撰族谱时，其先世资料便大多出自口述资料。撰于弘治年间的云霄方氏族谱的序言云："余自弱冠，颇谙世故，深自惭愤，于是上究先世出何祖，始居何地，后代如何而播迁，子姓如何而分派，切切然而未窃其真。幸有三曾叔祖在焉，时年九十余矣，乘间问之……由是拜而书之，庶历代之世系，虽不能纪其远，亦可以纪其近；虽不得闻其详，亦可闻其略。即书一图，汇成一谱。世系相承，子姓昭明，俾后世得有所依据。"③ 后代历次裔孙重修族谱，便根据这种旧谱资料而扩充之，该族谱中撰于康熙年间的重修序言云："……日夜取旧本而远溯之，复采遗书而综核之。凡四十余载之常变盛衰，耳目所不及者，托随房各自抄勒，然后集成全书。"④

修谱资料的另一种来源是修谱董事会向族人征集调查。南靖赖氏家族在清代雍正年间修纂族谱时，便向族人发布启文，征集

---

① 《温陵芝山刘氏族谱》。
② 民国《蓬岛郭氏家谱》卷一《捐款》。
③ 云霄《云阳方氏族谱》方廉序。
④ 云霄《云阳方氏族谱》方升序。

资料，该启文略云：

> 我祖肇基颍水……自六二祖开地葛天原，分宁邑，传十
> 七代蒙业竹里，实镇和山，乃子孙亿计。而族氏莫稽，入庙
> 怆忙，止问千绳鼻祖；升堂错落，谁辨百世云孙？……今日
> 艺苑名家，群推文物之地，竹林芳族，可无昭穆之书？生当
> 晚近，焉知祖德？适值读礼之年，倍切追远之念，不揣愚
> 陋，有志修明，所愿大人先生佐予不逮，各将分裔历考精
> 详，惠寄前来，聿登分册，搜采遗文，恒因根而振叶，旁求
> 逸绪，爰沿波以讨源，庶百千千支，端绪可寻，卷帙能载。
> 青蓝之父子，虽隔世可知，金玉之友昆，即易时且莫素。
> ……今宜逐派而修，用抒数言，聊当告明。谨启。①

族人收到修谱董事会通知后，即将自家情况上报于房长，房长汇
总通房资料上交给族长、谱局。云霄方氏宗族在清初续修族谱
时，对待"早年幼孤，随母出嫁，及长而茫然不知；或遭兵火，
掠卖外方，甫离而各天不返，俱当详记，以待追寻。或某房人，
以何年何事挈几子几孙移居何县何乡，即名下注册。某房人以何
年补粮授职，随征某省，移住某处，有子孙几个，俱加注入。使
后之房亲、本族能出仕远游者，到处可按址询考，千里聚会……
按谱而认识之"。为了搜寻无遗，方氏宗族的修谱人四出调查，
"族众散处村落不下二十余处，近者数里，远者数十里，不惮跋
涉辛勤，阅半载余，而谱成"②。族谱初修以后，即设登记新出
生男婴的"丁簿"，以后续修就方便多了。

　　修谱目的在于总一族之人，收一族之心。同一血缘系统的族
人均录谱中，但详略有别。因为光宗耀祖、彰显宗族势力，也是

---

①　见陈支平：《福建族谱》，第45页。
②　云霄《云阳方氏族谱》方而獬序。

修谱的一个重要目的。依照"尊功尊爵"之则，对于那些有科举功名和有德行贡献的族人，均在族谱中特加宣扬。清代大学士李光地在为该家族族谱撰写的序文中明确地指出了这一点：

> 吾家之谱其为善亦有三焉：本以宗法而联之，所以长长也；标其爵命而荣之，所以贵贵也；系之传纪而彰之，所以贤贤也。三者备矣，然后昭穆序焉，名分严焉，劝戒彰焉。……观谱者，识长长之义，则知所以尊祖焉；识贵贵之义，则知所以尊王焉；识贤贤之义，则知所以尊圣焉。夫能尊祖、尊王、尊圣，其材不蕃、家不大者，未之前闻！①

族谱撰修告竣之后，若是印刷，就要分发给各房及有关族人保存。泉州《彭氏族谱》则在族谱扉页上载明各房领谱的名单："族谱系计印刷十二付，兹将各付所交各房负责人开列于后：长房建□，次房乃兴，三房乃心……"② 族谱分交各房及有关人员执掌后，许多家族还规定族人应当时常拜阅，以敦教化，增进尊亲和睦族的观念。泉州《尤氏族谱》在《谱例》中说："谱牒志载世系，所以尊崇祖考，垂示子孙，分昭穆、明长幼，家政首务也。各宜致谨珍藏，以时简阅，以起其孝悌之忱。"③

祖先崇拜的成分和宗族组织的排他性，决定了族谱的封闭特征。宗族对族谱的收藏、保管有明确的要求，一般将族谱收藏在专门制作的木匣里。族谱是宗族的秘籍，不得私自借给外人翻阅，更不准借给外人抄录。泉州《尤氏族谱》的《族谱训例》云："谱书当宝，不可假借他人。"

---

① 安溪《清溪李氏族谱》李光地序。
② 民国《虹山彭氏族谱》扉页。
③ 《闽泉吴兴分派卿田尤氏族谱·谱例》（旧本）。

第五章

族学：宗族人才的培养

祭田在于祀，义田在于养，学田在于教。通过教育，提高本族的人口素质，进而期待登科出仕，推进宗族的生存与发展，增强在乡族社会的竞争力。宗族所办的族塾，意义就在于此。

宗族所办的族学，也叫义学、义塾或家塾，在宋代以前还只是个别现象，到了宋代才在私学发达的推动下有所发展。范仲淹在设义庄的同时，也设置了义学。范氏义学对后世产生很大的影响。族学在明后期、尤其是清代，有较大的发展。雍正帝《圣谕广训》指出，人民"笃宗族"的具体措施是："立家庙以荐蒸尝，设家塾以课子弟，置义田以赡贫乏，修族谱以联疏远。"① 此处，义学与祠堂、义田、族谱并列，族学之要，甚明。

第一节　族学的创办和目的

闽南宗族普遍重视文化教育，除了少数官宦、富豪人家能够自设学塾以培养自家子弟外，一般的宗族，则利用族产所提供的经济力量，开办学塾，个别宗族甚至开小书院。

---

① 参见常建华：《宗族志》，第 394 页。

　　元代初年刘君辅在石狮祥芝创办的族塾——芝山书塾，是见载的闽南宗族较早的义学。① 刘君辅，号西桥。生于宋淳祐十一年（1251 年），幼年丧父，无依无靠，长大后发奋努力，咸淳年间一度出任县主簿，后弃官经商，整顿海荡，发展渔业生产。由于经营有方，日积月累，成为富甲一方的大财主。发家致富后，于至元三十一年（1294 年）在祥芝大堡创立芝山书塾。聘请邱葵、林兴祖诸名师任教。该书塾随后又加以扩建。据《芝山书塾记》云："延祐元年甲寅，圣天子以新科取士，罢黜诗赋，崇尚经学，翁之子昆仲四人挟其能，勇跃就试，有司负公道避世嫌不敢取，归而克志于学，谓麟经夫子之亲笔，百王之大沪也，以此而取科第庶可无愧。一日，三郎子礼跪请于翁曰：'书塾迫狭无以为藏修游息之地，又不立先圣先师遗像，无以昭揭诚敬。圣经贤传与群书杂处，篇佚散乱，无以为庞藏之所，请撤而大之。'翁嘉其言而颔其请，乃作燕支堂以奉先师，堂之后为斋，斋之后为炉亭，左经右史，诗文以与诸生隶习。斋之两序各有房以备寝息。……每岁捐谷三百石以为塾之廪，择子弟廉干者司其出纳，使师有岁俸，生徒有日膳，春秋二丁及俸给膳羞之堂外，有余资储以待用三岁。"② 从这些记载可以看出，当时的芝山书塾规模是较大的。

　　明代以后，闽南地区社会经济特别是商品经济的发展，为族塾的发展提供了经济基础。族塾的设立更为普遍。泉州《印塘杨氏族谱》云：明万历年间，九世杨增会"……先时家有书房，父课其子业。增锐志久苦，后以长兄早逝，辍业治家计，然终以诗书未售为恨。延师笃子，等日益切"。泉州《南外天源赵氏族谱》

---

① 苏黎明：《泉州家族文化》，第 192 页。

② 《温陵芝山刘氏大宗谱牒》，见苏黎明：《泉州家族文化》，第 192 页。

云："希谨公……建大厝一座，书房、糖房……厝宅损坏，旧址尚存"。"宜爵公……家资十余万，建祠及第宅、书房多座。不惜金钱，不食先人余荫，好延师笃课。子孙昌盛多入庠序"。晋江《青阳庄氏族谱》云：族中早有书房，明初五世庄震彦因恐"宗族子孙不肖，常馆鸿儒，方从善，日同讨论而训诲之"。永宁刘氏家族于万历间集长老议事，商定各家参照资产，每年拿出一定的余资，购置田产，以资助族中学子。据该家族的《鳌城东瀛刘氏家谱》云："万历戊申……适家族谱成……又立为条约，酌人岁出余资，行立族田，于以御外侮，于以资学业。"一些富有的族人也乐于兴学助教，如石狮《龙渊蔡氏族谱》云："蔡德策，重视族人教育，每岁给考费、供馆资。……素敬业儒，凡造门者，尽礼之。间有缓急，则资给之。"[1] 清代厦门许氏"立家塾，置书田，俾族众子弟诵读其中"[2]。

还有许多创办族塾或捐置学田的懿行见载于方志，这些人物的涌现也说明当时宗族义学已蔚然成风。这些义学虽是个人创办的，但性质是宗族公学即族塾。乾隆《泉州府志》记载："张欣，字士表，惠安人，恤孤赈贫作家塾延名儒，数子孙、亲戚子弟来学者，悉廪之"。"林彦佳，字克美，安溪人，居晋江，岁贡生。素行慷慨，亲族子侄知读书者，悉邀来家。给饷食之"。"洪以洗，南安人，移晋江……倭寇退。宗人议筑堡捍贼，以洗腴田若干在营度中，捐以成之，构书舍以课族中子弟，额曰'三惜轩'，集英俊角艺课其甲乙"。"林荣，晋江人，天性孝友淳朴。父曾欲建居室葺族塾未遂其志，荣体父志为之，自是同祖皆得安居，子弟莫不肆业"。"唐童，家郡治之南……岁辟馆延名师课笃子弟及

---

① 苏黎明：《泉州家族文化》，第192页。
② 道光《厦门志》卷十三《人物·义行》。

里中儿"。"朱睿，晋江人……天顺年间，建祖祠，置祀田、祭器，定祭仪，构书院，延师教子孙以为永久图，乡里称为孝最先生"。"陈启文，晋江安平人，少略涉书知大义。父有遗田，两弟议折之，则使之选其善田，而已取其荒瘠。力修本业，甫一年，而荒者垦，瘠者肥，量入而出，久之有余。自是渐裕，则慨然曰：吾身所自出祖也，身所由分族姓子孙也。敬祖莫若丰祀，爱族莫若教学。乃自置祀田、塾田各若干亩，曰：吾以上竭敬思，而以下开诗书之泽，其心尽于此田矣"。① 在漳州市图书馆内，至今仍存一方《漳州海澄林氏祀田碑》，记载林氏族人购置祀田和林瑶一人捐输千金，独置"玉绳公书田"，碑中云："买陈家田十七丘……价值一千三百八十一两，全年税粟九十八石零，系瑶独置，献为玉绳公书田，派下子孙有进大庠者及中科甲者，付与执掌，逐年收税纳粮，以助读书膏火及乡会试之资。后有人再进中，照份均分，而捐纳出仕并进中武途者，不得与焉。"② 南靖和溪麟野林姓宗族各大小房支多置有学田书租，奖励族中学子上进。如"小三房文肃公派下"规定：中举、贡者，当年可得书香谷二百余石。③

　　根据有关记载，族塾多是私人办的宗族公益事业。但私人办义学可以发挥个人积极性，加快办族学的速度，也便于精心管理。书塾有家庭、家族和宗族三类，名称繁杂，判断是不是族学，关键看入学者，诸如"课笃族中子弟"，大致可以判断为族学。安溪山珍黄氏家族，明"隆庆年间七世一晖设书馆于牛头寨埔。清中叶，山珍设有书房仔三处，即后厝书房仔，洋中书房仔

---

①　乾隆《泉州府志》卷六十一《乐善》。

②　见陈支平：《近500年来福建的家族社会与文化》，第206页。

③　《漳州氏族源流汇编》，第166页。

和顶新厝书房仔，雇师课笃族中子弟。学者自备桌椅，每年正月开学，腊月十六日散学。家庭敦聘塾师，族中学子苦学不辍，故有'美园十八书笼'之誉，并荣获清溪邑政嘉扬牌匾"①。南安梅山芙蓉李氏家族，元末肇基梅山后，传六世至李白水，家族振兴，把"士勤于读，富诗书"作为族规，并积极加以贯彻实施，"建书院、聘名儒、课子孙"，先后营造了六处书房，成为家族开发子弟智力、培养人才的重要场所。② 惠安崇武在明清时期也建有许多族塾，如靖江的霞张馆、思德馆、吉兴馆，莲西的何家祠、刘家祠，蔡厝蔡氏宗族的东篱馆，詹厝詹氏宗族的西园馆，海门詹氏宗族的詹厝馆，潮乐张氏、黄氏、魏氏、邓氏宗族的张宗祠、黄宗祠、魏厝祠、邓厝馆等等。③ 清代早期，南靖和溪麟野林姓宗族设有临川斋（图书室）和培英学堂等多所书塾。④ 族塾具有排他性，但也有特殊。平和县五寨林氏宗族，乾隆时，创办三所族塾，延请举人、秀才任教，外姓子弟也可入学。⑤

书院是比书塾高一级的学校。南靖和溪麟野林姓宗族九世林廷璇，于嘉靖年间在本社碧云岩创建棣华书院，聘请秀才以上的文士教授本族及外姓子弟。⑥

明清族塾的普遍化，使社会向学成风，人才济济。乾隆《泉州府志·风俗》云："极至十室之内必有书舍，保贩隶卒之子亦习章句。当是时师严而尊，学徒已婚冠而为弟子员矣。稍不如矩踶而授扶，其大乡巨族则多为社塾，师徒交励与郡城埒，万历之

---

①　安溪《山珍黄氏家谱》。
②　苏黎明：《泉州家族文化》，第 194 页。
③　同上。
④　《漳州氏族源流汇编》，第 166 页。
⑤　周跃红：《台湾人的漳州祖祠》，第 42 页。
⑥　同④。

戊午已未，维时何穉孝、李宗谦两先生，并以藻监品题天下士，所奖赏为时闻人，掇巍科登台辅者未易枚举。郡人士束身修行求所以二先生之意，两先生亦极力……岁科试晋邑儒童卷可万余，县送府七八千人，府送道亦二三千人，入泮百五六十人，学使者如周讳之训葛讳宣亮咸云：泉郡生儒即三倍其额尚有不足收之恨矣。"①

从原则上讲，宗族开办教育事业，是使族中子弟尽可能都有接受教育的机会，但是实际上，每个族人的受教育与否及其程度，还受制于家庭经济情况。这样，宗族教育就分为两个层次：普及型和提高型。农家子弟一般只受惠于普及型教育，绅士和富户的子弟才较有可能获得提高型教育。宗族子弟接受族塾里的基础启蒙教育之后，大部分转向从事工农业生产，少数学子进入乡族组织所创办的书院或学院里继续学习，进而考取生员，取得进入县学、府学以及国学深造的资格，参加科举，博取功名。

当然，能否进入提高型教育阶段，学子的资质往往起决定作用。即使是贫寒子弟，只要功课优异，学习的奖助通常不成问题。宗族组织会采取有关措施，使那些天资聪颖、堪可造就的子弟获得深造的机会。南靖书洋萧氏宗族在族中子弟年满15岁时甄别"聪明者"与"庸下者"，前者续学，后者就业。其族规曰："凡生业不可少废，子弟至十五以上，择其聪明者责之儒业而赀其费，俾得专业。又必择贤师益友亦正其从违，庸下者则令其或务乎农，或精乎工，或经营于商贾，各占一业，务其成效。"②不少宗族的族规家训中都有这样的良愿卓识："子弟之质美而无

---

① 乾隆《泉州府志》卷二十《风俗》。
② 台湾《萧氏族谱·萧氏家规》（南靖书洋萧氏宗族订立），1977年重编本。

力从师者，须助之"。"子孙器识可以仕者须资勉之"。"子孙聪明可读书者，毋论家之有无，皆宜读书，族内亦须扶助，共冀成立"。"或有俊秀子弟，无力求学者，更宜之设法栽培，以成其材"。① 并且，有物质保障和规范力量来保证践约。泉州《太原王氏家谱》云："奖读书以传诗礼。吾族世代诗礼传家，而读书之人则诗所由传也。族中有游泮或登仕者，众祭必使与，分胙必及之，以奖已能，以勉未能者也。各房产业丰者亦应自立书田赡而之。"②

经济是基础，创办族学的关键是经费。为保证族学有较稳定的经济来源，许多宗族专门设置了书田，或称学田，以其收入作族学的经费。其使用和分配，除了开办塾学，供给塾师束脩，就是用于学子的学习补贴和科第奖赏。倘若学田不胜族学支出，祭田收入若有较大余额，也可支出部分作为族学的经费。此外，族中有登科出仕者，或经商致富者，受宗族精神感召和发乎反哺感恩之情，多能慷慨捐资族学，或独力举办。有的宗族将登科出仕者应回馈族人列为族规。南靖县靖山湖山黄氏宗族的《宗盟》（族规）有："子孙读书，由科第出身，禄享余资，须分诸同胞，置祭田、书田给贫乏庶兄弟。"③

为了激励向学之风，以光宗耀祖，宗族重视采取物质和精神鼓励。平和县小溪镇坑里村黄氏宗族，于同治二年（1863 年）议定："裔下有中科甲者，竖旗挂匾，定领银二十四两，并准入中龛主壹位，永此定例。"④ 若族大支繁，科名奖励和秀才、举

---

① 永春《官林李氏宗谱》。
② 泉州《太原王氏家谱·家规》。
③ 南靖靖山湖山《黄氏族谱·宗盟》，清光绪抄本。
④ 《平和小溪坑里重修黄氏家庙碑》（光绪十八年），见周跃红：《台湾人的漳州祖祠》，第 113 页。

人常年津贴，由所属房族支给。南靖县庄氏宗族的"六成祠"（七世玄甫公派下）房分于光绪七年（1881年），召集本房属下四个房分"家长"，"议立例簿公定：新进泮者贴衣冠拜礼多少均分，足粟八石；出贡者并旌旗挂匾，定贴足粟二十石（原注：如无旌旗但挂匾者，贴衣冠拜礼粟八石）；登乡榜者，定贴衣冠拜礼二十石，报礼二十石，旌旗匾费二十石，京誊真二十石，共八十石（原注：如一时未足，三年找清）"。庄氏宗族的章德堂（九世望周公派下）的"书租"为："秀才文武六十石在吴宅仓；监生纳例二十石在上峰仓；新进举、贡夺标一年另定；举人租在吴宅仓，一名二十四石，二名四十八石，三名更多者照四十八石均分。另有旧书租二十六石余在上峰仓，亦付夺标。"①

第二节　普及型和提高型教育

1. 普及型教育。

明代以来福建地区社会经济特别是商品经济的发达，对于福建民间的教育普及也多少起了一定的促进作用，在很多宗族里从事工商业的人数占去相当的比重，从事传统农业的人数日益减少，这就需要有更普遍的文化教育。因此，在沿海一带经济发达的地区，出现了某些宗族强调通俗基础教育的现象。宗族内子弟受教育的比例相对比内地山区要高得多。② 但是这一时期的工商业对于文化教育的需求是低层次的。高利润的商业主要是依靠流通领域的贱买贵卖和投机取巧，手工业也是以生产土特产品为

---

① 南靖龟洋《庄氏族谱》（庄瑞灶家藏），见《漳州氏族源流汇编》，第47页。

② 参见陈支平：《近500年来福建的家族社会与文化》，第206页。

主，适应这样的工商业，一般粗识文字、略通书算便可应付，这样就使得宗族内部的文化教育事业，在社会实用方面处于低下的启蒙通俗水平上。

另一方面，普及型教育并不止于粗识文字、略通书算，品学兼优，历来是国家和民间社会对于教育内容和效果的共识。康熙四十一年（1702年）钦颁御制的《训饬士子文》说："从来学者，先立品行，次及文学……敦孝顺以事亲，秉贞忠以立志。"[①] 泉州《桃源庄氏族谱·族规》说："立书田以兴教学。礼义由贤者出，唯读书为能明理。然礼义生于富足，亦唯有资然后能读书也。自为家门寒素，作养无资，往往有聪明子弟，困于家计，不能造应成材，非读书之为难，亦培养未周也。近来科举罢停，学堂兴起，论者几视读书为无用。然国家养士之典，终不容废也。凡我族人，祀田之外，当另立书田，为油灯考试等费，以作养人才，以厚待后学。庶几人文蔚起，学校振兴，其族党增光，岂有艾欤。"[②] 这一族规制定于清末，科举已经罢停，在这种背景下仍强调"立书田"，原因在于庄氏族人认识到："礼义由贤者出，唯读书为能明理。"即使科举罢停，但读书可以使"人文蔚起"，"族党增光"。显然，庄氏族人深刻理解教育之于教化和人文的作用。

教化能使个人接受伦理道德观念和处世哲学，从而修身齐家，维护宗族社会秩序。一个不"知书识礼"之人，很可能缺乏伦理道德的他律。《芝山刘氏书塾记》所云："古者国有学家有塾，所以教其子弟格物致知、诚意正心，以为修齐治平之策，此吾儒有用之学也。"这里已把创办族学的深刻用意说得很

---

① 康熙《漳浦县志》卷九《学校志》。
② 泉州《桃源庄氏族谱汇编》。

精辟。

任何一个宗族中,要保证众多的子弟人人都能读书不大可能,而能入泮登科者更是极少数。一般而言,能够受到比较正规的文化教育的人,大多数还是属于宗族之内的缙绅和富户的子弟。普通农户子弟当中的大部分,往往在进入族塾接受或长或短的基础启蒙教育之后,即回家从事生产劳动。即便如此,普及教育所传授的伦理道德,对于一个人在宗族社会的生存和发展,具有不容忽视的重要作用。

鉴此,宗族组织的教育宗旨,就是与社会教化紧密地结合在一起。教化的核心是遵从圣贤之道,崇尚儒学礼义之本,把传统的伦理道德教化寓于文化教育之中。基于这样的指导思想,族塾所授的课程,一般先以《三字经》、《百家姓》、《千字文》等为启蒙课本,辅以识字,然后逐步扩大授课内容,讲授《幼学琼林》、《昔知贤文》、《古文观止》、《千家诗》、《四书》、《五经》等。石狮祥芝的《芝山书塾记》云:"学于是塾者,必以六经为本,先读《大学》,以观古人为学,次第而求其入德之门。次读论孟,以观圣贤之格言大训,而求其旨约之方。次读《中庸》,以观圣神功化之极致,而求其性命。……经可得而明而大本立矣。又参周邵程张朱吕之遗言诸论以培植其根株。又旁搜广取屈宋班马韩柳欧苏之文以发畅其枝叶。幼而学之,壮而行之,则上不负圣朝崇儒尊经之意,下有以慰父兄之望。此则西桥翁之心也,子孙昆仲其钦守之,以为后人之法之。"① 这样,族塾就成为儒家文化在基层的传播基地。塾师对塾中儿童进行严格的教育和训练,不仅要教他们读书写字,更要训导他们学习修身、齐家、居官、事君之道,学习封建伦理道德、纲常,将来成为宗族和社会所期望

---

① 泉州《温陵芝山刘氏大宗世牒》。

之才。①

那些能够继续深造的族中子弟，普及教育阶段所接受的伦理道德教育，对于继续深造，尤其是将来登科出仕后能够循规蹈矩，其作用更是意义非凡。

2. 提高型教育的效果。

族塾只是一种基础启蒙教育，宗族子弟要想走上科举仕途，经过族塾学习后，还得进入较高一级的书院继续学习，进而考取生员，取得进入县学、府学以及国学深造的资格。为使族中子弟受到较高程度的教育，有的宗族还集资创办书院。这种书院，实际上就是宗族教育事业的延伸。

闽南不少宗族将教育规诫写入族规，使之具有督导监察族学的权威。泉州赵氏宗族的《家范》规定，凡赵氏家族子弟均须入学读书。"自八岁小学，十二岁出就外传，十六岁入太学，当延明师教诲"。"子弟年十六以上，须能暗记《四书》一经正文，讲说大义，粗知礼义之方，然后为之冠"。"子弟学业未成，不许食肉饮酒。古有是法，非为资于勤苦，抑欲其斋盐之味。子孙器识可以出仕者，须资勉之"。又规定："祖宗广储书籍，以惠子孙，不许假人，以致散佚，须各识卷首云'赵氏书籍'。如有不才子孙以之散鬻与人及假借于人，而不宝惜，甚为不孝。"② 如此严肃而具体的规定，充分反映出尊学重教的态度。

高级人才的培养，需要比较雄厚的经济实力作为后盾，因此，那些巨族大姓在培养政治人才方面，总是占有一定的优势，尤其是一些有官宦世家的家族，显宦辈出，科名不断。如晋江安海镇的黄氏家族，明代后期连出数名侍郎以上的大官。泉州府的

---

① 苏黎明：《泉州家族文化》，第200页。

② 《南外天源赵氏族谱》。

史氏家族，明末时亦显赫一时，史断阶等叔侄子孙数人，或为侍郎，或为尚书，或为大学士，成为当时泉州最有名的望族。安溪县湖头李氏家族，清初以李光地入阁为大学士，名赫朝野，其后族人叔侄相继中举进士，代有功名者甚众。

高级人才的培养，还需要较为完善的教学设备，主要是藏书。藏书成为传家之宝，成为登科出仕的必备阶梯。晋江《锦马林氏族谱》云："吾林入闽定居莆阳之后，传家有两重：重图书设置，重培育人才。披公建灵岩精舍，课子功读，故一门九刺史；翘公有'翰墨之薮，图书之府'之赞语；知公建望江书堂，文英公弱冠游太学，怡公博览群书，勉公著述自娱，皆说明传家有宝。"

历史上的泉州地区，某些宗族的科举人才出现令人惊羡的高产现象。从北宋天圣元年（1023 年）庄森六世孙庄孙、庄偑登进士后，北宋期间已有进士第 3 人，南宋先后登进士者有 10 余人，赐同进士出身者 20 余人。明代，登进士第 30 余人，中举 50 余人。万历间，庄安世中武状元，庄际昌中文状元。在这一时期，桃源庄氏的衍派青阳庄氏家族还出现过"一榜三龙"、"五科十凤"的盛况。明嘉靖八年（1529 年）己丑科，同榜登进士者有：后官至户部主事的庄一俊，官至浙江按察金事的庄用宾，官至广州推官、严州知府的庄壬春。自明弘治至万历年间，有五次乡试（即五科），每科都有两人同科中举。安海镇黄氏家族，明代后期连出数名侍郎以上的大官。儒林张氏，祖祠名贤匾林立，匾有"进士"、"兄弟进士"、"父子进士"、"同榜进士"、"理学名宦"，正是该家族自宋以后族人参加各级应试，登科及第者的一种记录与反映。惠安玉埕《骆氏族谱》记录明代中后期本宗族的宗贤，共有文进士 1 人、武进士 1 人、举人 1 人、三考出身

3 人、荣政 10 余人以及诸生 30 余人。①

这种人才产出集中于少数宗族的现象，在漳州地区亦然。如宋代漳浦出了 26 个进士，赤岭乡蔡坑村蔡氏宗族就有 3 名。宋代漳浦"荐辟"出仕者 19 人，蔡坑蔡氏宗族竟占了 15 名。据漳浦县的康熙志、光绪再续志，清代西湖、下布的蔡氏取得功名的频率最高，时称"蔡氏科第，甲于邑中"。清代，漳浦出了 42 个进士，西湖、下布蔡氏占有 9 名。进一步看，蔡氏登科者高度集中在个别房支。进士：蔡世远、蔡云从、蔡新、蔡湘（新胞弟）、蔡善述、蔡本俊（新子）、蔡行达（新孙）。举人：蔡可远（世远季弟）、蔡鸣珂（世远仲弟）、蔡长汉（世远长子）、蔡观澜（世远子）、蔡本樾、蔡超（湘长子）、蔡式廓、蔡本杖（新次子）、蔡本偰（新长子）、蔡兰绮、蔡长沨（世远子）、蔡元宽（新从弟）、蔡本俊（新六子）、蔡行兰、蔡本份（新五子）、蔡开弟（新曾孙）、蔡开昌（开弟胞弟）。②

对于这类现象，民间认为这些宗族或房支占据了风水宝地。但如果把"风水"的"水"字去掉，那么学"风"倒是宗族、房族学籍功名等教育效果差异的重要原因。学风除了良好的学习态度，还有正确甚至是优异的学习方法。

宗族重教都有不同程度的回报。族人登科出仕，光宗耀祖，提高了宗族的社会地位。桃源庄氏九世孙庄夏，南宋淳熙八年（1181 年）进士，历官孝宗、光宗、宁宗三朝，累官试尚书兵部侍郎，赠少师，政绩显要。宋光宗亲笔改庄夏祖茔之所"鬼岫山"为"锦绣山"。"锦绣传芳"遂成为桃源庄氏无形的社会资

---

① 陈支平：《近 500 年来福建的家族社会与文化》，第 211 页。

② 郭志超：《读点校本〈漳浦县志〉》，《漳浦文史资料》第 24 辑，2005 年。

本。南靖和溪麟野林姓宗族，一至七世世习犁锄，朴直少文，八、九世开始创办族学，此后科第功名 10 余人，庠生 40 多名，使边鄙的和溪人文蔚起。①

在封建社会中，政治权势往往伴随着的是经济利益。而且，族人登科入仕，都会饮水思源，感恩图报，以各种方式资助族众公益事业。一些宗族对族人读书科举资助的同时，也规定族人一旦登科入仕后应对宗族有所回报。南靖和溪麟野林姓宗族九世林廷璇，于嘉靖年间在本社碧云岩创建棣华书院，聘请秀才以上的文士教授本族及外姓子弟。族人林钎曾在棣华书院读书三载，后登第出仕，于崇祯时升至大学士。他在漳州南台庙边和西门古武庙旁购地分别建"文馆"和"武馆"，作为本族子弟赴府城考文、武秀才时的寓所。② 南安蓬华郭氏家族，就针对仕途得意者派捐"祀田之资"，名曰"喜钱"，其捐数依其取得的成就而递增，并且作为一种定例。石狮祥芝刘氏家族也规定，"仕者每应一任，则必捐俸禄以为塾廪之助，官愈高廪愈厚，则是塾可与吾族相为始终矣"③。晋江青阳庄氏家族规定，凡族人"登科者，例出入祠银十五两；登第者，例出入祠银三十两"④。即便没有这些明确的规定，族人一旦登科出仕，往往也会捐建祠堂，捐献资金置祭田、义田或学田，参与推进宗族教育的投入、产出、回报（再投入）这种周而复始的扩大型的良性循环。

族学栽培的人才进入缙绅行列后，他们运用其政治地位和官场人脉给宗族提供荫庇。晋江磁灶林氏家族于清康熙九年（1670

① 《漳州氏族源流汇编》，第 167 页。
② 同上书，第 166 页。
③ 泉州《温陵芝山刘氏大宗世牒》。
④ 晋江《青阳庄氏族谱》。

年）控吴氏家族占夺墓山，三年没有结果。后推族裔海坛总兵官林贤出力。"少保公出力，鸣之当道。兴泉道爷李批语：据详肖天造伪图利，吴郎坏人祖墓谋葬，分别徙杖是矣。康熙十二年（1673 年）五月判断明白，然后封树重修"①。

① 晋江《锦马林氏族谱》。

第六章

族政：宗族治理的礼法互济

族政是宗族的族务和政治管理。宗族是基层社会自治组织，政治管理最能体现"自治"的性质。因此，本章所涉族务，主要关注的是以家训、族规为中心的政治管理。

家训、族规是宗族以道德伦理为导向的行为准则及其立法，也是载入族谱的重要内容。家训属于礼教的范畴，族规属于法治的范畴。"礼"治违制之未然，"法"治违制之已然。宗族族政的运行机制，就是礼法互济，以维系宗族社会的正常秩序。家训以北齐颜之推《颜氏家训》最负盛名。"家训"这一名称因历久而俗成，即使是明后期开始普遍出现的祠堂宗族的训言，也沿用"家训"一名，这时家训就是族训。家训是关于修身齐家的道德伦理倡导，要而不繁。族规是道德伦理的具体规定以及违反规定的惩治方式，目细而详。以礼入法的族规中也有家训的宣教内容。以族长为首的宗族领导层除了主持祭仪和处理例行族务外，礼治和法治是他们控制宗族社会的两大政治手段。

第一节　宗族族政的角色分工与协调

宗族作为一个社会群体要能够存续，就必须按照一定的运行机制来保持它的有序状态。如果宗族的内部秩序遭到破坏，宗族的存续就会发生危机，宗族就有可能解体。明清时期社会行政体制对基层调控的能力日趋薄弱，宗族社会秩序成为基层社会运行的基本方式。

宗族族政行使的基本依据是家训、族规。宗族的基础单位是家庭，在此之上形成房支结构，因此家训、族规的核心是家庭伦理。家庭伦理的核心是"孝"、"悌"。在宗法社会，父子关系成为父系宗亲关系的出发点，孝的规范也就成为宗族伦理规范的核心。仅次于父子关系的兄弟关系虽然是横向关系，但封建伦理将之规范为具有纵向的长幼尊卑关系。因此弟要尊敬兄长。由直系扩展到旁系，结合世代，就形成同祖一体的长幼尊卑关系，既要有序又要睦族。依血缘上溯，由孝敬父母而敬拜祖先。这样，整个宗族成员都处于长幼尊卑的系统中。敬上则不会犯上，也就不会作乱。统治阶级试图由血缘组织的孝悌而推广到整个社会，来达到封建国家的长治久安。

一、角色分工

1. 宗子：祭祀角色。

宗子就是宗族的嫡系长子。早在商代就确立宗子制度。[①] 宋代理学家张载提出恢复宗子法的主张后，宗子的族长地位逐渐被民间社会所接受。明代宗子一般主祭祀又统全族（任族长），但到了清代，宗子多只是祭祀的附带摆设。

安溪谢氏家族认为："宗子之所以主祭祀而统族人，务在立嫡不立庶也，宗子死，宗子之子立，无子则立宗子之弟，无弟则次房之嫡子立。既为宗子，必谨守礼法，以光先德，族人亦宜推

---

① 常建华：《宗族志》，第 176 页。

让，毋得轻忽。"① 宗族的社会秩序基于血缘世系的等级，直系中，下尊上，这种尊卑逐次扩展到旁系，从而形成差序格局。"昭穆"就是上下代际关系，"亲疏"就是同代的差序关系。许多家族的家谱都强调"敬祖宗而明统绪，辨昭穆而明亲疏，不为不重"②，假如抛弃了血缘关系上的尊卑亲疏观念，那么家族组织和制度便失去根基。

明代宗子主祭祀兼任族长，清代以后宗子一般只是没落的精神领袖，不做族长，但继续主祭祀或参与主祭祀。③ 上引的安溪谢氏宗族直到清代还继续实行"宗子……主祭祀而统族人"，像这种情况是不多见的。

在清代闽南宗族社会，祭祖仪式的主祭甚至不一定是宗子，越来越多的宗族由缙绅（即"有爵者"）或族长担任主祭。这一转变以缙绅或族长与宗子协同担任主祭作为过渡形式。有些宗族干脆不设宗子。南靖龟洋庄姓主祭角色的变化，就是例证。据"明万历三十三年十一月冬至日裔孙义顺等公议"而制定的龟洋大宗祠《祭祀规则》，"祭以宗子为主"。④ 因未能查到清代龟洋大宗祠的《祭祀规则》，权以清代龟洋庄氏支祠（七世"六成祠"）的资料为证。庄氏族谱载："六成祠逐年冬祭定于冬至后三日，主祭不许纳例，宜用科甲者主祭二人，陪祭二人。"⑤

对此，李光地有这番议论："古者宗子非世官即世禄，故可以其禄祭而世主大宗之祀。今既无是，则所谓宗子者，或降为氓隶，而不齿于衣冠，既不得逾分而行士大夫之礼，且不知亲疏之文，

① 安溪《清溪谢氏宗谱》。
② 安溪《清溪谢氏宗谱·伴读公示训》。
③ 参见常建华：《宗族志》，第193页。
④ 《漳州氏族源流汇编》，第62页。
⑤ 同上书，第47页。

不任拜跪之事者有矣。权以时宜，须用爵禄于朝者主祭，盖以其分既得其礼，其人娴威仪也。虽然缁冠绋羊鸡可废，须以有爵者主祭居中，宗子居左，直年者居右，立跪而以昭穆为前却焉，亦连名以致以祖宗之前，是亦酌古准今，无于礼者之礼也。"①

李光地的主张有前贤见解的依据。宋代程颢在宗子法方面率先提出"夺宗法"，主张以有官职的族人代替依嫡长血缘关系设立的原有宗子。②

2. 族长：行政首领。

清代以后，宗族的管理由族长负责，宗子已被架空。族长总管族务，掌管祠堂，是宗族的最高领导者。清人说："今俗专重族长。"③ 宗子不再担任族长，应与明后期宗族的组织化、制度化有关。这种新型宗族的族政事务太多，原为自然首领的宗子已不适应宗族社会的发展需要。

宗族的结构是始祖之下分若干房支。理论上，一个宗族每历一代，就有一次房的分蘖，那么哪一级别的"房"才设"长"呢？简明扼要地说，有多少（分支）祠堂就有多少房。这是因为：有祠就有相应的公产和事务，这就需要设房长来管理。另外，各个宗族还根据具体情况，设立一些族长的助理人员和各种专职经办人员，协助族长工作，司掌族中的各项具体事务，诸如管理祠堂、管理祭祀品、管理族产等。房长通常是这些族长助理和专职经办人员的自然候选者。

清代闽南宗族中，族长、房长是公推而不是世袭的。在专制

---

① 李光地：《榕村续集》卷六《始祖祠祭礼略》。
② 参见《二程集》第二册，第412页。
③ 《清朝经世文编》卷六十《礼政·答陈仲虎杂论祭礼书》，见常建华：《宗族志》，第193页。

集权的封建社会，宗族社会既以尊卑有序为主导，又以有限民主为兼行，这的确是耐人寻味的。清代闽南一些谱牒资料显示：族长、房长必须"齿德"俱尊，即辈高、年长又有德行者。族长是宗族规约的首席执行者，其德其能，关系到宗族兴衰和族众命运。因此，公廉干练、持重安详的长者，方适合担任族长。唯有深孚众望者，才可能肩负敬宗收族的使命。有的宗族甚至将族长唯德才是举的原则，写进族规。南靖县书洋乡五更寮陈氏宗族，① 其民国重修的族谱载有族规，第一条即"择家长"："择家长，良秉政，国家为之兴隆；正人规族，宗派为之整肃。事虽大小，所系均也。……近世滋伪，人心不古……吾族中当择其端正有德者为族长，选其醇笃谨守者为房长。"

族长、房长行使族权的有效性，主要在于他们的品德和能力赢得族人敬服。《紫云黄氏家谱》载："荣好公……兄弟三人，式好无尤，竭力奉亲先意承颜，事上接下，肃雍和睦。一庭之内，有古唐虞风矣。其持己也端方，其待人也宽恕，孝友施于有政，乡邻仰其风规。凡在族党中有忿争不息者，公虽不假以辞色，然闻公至而辄止，则有讼结公廷者，公亦以理喻之，使无终讼。人人敬服，感戴其德。由是一乡之中，闻风向慕，守法奉公，敦孝悌，勤田力，井里睦，相友相助，至今其里又称仁里焉，殆公其首倡之。"同书又载："荣如公……公起治家政措置有方，二三十年间月溢岁增，顿形腴润。援例授成均太学构屋宇，造书斋延师课读，书声不辍，约计置田地三百亩，山场一百数十号，获资不下万金。而公之所以丰殖者，商贾不劳，惟是敦朴俭务精勤，不

---

① 书洋五更寮属闽客双言区地带，陈姓原是"客家祖"，从宁化经永定迁入南靖，于明成化元年（1465）开基五更寮，至晚在清代后期已闽南人化，居于山上的他们与山麓的萧姓等闽南人通婚。

汲汲以贪营，只循循于节次，不啻行其祖无事焉。公艰于息嗣，有胞侄四人抚如己子，与弟同居至老无闲言。"①

如果宗族缺乏深孚众望的德才之人，那就退而求其次，慷慨好义的殷实之人，往往能获得族众公推而为族长。这类人常载入方志的"义行"或"乐善"。如《泉州府志》记载："肖铭，晋江人，敏慧有心计，与时伸缩，居积致富，所酬酢多合宜，课仆力稿以为储藏。……建祠堂、置祭田，遇族中匮乏者周之，桥梁圮坏者修之，丙申丁酉岁大饥发粟赈之，郡太守深褒嘉焉"。"何元选，晋江人，壬癸之交，倭乱岁饥贫民逃入城中，殍者枕藉。元选会巨族出粟哺饥，存活千计……置祭田，营祀屋，建乡塾，召子姓弟侄，耕者受器，读者受书"。"黄一复，安溪参山人，嘉靖初年，倭乱……见黔黎离散居室焚燎，则出资缮土堡，招辑流移贫者，给其衣餐，渐次复业"。"骆钟岳，惠安人……每遇岁饥则分赡匮乏之者。雍正己巳……疫盛行，死亡藉道。钟岳先计族人按口授粟"。"王纶礼，南安人……慷慨好施，与族戚里党积年借贷不下两千金。一日悉取其文券火之，不责偿"。②

族长应是家族伦理道德的楷模，当敦孝悌重天伦，敬尊长慈卑幼，严治家尚俭朴，睦宗族恤患难。以下这些"族首"的德行堪可流芳：咸丰七年（1857年）、同治九年（1870年）石狮两次发生饥荒，石狮塘边蔡氏宗族的蔡孝沫主持赈济。塘边《龙渊蔡氏族谱》称："族首孝沫，幼颖异，则成童，失怙，曾随叔父商于福漳诸郡……竭力营运……自是家益富而群之量益宏矣。素慷慨好施……岁丁巳、庚午岁歉，族中不能举火者按口而日给之粮，全活甚众。"光绪七年（1881年）泉州各县发生灾荒，永宁

---

① 见苏黎明：《泉州家族文化》，第161页。
② 《泉州府志》卷六十一《乐善》。

鳌西林氏家族族长林尹权主持赈济。《鳌西林氏家谱》云："尹权……公为族首，济困扶危，怜孤恤寡，人徒知为美事，唯公独肩而行之。岁辛巳泉荒……公推举族中之周者而济之，由是族慕义共为周给。"当宗族发生危难时，族长、房长更应挺身而出。明崇祯年间，泉州洋塘杨氏宗族的族长杨近唐，"当海气未靖，征徭不息。公与孺人劳心焦思，佐先祖伯为都约主事多年，设施以一身支撑，其间戚族间，赖以安宁"。南安《延陵锦霞吴氏族谱》云："九世国豪……葬荫乙大所六仑，交与大垄乡李家看守，至光绪洪濑街头黄申居盗葬坟墓，并混占山界。各房房长发奋呈抗。黄申居即请各族绅耆立约将他坟迁起，勒石界址，约章寿文序谱首。光绪丁未年与李家再约每年应纳山草礼两大元值祀者收。"南安《梅溪吴氏族谱》云："宜斋公……永乐中二都之地贫瘠，民不聊生，全亡者众，荒地多为势家侵占，秋税无征，每年当里甲者，破家相倡。公为族首，倡议奋斗得免秋税六十石，族人如释重负。叔父钦道公喜曰：吾侄植德，不愧吾祖矣。"①

　　族田族产的收入管理之权，属房族者掌握在房长手中，属宗族者则掌握于族长之手。族长、房长不仅掌握着族田族产的经营管理权，如置产、招租、定约、轮换等事宜，而且负责分配，以族田族产收入为基础主持宗族的各项活动。族长、房长还要做分家析产、房分过继的裁判和公证人。宗族举办的各项活动，凡只涉及房族内部的，则一般由房长负责，凡涉及全宗族的，则通过族长、房长会议，由族长裁定。每年春秋祠堂祭祖，清明祭扫远祖，尤其是始祖墓，都由族长主持。祠堂之修建，族谱之修撰，族塾之设办，神明之庆典，族规家法之制订与修订，以及家族中各种公益事业的举办，诸如修水利、筑道路、造津梁、建凉亭

---

① 以上见苏黎明：《泉州家族文化》，第161～162页。

等，都属于族长总理。即使有关具体事务系由专门的经管人料理，但经管人仍在族长督察监管之下。

族长掌握宗族司法裁判权。族人违反族规、国法，族长须会同房长和缙绅审理，违族规者依家法惩戒，犯国法者报官，由官府审判。

从晋江县施氏宗族的《族约》，可见族长的一些日常职责：

一、族中既立有族房长，事可质平，皆当据实秉理，会有爵者诣大宗祠，平心剖析敦是非，大杖小罚，就祖宗前释怨修好。倘强悍罔从，逞凶兴讼者，通族公讨，正暴戾也。

一、婚丧……族房长察其果限于贫未克举者，就公项会族众量助，务令速举，若冒费不速举，本人杖，族长赔偿，通周急也。

一、士农工商，各宜勤俭……设有不肖子弟弃生业，结匪类，开设赌场，放头网利，致诱子弟破家辱身，殊可痛恨，以后族房长稔知放赌账目，不许取讨，仍令族众赴大宗祠戒饬，令其改过自新，不改者送官究治，除穰莠也。

一、闺门最宜严肃，男女授受不亲……设有不幸，帷薄不修者查确，房长会族长，男从重究会，削去生庚，女不论有子无子，逐回母家，扶风化也。

一、分家业，必令族房长均产业、定公阄，父母毋私所受，兄弟无专已有，违者罚金充祠，杜竞争也。

一、子孙见尊长，当循循执行，不可倨傲鲜□，以尔、汝相呼，或有过受呵责，不论是非，俱应俯受，如果理是，亦当徐徐白诸尊长，不可使气忿争……重敬爱也。[①]

---

① 晋江《浔海施氏族谱·族约》，见陈支平：《近500年来福建的家族社会与文化》，第127页。

3. 士绅：政治权威。

士绅①在社会上有着较高的地位、广泛的交游、比较成熟的领导能力，他们与宗族组织的紧密配合，有效提高了宗族族务的工作效率，提高了宗族领导阶层的权威性。从方志和族谱中，可以看出士绅在宗族事务中的重要作用。《泉州府志》载："潘新图，字南仲，雍正壬子举人，屡蹈春官，为人敦孝友尚气谊，宾朋会晤，从无疾声厉色，族中长幼皆遵其约束，有相争者，辄舆利解，皆慑服，邻里有竟，亦来取决。数年中其乡绝迹公庭。"②在祠堂、祖茔修建等重要事务中，士绅的作用举足轻重。安溪湖头李氏宗祠的修建，清初进士李光地就是一个有号召力的倡导者。③晋江龙湖衙口施氏宗祠，始建于明崇祯年间，清顺治迁界时毁，康熙年间族人敦请施琅出面，建祠顺风顺水。④清嘉庆时，惠安县教谕林清标"鸠兴、泉、漳林姓之人，重修建墓庵，募人看守，笠坊墓前，匾曰闽林始祖"⑤。《南外天源赵氏续谱》云："官爵公，名足食，同治壬戌选贡……家资十余万，建祠堂及第宅多座。……公不惜金钱，不席先人余荫，好延师笃课，子孙昌盛，多入庠序，置田园宅第之多。"此外，如前所述，族谱修纂也多赖士人之力。

礼仪活动中，士绅所起的作用尤为突出。尽管祝文、祭文有通行的范式文本，不必撰写，但唯有良好的文化素养，才能胜任各种祝文、祭文的唱赞。有功名者在祭仪中参与主祭，被视为宗族的荣耀。泉州梅溪陈氏宗族规定主祭由年长者与有功

---

① 道光《惠安县续志》卷八《人物上·儒林》。
② 乾隆《泉州府志》卷五十九《笃行》。
③ 陈支平：《近500年来福建的家族社会与文化》，第79页。
④ 苏黎明：《泉州家族文化》，第163页。
⑤ 嘉庆《惠安县志》卷三十四《古迹·茔坟》。

名者轮充，"盖礼有三献，初献以临祭，年长者主之，次献以有爵者主之，终献则以宗孙主之，则庶乎长长贵贵，重宗之义一举而兼得也"①。

涉及宗族的乡约，士绅同样起着很大作用。晋江青阳庄姓为巨族，二十七、二十八都于石鼓庙设约所，进士庄用宾"以忤时宰，落职家居。……嘉靖乙己岁，予丁外艰而归，闻其为约正。……率乡人行乡约"②。安溪湖头李光地父子叔侄多人为宦，地位显赫，李氏家族成为显姓世族。李光地撰写了《同里公约》、《丁酉还朝临行公约》，力图使地方乡族事务归纳到李氏宗族及其士绅阶层的有效控制之中。南安英都的洪氏为该乡巨族，洪默斋"躬率族人修上世坟茔，新大宗祠，倡邑士新孔子庙，厘乡规，定祭仪"③。惠安埔塘孙氏为"惠安望族，子姓数千人聚居"。孙经世"严立乡约，薰德善良，其族遂称仁里焉"④。安溪人官献瑶，乾隆四年（1739年）进士，积极推行乡约，"尊时制以定仪式，立乡规以教宗人，置义租以恤亲族之贫者"。

宗族之间发生冲突，挺身理论者更是非士绅莫属。惠安县张坂骆氏宗族，于明代崇祯年间与杨氏宗族互控占夺坟山，合族公举"生员骆廷梅、日高、日晤、日异、日泰……往县而控"⑤。嘉庆年间晋江薛氏宗族与郑氏宗族互控占夺坟山，公举举人薛龙光为主控人，而郑氏宗族亦公推举人郑和钧与之对控。⑥甚至宗族械斗、抗交钱粮等不法之事，亦有不少士绅为首滋倡。

---

① 泉州梅溪《陈氏族谱》，见苏黎明：《泉州家族文化》，第166页。

② 粘良图：《晋江碑刻选》，第52页。

③ 《丰州集稿》卷十三。

④ 道光《惠安县续志》卷八《人物上·儒林》。

⑤ 惠安《骆氏族谱·大事记》。

⑥ 泉州《薛氏族谱》卷十四《育墓山控案稿》。

士绅在宗族和乡族中的作用也要受制于国家。士绅既依附于国家又根植于宗族，"平衡"是其正常的状态。① 当宗族利益与国家利益一致之时，士绅在宗族和乡族的作用得到国家的鼓励。明代嘉靖以后，闽南许多宗族一度掀起建立宗族武装、修筑家族土堡的热潮，首倡者绝大多数是士绅。如长泰县善化里的林氏家族，"庠生林承芳易寨坦以石，鸠本约十三寨，练结士兵，保卫乡里"②。云霄进士林偕春，卸任回故里后，为创建乡族武装建言献策，他说："……云霄，户不下数千，其民勇义，习于战斗。近一二年间，已闻有破贼威声，贼亦闻之而怖。吴平之弯悖，所以不敢直窥漳州而至者，恃有此为止屏蔽也。诚能绥之以恩，鼓之以义，联之以信，则人自为战，家自为守，敌无所窥，而因以为漳南之保障。"③ 反之，当国家觉得士绅参与宗族族政而有碍国家利益时，国家就会加以约制，甚至明令禁示。清代《福建省例》的"禁革生员公呈保结干预官事等款"中有："生员不准派充族房家长。"④

为了能清晰地分析问题，我们将族长与士绅分述。实际上，有些宗族，士绅本身就是族长。从上引的清代《福建省例》可见，士人任族长已有一定比例。但在这项"禁革"条例中没有提及缙绅，这大致可以说明退休官吏几乎不会降格屈就为族长，他

---

① 陈支平指出："家族无论在道义上还是在现实中，都必须与官府统治保持一定的平衡和协调。这种平衡和协调工作，一般通过家族内的士绅和知识分子来进行"。"（在国家和家族的）双重的身份和利益关系，导致这些乡绅士子们能够在协调官府与家族的关系方面发挥重大作用，同时也使官府与家族之间的关系更加微妙化、戏剧化"。（《近500年来福建的家族社会与文化》，第102页）

② 乾隆《长泰县志》卷六。

③ 林偕春：《云山居士文集》卷三《书·与唐麓阳太守书》，第62页。

④ 《福建省例·刑政例》。

们通常只扮演宗族的政治权威和智囊角色。

二、宗族领导层的协调

族长在行使宗族组织的权力时，虽然必须秉承敬宗收族精神，但是宗族内部的大小宗之分，各宗各房发展不平衡导致的强宗强房与弱宗弱房的差别，以及族长和士绅们本身社会政治经济等方面地位的不同，都有可能对公正行使族权产生某些影响。因此，如何平衡和协调宗族内部各房各支甚至各个族人的意见和利益，是维持宗族内部团结和稳定的另一重要因素。为了贯彻族众平等原则，不少宗族的族规家法都明确规定了对族众间倚富而欺贫、恃强而凌弱的禁条。如泉州《太原王氏家谱·族规》云：族人"毋得持强压弱、持富凌贫、挟贵欺贱，有一于此均得罪于祖宗，众共击之"。这正是反映宗族内部平衡原则与平等精神的诉求。

族长固然有权对某些宗族事务作出自己的决断，但在更多的场合里，宗族内部的事务处理，一般都在族长的主持下，采取"众房公议"的形式，以尽可能地争取更广泛的赞同意见。特别是族中事关祠堂坟墓或全族利害的事，以及对族人违犯族规家法的处罚，不能只由族长处理，必须把族人召集到祠堂，族长主持讨论，族人也可发表意见，最后作出决定。决定通常以契约文书的形式公之于族众，然后加以实施。这样做可以尽可能地获得族众的广泛赞同，减少族众的异议和不满，有利于决定的贯彻实施，有利于维持宗族社会的稳定。安溪县档案馆存有一份民国时期刘姓的《若乾家族会纪录》，即该家族处理各种事务的会议并形成决议的纪录。其中《若乾家族会章程》云：

第一章　总则

第一条，本会定名为若乾家族会。

第二条，本会以处理本房公共事项，促进家族进步为目的。

第三条，本会假建安祖宇为会所。

第二章　组织

第四条，凡本房人年满二十岁者，均为本会会员。

第五条，本会设理事七人，并互选常务理事一人，组成理事会，办理本会日常事务。理事人数各房分配如下：长房二人，二房一人，三房二人，四房二人……

第八条，理事会分设总务、财政、祀祭、福利、调解等股，各设股长一人，由理事互推兼任之。

……①

成立于民国时期的刘氏若乾家族②会，虽然在章程、名词等方面带有某些现代的色彩，但其众房合议的形式，无疑是闽南宗族处理族务的通式。

在族、房长的主持下，宗族联席会议取得一致意见后，形成决议，这些决议多以契约文书的形式公之于众，并付诸实施。

会议合同契约所涉及的范围是十分广泛的，不但有建祠立庙、置产买业、婚嫁丧葬、继嗣抱养、分家析产、斗殴争论，而且还有兴修水利，组织生产生活活动等各个方面。由于宗族内部的许多重要事务经过这种协议合约的形式来解决，这样就在一定程度上体现了宗族内部的和睦相亲的关系，或者说是一种比较平等的关系。宗族内部事务的管理，能够比较正当全面地反映宗族

---

① 安溪县档案馆卷宗第 209 号，见陈支平：《近 500 年来福建的家族社会与文化》，第 88～89 页。

② 刘若乾所属的刘氏家族具有房族结构，依笔者拙见，实际是宗族，据"理事人数各房分配如下：长房二人，二房一人，三房二人，四房二人"，即明矣。

成员的意愿，这对于增强宗族内部的凝聚力是很重要的。我们通常所讲的"族长"，其概念往往非常宽泛。族长之下有各级房长，还有士绅，甚至还包括经管祠堂、族田、祭祀等具体事务的董首、经理，他们参加宗族议事活动。族长集思广益，择善而从。因此，在实际的集体领导的运作中，族长是宗族领导层的代表。

第二节 宗族的教化和司法

闽南各种族谱中所记载的家训族规的具体内容虽然差别很大，但就其内部管理的最基本的精神，不外是"敬宗"和"收族"两大方面。"敬宗"就是强调传统的追溯，建立宗族血缘关系的尊卑伦序；"收族"则着眼于现实和未来，实现族人相亲相助，宗族聚而不散。因此，闽南宗族所制定的各种族规、家范，大抵都有敬祖宗、重宗长、禁犯上、睦宗党、重师友、重继嗣、安灵墓、凛闺教、重藏谱、恤患难、急相助、惩小忿、禁欺凌、禁乱伦、禁争讼等诸多内容，① 但可归纳为孝悌、敬祖、齐家、睦族四项基本内容。

宗族除了有牢固的内部团结之外，还必须树立一种足以夸示乡里的宗族威望。树立这样的威信需要多方面的努力，在族规、家范上的体现，则是强调宗族道德和行为的纯洁性，以及禁止族人有违伦理道德的悖逆行为。这些规约，既可维护本族在地方社会上的声望，还可以在一定程度上防止族人因行为不当而获罪损家。

族规、家范中所体现的核心精神，即敬宗收族。族长据此来衡量和判断家族成员的日常行为，以及对违法的族人酌定采取的

① 陈支平：《近500年来福建的家族社会与文化》，第82页。

惩处。当宗族成员触犯宗族基本精神和行为准则时，族长拥有司法审判权。

一、礼法并济

族长行使族权，① 应代表族人共同的意志，这可以体现在族规对族长的要求以及监督权和罢免权。族长行使族权必须以家训、族规为基本准则和司法依据。鉴于制订族规家法的时代背景、宗族所处社区的人文环境、制订者的文化素质等方面的差异，闽南各宗族的家训、族规千差万别，但是敬宗收族是根本目的，孝悌、敬祖、齐家、睦族是家训、族规的基本内容。

宗族的治理，礼治为主，法治兼行，以礼入法，礼法合一。即使实施法治，仍以"息讼睦族"为目的。有些著述之所以夸大了宗族法治，在于不清楚国法框架下的宗族司法的受理范围，基本上只是诉讼、民事案件以及轻度的刑事案件。族人触犯族规家法时，族长须会同绅士以及房长一起公议。绅士和房长相当于陪审团，他们的意见能有效防止族长执法的偏颇。

永春达埔官林李氏家族的《族规十章》，是闽南宗族中较有代表性的一套族规：②

> 国有律，家有规，所以维纲常于不坠，为人道之大防。
> 我祖宗有家训，皇皇在谱，子孙所宜敬谨率由，乃不歉世家
> 风范。然恐族大丁多，不能尽喻。兹特遵祖宗之意，著为重
> 要十章，大伸昭布，榜于家堂，使触目惊心，百代永遵。有

---

① 族长在很多场合实际上是宗族集体领导的代表，无论是族务还是司法，族长与房长、绅士密切配合，共同负责。房族的房长实际上是本房族的族长。

② 载于族谱的规约每条前面皆加上"一"作为自然编序，这里的序号系笔者所加，下同。

故违者，众共诛之。谨列族规于左：

1. 祖宗祭祀，必诚必敬，入庙致祭，必具衣冠，以尽追远报本之义，不许苟且，亵慢先灵。而祖茔、荫树，必互相护，不许砍伐戕伤。如故犯，拿赴祠堂重责。

2. 父母之恩，昊天罔极，凡为人子，务尽孝养之道。不许溺爱妻孥，忤逆弃养。不孝之罪，天地不容，人神共愤。如有此等，众共诛之，不许入庙，不许入谱。

3. 兄弟为天显之亲，同是父母分体，务尽友恭，以成孝友家风。不许听信妇言，相争财产，致有阋墙之诮，骨肉相残。内无以对父母，外无以对亲朋。众共革之。

4. 伯叔长老，族中之尊，固宜各自尊重，为子侄模范。为子侄，必守敬恭之道，如有卑幼抵抗尊长，出言不逊，制行悖戾者，姑悔之，不悛，拿赴祠堂重责。

5. 夫妇为人道之始，不幸丈夫早殁，如能守节，人所共钦。苟无所倚赖，原不禁其再醮，惟改节，必出外姓，即嫁出不许仍回配本族，或招本族之人相与，禽居兽处，盖本族非叔婶侄妇，即弟妇兄嫂，干犯伦纪，大坏人道，不许入庙，不许入谱，众共革之。

6. 族者，凑也，聚也，一本之人，相凑而聚，生相亲爱，死相哀痛。凡族中有喜、有丧，务宜相率庆吊，以笃亲情，不致同根同本，引路人之诮。

7. 同族之亲，原有互助之义。宗人有力业安分，贫不能婚、丧不能举者，宜会议助之；或有俊秀子弟，无力求学者，更宜之设法栽培，以成其才，所以笃亲谊而厚民风也。

8. 诸妇必安详恭敬，奉舅姑以孝，相夫子以礼，笃妯娌以和，无事不出中庭，衣裳务宜朴素。如其淫狎，亟宜屏放。若妒忌长舌者姑诲之，不悛出之，勿溺爱姑息，败坏家风。

9. 兄弟叔伯有无后者，甘以己子为嗣，固甚可嘉，然必昭穆相当，会房亲共立继书为凭，方许承其业产，不许借双承，挂名神主，致滋争端。

10. 族中子弟，士农工商，原有正业立身，可以兴家。不许执业过贱，败坏家声，以辱先人，又不许开赌藏盗，作奸犯科，贻害不浅，众共革之。①

宗族在日常生活中较常遇到的问题有时也会在族规中体现，如泉州浮桥榜头吴氏宗族的《族规》云：

1. 吾族一片平原，前人遍植荔枝，正为祖宗坟茔，子孙庐舍，树其屏藩。各乡无碍隙地，未栽者，不妨多栽。既栽之后，不许擅自砍伐。若擅自砍伐，将红柴充公，本人押到祠堂戒饬，砍工议罚；或因起盖厝宅，宜先报绅董踏勘，果于厝场有碍，始听砍伐，随时酌充公欵；如树自枯死，亦宜报公，始听掘起再栽。若有不肖绅者，受树主私赂，许其砍伐，察出重罚，终身不准入祠，而祖宗亦阴谴之。

……

5. 吾宗聚族而居，当念一本之亲，笃宗族以昭雍睦，不可因微嫌细故，顿起争端。有以逆相加者，投登绅耆理论，毋遽我讼；亦不得割毁五谷果木，夺牛破屋等情，违者以犯族规公罚。

……②

"一片平原"而"遍植荔枝"，是泉州浮桥榜头吴氏宗族的巨大经济来源，可能是荔枝树砍后的"红柴"，有特殊商业价值而

---

① 《官林李氏七修宗谱》，见苏黎明：《泉州家族文化》，第157页。
② 《榜头吴氏家谱》，见苏黎明：《泉州家族文化》，第158页。

能卖出高价，致使荔林砍伐频频出现。此外，"地主"与"树主"不是同一个人，"树主"伐卖荔树也就不足惜。因此，吴氏宗族将禁止擅伐荔林列为族规之首，第五条又有"不得割毁五谷果木"。

即使是属于法治范畴的族规，也兼糅教化内容。如上述的吴氏宗族族规，在"不得割毁五谷果木，夺牛破屋等情，违者以犯族规公罚"之前，则有"吾宗聚族而居，当念一本之亲，笃宗族以昭雍睦"。其他诸如"孝悌为人伦之本"、"耆老为乡中表率"等，皆系礼教。

礼治为主、法治兼行的宗族治理特点，典型地体现在永春达埔官林李氏家族的《族规十章》，而南靖书洋萧氏的族规几乎全以礼治为范，是家训宣教的细化或具体化，很有特点。自清康熙就徙居台湾的书洋萧氏族裔，如今早已成为台湾一大望族，他们编纂的族谱保留有传自书洋祖家的《萧氏家规》。其云：

1. 严训八诲。

凡子孙而能言行之时，即教之以安详、恭敬。至七岁以上，使之出就明师，读文公《小学》，务要讲解明白，使其知孝、悌、忠、信、礼、义、廉、耻等事。其秉性聪明者，加读四书五经，古文左史，无不习读，此志远大者所当然也。否则一书用之不尽，要必得之于心、体之于身，无为句颂词章之学可也。若夫女子则自幼教于妇德、妇言、妇工、妇容，其品貌天性若有过人者，使其读烈女传，庶乎长大适人，必知所以执妇道矣。

2. 重礼教。

凡冠婚丧葬之礼，人生始终之事必矣。世人不悟，至于丧祭。每酷用浮屠，而礼教为之大坏，哀哉！吾曹氏琚始向学时，即去浮屠不事久矣。其以礼义节文，虽为能悉，而于

先哲遗范亦不敢违。今后凡遇吉凶之事，要当一一遵用文公
《家礼》，厚其宗族，凡遇宗族有凶吉之事，要各行吊庆之
力。或困乏罹于患难者，族之贤而尊者，宜倡议率众，随家
厚薄各出所有以周济之，惟务实用。不惑于世俗以事斋醮，
致令费出无经，何益之有？其或族人被人非礼陷害，则必协
力以救之，救之则必退逊而避之，避之不得而后赴诉于官，
听其常法处之。若自己为非，招人凌辱，则当先自痛责，然
后从容婉曲为之求解，慎勿恃勇相斗，无曰彼来先施也。我
有宿怨也，率之坐待其毙，悔无及矣。

　　3. 崇敬爱。

　　凡为子孙弟侄者，呼父母必怡颜悦色，事兄长及伯叔必
谦恭，游息偶坐随行，时而侍侧，不问则勿言，不命则勿
坐。凡称兄、弟、伯、叔、侄、嫂、婶、姊、妹以及亲戚，
必以行辈，有呼而对则以应。授之以诚则克勤克慎，命之以
事则奉行不违。有所训诫则听，受而服膺之。或有理之责，
则勿较其是非。如遇父母有过，则微谏，或有不听则托诸母
及得意族人而达其情，毋忌讳以陷亲于不义。毋妄言以激亲
之怒，而自取悖逆罪。至于父母、叔伯、姑、侄、姊、妹，
无不皆然。乃若抚之以恩，与之以均，接之以礼貌，则居长
者所当然也。

　　4. 守俭约。

　　凡俭约最为可久，今日世俗侈靡，耗一小物则失敦厚，
如衣服必以布帛为重。子弟当弱冠以前，毋令罗纱绫缎锦绣
色衣，既冠而贤则量给一二，以为吉礼出入之用，不贤则毋
给。然虽贤德子弟，其于平居无事，亦不许衣也。至于日用
饮食，以菜蔬重。故不得私以酒食自娱，必有故而设。然常
事馔不过四五品，酒不过六七巡或十巡而止。宾重则馔用倍

之而酒必如数，或有不常之会则设馔，亦必斟酌丰约适宜而已，决无染习世态，以致杯盘狼藉，费出无经。乃若奉养父母，则竭力于其当为又在禁也，轻重其慎择之。

5. 劝生业。

凡生业不可少废，子弟至十五以上，择其聪明者责之儒业而赀其费，俾得专业。又必择贤师益友亦正其从违，庸下者则令其或务乎农，或精乎工，或经营于商贾，各占一业，务其成效。妇人则专纺织，以供衣服。其或饱食终日、无所用心，以至老死牖下，终无一善成名，岂不惜哉！凡其所图生计，又要一一循乎天理，否则今日虽寻，异日必失之。不可慎欤！

6. 肃闺门。

凡闺门不可不慎，妇人鲜知礼义，为其夫者必以平居之时，先以正导之，如姑舅则先系之以敬，待妯娌则先示之以和，御婢妾则先示之以慈，鞠儿女则先示之以爱，待骨肉则先示之以勿薄，闻妖邪之说则示之以勿惑，遇外来之事则先示之以尤，必严其内外，谨其出入，有不善者，小则小斥之，大则大斥之，而皆待之以恕，使其得以改之。其恶甚焉而有害于大伦，则必割爱，以全之斯亦不知为过。

7. 恤孤寡。

凡孤儿寡母，世之大不幸也，君子之所悯也。吾宗族不幸有如是之人，必仁而抚之，礼貌以遇之，视其缺乏以周济之。至于当时之财产而勿侵，傥来之苟孤则勿扰，其或为之孤者，父母俱亡，年龄尚幼，须鞠养之，如己所处。寡而无子者，志坚守节，尤当加敬，为之求嗣其后可也。

8. 厚姻戚。

凡待外戚，不可远近有间。妻氏亲属既厚待之，父母之亲尤所当厚。至于祖父母及伯叔、兄弟之亲，亦不可薄，如接遇之情，以馈遗之仪，吊庆之礼皆不可忽。富贵者毋亲弃于贫贱者，贫贱者毋怨望于富贵者，各自尽其情而已矣。

9. 睦乡党。

凡处乡党，当以古法，出入相友，守望相助，疾病相扶。乃若以强凌弱，以众暴寡，以富吞贫，横暴者以欺其良善，此后世之弊，最为可戒。或有非礼以加我者，则避逊之而勿较，其或不得已不得避，则国有常宪，不必私与之争。孟子所谓：行有不得者，反求诸己而已矣。

10. 御奴婢。

凡待婢仆当善御之，寒则给之衣服，饿则给之饮食，用其所长而不责其所短。如或顽惰，且悔谕之，不可过责，轻则少加呵责，重则箠之数下，不可深箠。责之后，呼唤使令辞色必如其常，以释其怨。或狠戾狡猾之徒，察其全不堪用，早宜遣去之，慎勿因循久留，致生他衅。又当禁约于子弟妇人，不许辄因小失，鞭挞童仆，婢妾有过，则告之家长为之行责，毋怀恨不发，使其畏罪不安。

11. 供赋役。

凡民之供乎上者，赋与役也。每岁该办钱粮必须及时缴纳，苟迁延怠缓，致里胥往来催偿，甚则必取官府鞭箠之辱。至于差役之来，度其果相应也，则依期趋赴，或重大而家力不堪，即当顺其情而控诉之，苟或怠玩，则文书已行事更难改。抑或期限已过，则必误事，而法自不容，提锁囚系之忧则势必所至，岂不益取辱矣哉！乃若在官，钱粮慎勿兜揽，万一有失，必至鬻产赔产，所损多矣。

12. 遵规戒。

凡家训盖将用之以后，古人敦睦之风期吾族人世守而行之，或有不悟而违之者，则当以时祭既毕之余读家训时，家长举而责之，如改则恕，不改则玷家声，就于族谱内削去名字，却于谱传之中略记其削之故，庶其知所警云。①

与充斥着厉辞鞭影的族规相比，书洋萧氏族规多温文而少严辞，即使是惩治，也未见族规通常出现的"押诣祠堂"、"杖责"、"拿赴祠堂重责"。这种宽和的族规，在南靖书洋上坂黄氏宗族族谱中也有很好的体现。较之文辞繁琐但雍容娴静的萧氏族规，上坂黄氏宗族的家训族规简朴并飘逸着田野诗意。该宗族族谱没有明确的族规文字，他们的族规融合在三款"劝"言的家训里：

劝族人慎终追远不忘根本

父母恩深真罔极，祖宗阴护也难忘，洵知余庆前人积，始见流芳后胤昌。

冬月食亲温枕席，春秋祭祖举蒸尝，譬如泉水无源头，那得其流有许长。

劝族人尽孝

人生父母最难求，生养劬劳日夜忧，热扇寒温思子苦，疾医病保想儿愁。

儿干母湿恩难报，父劳娘衰尔可酬，孝顺决然天地佑，生生世世孝儿流。

劝族人分业要和睦

兄弟同胞一生脉，祖宗遗业不须争，一番相爱一番老，再有几年作弟兄？②

上坂黄姓原系客家人，明代到此地开基时，当地已有陈、江等姓

---

① 台湾《萧氏族谱·萧氏家规》，1977年重编本。台湾萧氏所编的《萧氏族谱》，其中的《萧氏家规》等系早先从祖家南靖书洋带去的旧谱资料。

② 南靖上坂《黄氏族谱》。

闽南人居住，至迟到清代晚期，他们已闽南人化。黄氏族人的"悌"集中体现在分家析产上。虽然三款"劝"言简约，但孝悌无遗、敬祖突出，已经将宗族的核心观念彰显。

二、维护宗族司法权威

1. 理讼：息讼解纷为尚。

以"礼为先"、"和为贵"的睦族原则，是宗族治理的基本理念，尤其体现在族内的息讼解纷上。

宗族内部难免有各种矛盾纠纷，诸如分家析产、婚嫁丧娶、宅地墙基等。对此，宗族的基本原则是"息词讼而睦宗族"。《桃源庄氏族谱·族规》云："礼曰：尊祖故敬宗，敬宗故睦族。明人伦，必重宗族也。人之有宗族，如水之有分派，木之有分支，亲疏虽有异等，而其本源则一也。既属亲族，当孰族谊，冠婚相庆贺，丧祭相慰悼，疾病困穷相扶持周恤，一家宗族，庶克敦笃焉。"这是具有代表性的关于睦族的倡导。在宗族看来，首先应尽量避免族内纠纷。倘若一旦发生纠纷，"须听凭族长、房长及明理族属代为处分"。纠纷发生后必须及时向族长、房长报告，由族长、房长来调节评判，"勿言于异姓，勿讼于公庭，但告于房长，群往而理论之，原情而解释之，房长不能，则投族长。若本宗有急难而勾引外人作祟者，群攻之"。在宗族组织看来，族内纠纷既不应言于外姓，亦不应讼于公庭。"鼠牙雀角构讼公庭，即与邻里乡党犹属出于无奈，况宗族乎。既为族亲当敦族谊，事无大小当告族房长以及族亲，听其调处"①。如果不经族长、房长，径自报官申理，则视为亵渎尊长，蔑视族权，将会受到族长的处罚。对于户婚、财产继承和土地纠纷等，族长、房长拥有仲

---

① 南安《太原王氏家谱》。

裁权。族长、房长要依据族规家法裁决，主持公道，不可有偏袒。"为族房长者，不得徇情偏袒以致成讼，或不遵议构讼，族房长将事之颠末，直陈于官，以俟公断。如此宗族和睦，而讼端或可息。勉之，戒之"①。

2. 宗族司法权威。

对于族内违法犯罪行为，宗族内先行审理、惩戒，必要的话，乃禀告官府，这是宗族司法的基本程序。从上引《桃源庄氏族谱》所述的"勿讼于公庭，但告于房长，群往而理论之，原情而解释之，房长不能，则投族长"，可知：宗族司法实行国法框架下的房、族二级调解和审理制度；宗族的私法与国家的公法，形成整个社会的二级司法制度。

宗族对于司法的优先权，缘于文化因素。宗族社会讲究"家丑不可外扬"，以免辱没家门，给宗族脸上抹黑。宗族内部的纷争，应在族内自行解决，"果有不平，会族评其曲直，免扰官司。若无甚利害，则幼当让长，卑当让尊，各相含忍，勿致争斗，以取不义之名，为人耻笑。昔夷齐让国，寿及让死，国与死且可让，况区区土地金帛乎？且财物有命，不可强求。明理者，其细思之"②。宗族能够自行处理内部的各种矛盾，表明本族具有自我管理与调节的能力，显示了宗族的团结与力量。这对于树立宗族的声望，提高其社会地位，是很有现实意义的。另一方面，族人也希望彼此纷争族内解决，至于诉诸官府，乃属下策，除非万不得已。

某些较大的问题，族长一旦作出裁决，双方还要立约，族长签字。如南安王氏宗族的《太原王氏家谱中》，就记载着一则宗

---

① 《桃源庄氏族谱》，见苏黎明：《泉州家族文化》，第150页。
② 永春《桃源蓬莱巷乡梁氏族谱》。

族内部的房宅地基纠纷及其经宗族处理后立下的合约。该合约云：

> 立合约本族王文顺公、王金保公二房嗣孙等。原有肖宅屋基一座，前近文顺公祖屋后龙，后近金保公子孙祖屋上手花台，有碍肩腋。有肖宅将此本屋一半出卖与金保公子孙为业，又一半出卖与文顺公子孙为业。为因两家争论墙基有碍两家风水，托得族长、亲识人等凭公理论，二家各体本族叔侄亲谊之情，即将老墙基做进当众理石起底为界。所有肖宅屋基二家俱有文约。今凭众议，本屋基只许荒废，余宅以为空坪，二家不得蓄木栽菜架屋，亦不许锄低担进，久后两家不得侵占等情，如有此色，许二家执约公论。今来二家甘心意允，各无反悔，欲后有凭，用立合约二纸，各执一纸，永远收执存照。所有屋基空地从文顺公祖屋后花台墙旁路起量，至金保公花台肩腋理石条止，共计五文八尺，计高五尺五寸，石条横二丈二石宽批照。
>
> 康熙癸丑十二年二月　日
>
> 立合约王文顺王金保子孙　一彪　用予　宜详　周候
>
> 族长子住　子谟　亲识杨步元　杨丽如　代字人　赞生①

这是一起经由族长主持、族亲（"亲识"）参与的"凭公理论"，纠纷双方接受仲裁，以协议了结纷争，形成民间法律文书的"合约"。诸如这类的纠纷，一旦族长或房长作出裁决，当事双方一般都会接受。

3. 族规惩处的范围、类别。

对违反族规家法的族人的处罚，是族权的一个重要表现。族规家法是族人必须共同遵循的准则，代表着宗族社会的秩序，一

---

① 见苏黎明：《泉州家族文化》，第151页。

且秩序遭到触犯，作为族权代表的族长，就要对违规的族人进行惩处。惩处的范围颇广，主要集中于以下几个方面：一是对祖宗祭祀不诚不敬，亵慢先灵，以及盗卖祭田；二是有违孝悌；三是卑幼不守恭敬之道，冒犯尊长；四是干犯伦纪，大坏人道；五是不务正业，赌博酗酒，败家荡产；六是做贼为盗。凡此种种，都在不肖之列，都是违反族规家法的行为，都必须绳之以族规家法。族房长掌握审判权，不仅有封建国法的允许，更有宗法族规的明确规定。依据宗族的族规家法，族人违规，"族长当呵谴之，议罚之"。"族长率诸尊辈共切责之，使改而止"。"族长会众罚拜以愧之。如不悛则会从而痛杖之。断不可隐忍姑容"。家法族规赋予族长、房长以审判权，由这种审判权延伸出族长、房长的惩罚权。族长既然可以对民事和普通的刑事案件进行审理，自然可以对裁判有罪的族人实施惩戒。审判和惩戒在祠堂里进行。族规常有这类记载："犯，拿赴祠堂责"。"诲之不悛，拿赴祠堂重责"。"子孙违犯教令及不肖事，族人告之，于祠堂以声其罪"。处罚的程度有轻有重，大体有三种处罚方式：一是训斥，令其悔悟。这多属于情节不是很严重者；二是罚跪、罚款、罚役，此为情节较为严重者；三是带到祠堂杖责，此为情节非常严重者；四是除籍，即在谱上除名。此为情节极其严重者。①

4. 宗族司法对国家司法的从属。

明清宗族族规原则上须经过县衙的审批。② 重大刑事案件，非宗族司法权限所能受理的，必须告官。这体现了宗族司法对国家司法的从属性。

综观族谱通见的惩处方式，宗族拥有的只是民事和轻度刑事

---

① 参见苏黎明：《泉州家族文化》，第 152 页。
② 参见常建华：《宗族志》，第 467 页。

案件的审理权。根据闽南宗族谱牒资料以及有关资料，未见宗族拥有拘禁权，更不用说处死权。然而，有些学者不否定宗族偶尔使用的处死方式。有的学者认为："官府对于族长的这种将族人私自处死的做法，却往往予以默许，倘若无人告发，官府不予理睬。如果有人告发，官府不能不追究，就给予一点象征性的轻微处罚。"[①] 但在历史上的闽南宗族社会，此类事情闻所未闻。

宗族对于司法的优先权，很容易被放大为宗族可以在司法体制内专行独断。其实，国家只是将鸡零狗碎的诉讼和案件的审理权交给宗族，至少让宗族社会中发生的诉讼和案件先由宗族组织过滤一下，不必事无巨细，全移交官府。就"宗族理小、官府理大"这点来说，宗族与乡约的司法制度非常相似。[②]

---

① 苏黎明：《泉州家族文化》，第 153 页。
② 据明代叶春及《惠安政书·乡约篇》，"奸盗、诈伪、人命重事，方许赴官陈告。户婚田土，一切小事，务由本管里甲老人理断"。乡约组织的听讼要受县官制约，对职责之讼，该断而不断，要受到县官的处罚；该由乡约处理之讼，若当事人擅自报官，则要受到县官处罚；县官若扰乱、侵权乡约理讼，也要受上级处罚。

第七章

祖先崇拜：祭祖仪式与风水实践

一个社会之所以能正常运行，关键在于社会成员有共认的行为准则。与行为准则相表里的，是道德伦理。道德伦理既要通过说教进行灌输，也要通过仪式性行为而内化为道德伦理的情感和认知。儒家所强调的礼，就是行为准则，当然也包括其内蕴的道德伦理，故曰："道之以德，齐之以礼"。仪式性行为，就是"齐之以礼"的一种方式。

本书绪论突出地强调了明代嘉靖时允许官民有条件祭祀始祖的礼仪改制，这一改制成为组织化和制度化的新型宗族社会的嚆矢。在此之前，即使是品官的家庙，也只允许祭高曾祖祢四代先人。这种以高祖为限的祖先祭祀，整合的只是高祖以下若干个生育之家的大家庭或家族。然而，家族之外还有同宗姓的家庭或家族。如果没有以始祖之祭来整合的宗姓群体，在严格的意义上，只是姓氏群体即氏族。可见，始祖崇拜对于宗族社会具有精神维系的枢纽作用。宗族始祖以下的祖先之祭，分别对房族、家庭起整合作用。在始祖之祭的统领下，这些层级性的整合；也促进宗族的凝聚。

祭祖是宗族最重要的仪式，在与祖先"沟通"的仪式中，实际进行的是以祖先为核心符号的宗族成员的信息交流。这种交流在仪式营造的神圣氛围里产生了特殊的群体心理融合。祖先崇拜的风水实践，颇具有神秘性。其神秘形态的实质是对先灵或遗骨与周围环境进行象征符号的建构，并使这种建构产生特定的文化意义。这种建构和释义，使子孙与祖先的关系更为生动具体，使祖先崇拜更充满魅力。

第一节　宗族的祭祖仪式

宗族重祭祖，甚至将之列入族规家训。《青阳庄氏族谱·族规》云："敬祖宗以隆祭祀。万物本乎天，而人本乎祖。人之有祖宗，如水有源，木有本。为孙曾者，正宜寻源追本，以修祀典之隆。凡祭祀之事必周详，祭祀之器必清洁，祭祀之物必新鲜，而趋跄跪拜，更须有一段严肃真诚，如在其上，如在其左右也。稍微乖违，便亵渎殊非。所以尊祖宗，昭诚敬。凡我族人慎之，凛之。"这些肃穆庄严的训词，反映出宗族社会对祖先祭祀的高度重视。

若以祭祀场所作为祭祖类别，祭祖仪式可以分为家祭、祠祭、墓祭、杂祭四种。

一、家祭

家祭即在居家厅堂设龛祭祖。先秦时期，宗法等级制度森严，天子、诸侯、大夫、士等各有"庙制"，具有祭祀先祖的特权，而"庶人无庙，死曰鬼"，只能"祭其父于寝"。[1] 直到唐代，"庶人"也只能"祭祖祢于寝"。[2] 在家庙和祭祖之制荒废的

---

① 《礼记·祭法第二十三》。
② 《大唐开元礼》卷三《序例下》，参见常建华：《宗族志》，第72页。

情况下，宋代理学家程颐主张士大夫拥有高曾祖祢四代的家祭，朱熹则将程颐所说的"士大夫"改为包括有部分民间色彩的"君子"，从而为当时民间只能祭祖祢的藩篱洞开一个缺口。明代后期开始，民间家祭所祭祖先才扩至高祖。

对于祖先的家祭限于高祖以下，林国平、彭文宇先生做了历史的社会心理分析，认为：家庭祭祖只限高祖以下是有其现实要求的，就一个家庭来讲，子孙曾与近亲祖辈一起居住生活过，他们对近亲祖宗的音容笑貌历历在目，睹物思人，倍感亲近、恩重，思念之情油然而生，而对高祖以上的历代祖宗，后代子孙缺乏直接的生活体验与感情基础，祭祀中难于唤起情感上的共鸣，人们又习惯上先亲近后疏远，远祖是共有的，需要合族祭祀，家庭没必要单独承担祭祀远祖的典礼。① 从古代礼制来说，高祖以下的亲属称"五服"，家庭或家族所祭祖先，皆以高祖为限。这种家族代限和五服范围，至今仍为民间所遵循。

家祭有忌日祭祖和四时节日祭祖。闽南人称祖先诞日和卒日的祭祀都叫"做忌"，诞日祭祖叫"生忌"，卒日祭祖叫"死忌"。考妣的"生忌"、"死忌"都做，祖考妣以上，一般只做"死忌"。祭礼程序：一明烛点香、二诵文敬酒、三焚纸跪拜。"做忌"虽是对某祖的纪念，但诸祖牌位并列，实际上一起祭祀。清代闽南各地县志或因地域差别或因描述各有侧重，不便形成闽南风俗概观。而清代，尤其是早期，台湾闽南人的风俗可以作为闽南风俗的缩影，即使风俗有所简化或记述简略，但保存的或记述的，恰恰是最具有特质的或最基本的内容。康熙五十九年（1720 年）编的《台湾县志》在记述鸠金建祠、祭祖会饮后说："常人祭于家则不然：忌辰、生辰有祭，元宵有祭，清明、中元有祭，除少

---

① 林国平、彭文宇：《福建民间信仰》，第 100 页。

有祭，端午则荐角黍，冬至则荐米圆而已。此之谓祭祀之俗。"①
《台湾县志》提到了春夏秋冬的四时家祭。

　　完整的四时家祭有八个节日：元旦、上元、清明、半年、中元、中秋、冬至、除夕，其中以中元、冬至、除夕为家祭三大节。厦门岛居民主要来源于泉州以及漳州，其节俗在闽南具有代表性。道光《厦门志·风俗记》对四时家庭祭祖的记载是："元旦……午，祀其祖先"。"上元，以米团祭神及先"。"清明，各祭其先，前后十日，墓祭挂纸帛于墓上。……三月三，采百草合米粉为粿，祭祖及神"。"（六月）十五日，造米圆祀神及祖，名曰过半年"。"中元，各祭其先，焚五色楮（原注：楮画绮绣，云为泉下送寒衣)"。"中秋……夜荐月饼、芋魁祀神及先"。"冬至，俗不相贺，谓之亚岁，各祭其祠"。"除夕……祭先及神"。② 需要说明的是，《厦门志》记载冬至在祠堂祭始祖及远祖，未言家祭，应意在强调冬至祠堂之祭乃祭祖中的重中之重，实际上，冬至日仍有家祭，因为祠堂的祖先不包括家祭的近几代祖先。乾隆《安溪县志·节序》就表述得比较完整："十一月冬至日，米粉为圆，献神及祖先，备牲醴致祭祖祠。"③ 对于冬至祭"米圆"，雍正《惠安县志》释曰："十一月冬至，阳气始萌，食米丸，仍粘丸于门。凡阳尚圆，阴尚方。五月阴始生，黍先谷而熟，则为角黍，以象阴。角，方也。冬至阳始生，则为米丸，以象阳。丸，圆也。"④

　　七月十五日中元节是祭祖的重要节日。中元节原本是佛教徒追荐自己俗世祖先的节日，称"盂兰盆会"，后来传入民间社会，

---

①　陈文达：《台湾县志》，《舆地志一·风俗》，台湾文献丛刊本。
②　道光《厦门志》卷十五《风俗记》。
③　乾隆《安溪县志》卷四《节序》。
④　雍正《惠安县志》卷十四《风俗·岁时》。

成为祭祀祖先的重要节日。《泉州府志·风俗》云："中元祀先，寺观作盂兰会。"① 闽南人称七月为"鬼月"，将七月祭鬼活动叫"普度"。据称，七月阎罗王"开地狱门"，让众鬼出来自由活动一个月，月底"关地狱门"那天众鬼返回地狱。七月期间那些尚未超生的祖先也来到人间，接受后裔供食。这样，民间的祭祖和祭鬼既有所合又有所分。道光《晋江县志》显然将祭祖先和祭鬼混一了，该志载："晋人……祀先至诚，凡忌节及岁时伏腊，备物致祭，必洁必丰。观于每年七月普度，更可知其所重矣。"② 七月初一"开地狱门"，未超生的祖先和众鬼蜂拥而出，家家户户开着大门，在门内摆一桌丰盛的宴席祭祀，亲疏不分。七月某一天为家户所处区域的"普度日"，祭祀最隆。七月三十日"关地狱门"，祭祀同初一。专门祭祖是在七月十五日中元节，宴席亦丰，但明显不及普度日所祭的宴席。福建各地皆重视中元节，闽南有"七月半不回（家）无祖"的说法，即出外谋生的人在这一天，不论远近都要赶回家祭祖。家家户户在祖先灵位前，献祭供品，点香祷告，并焚纸衣和冥钱。明弘治《八闽通志·地理·风俗》记："焚楮衣。前中元一二日，具酒馔祭享，仍以纸衣逐位焚献。"③ 闽南人称"送寒衣"④。

冬至是民间的重要节日，也是传统祭祖的重要节日，特别是祠堂的始祖之祭。冬至阳始生，阳象圆，阴象方，米圆象阳，故要食米圆。冬至前一日掌灯时分，在祖龛前摆上桌子，放好糯米粉团，全家老小洗净双手后，围坐搓圆，翌日早上，煮好米圆，

---

① 乾隆《泉州府志》卷二十《风俗》。
② 道光《晋江县志》卷七十二《风俗志·民风》。
③ 弘治《八闽通志》卷三《地理·风俗·岁时》。
④ 道光《金门志》卷十五《风俗》。

先盛一碗，祭献祖宗。祭毕，家里人才能开餐吃圆。

除夕日，一年之末，辞旧迎新。这天成为百姓祈福禳灾的重要节日，祈求方式不外乎祭神祀祖。据方志所载，闽南一般是先祭神后祀祖，乾隆《泉州府志》所记是"祭先及神"①，但这是侧重于观念重视程度的表述。实际的祭祀程序是先神后祖。因为祭神供品可祭祖，而祭祖后的供品不能祭神。乾隆《安溪县志》就是依照程序记述："除夕，各家宰牲，祀神祭先。"② 祭神、祭祖仪式的衔接为：吃年夜饭之前，在厅堂八仙桌摆满丰盛佳肴，讲究一点的要献上全鸡、全鱼与全羊，由家长率家人焚香朝南先祭天地神灵，祈求保佑，古时要行三跪九叩之礼，近世一般焚香鞠躬就行了，祭毕，鸣鞭炮退神明。主人转身将供桌移至祖牌龛前，焚香点烛烧纸钱，同样祈祷神祖在天之灵庇福子孙。祭毕鸣鞭炮，整个祭礼才算结束。③ 一年中，清明、中元只祭祖不祀神。除正月初四接神日只祭神不祀祖外，凡祭神必也祀祖。

除了传统的定时祭祀外，还有一些无定时的家祭活动，如婚嫁、生育、科举、盖房、分家、出门、收成以及消灾祛病等，都需要告慰或祈求祖先。缔结婚姻前，福建各地普遍流行"合婚"习俗，即将男女两人的生辰八字写在红纸上压在祖龛香炉下，祈求祖先审验，三日之内家中若无意外发生，包括不吵架，不摔破碗碟等，这门亲事就算是祖灵认可。成亲当天，新郎更衣整冠后，要在父母引导下朝祖龛点香祷告；新娘上轿前，也要在厅堂上跪拜祖先。拜堂时一拜天地，二拜祖先，千古成例。喜得贵子或功成名就等喜事，须祭告祖先，祈求庇佑。秋收时，"荐新谷

---

① 乾隆《泉州府志》卷二十《风俗》。
② 乾隆《安溪县志》卷四《节序》。
③ 林国平、彭文字：《福建民间信仰》，第103页。

于祖先"，要蒸一碗新米饭祭祀祖先与土地公，叫"尝新"，既是丰收答谢，也是希望继续得到祖宗的恩惠、保佑。要是遇上天灾人祸，也要禀告祖先。可见，这类家祭不受时间限制，内容无非是喜庆和禳灾。

从以上所述的家祭内容看，家祭名目繁多，内容驳杂。倘若需要，随时可祀。家祭仪礼简便，注重实用，除了点香焚纸各地皆然外，供品款式、仪式等皆因地、因能力而异。

二、墓祭

墓祭指在祖先墓地的祭祀。汉以前未有墓祭祖先的礼制，"古无祀墓之礼，既葬而返，即祭于庙"，每年春秋祭祖就在家庙中举行，偶尔上山扫墓，但也没有形成祭礼的一项内容。汉以后，墓祭渐行，唐开元年间，玄宗皇帝始定上墓祭礼，遂成惯例，唐五代称"野祭"。南宋淳熙《三山志》载："诸郡以清明祭墓。"①明万历《闽书》也载："诸郡俱以清明祭墓。"②康熙《漳浦县志》记道："三月清明日，折柳悬户外，或插满头。前后十日间，人家各祭扫坟墓。"

在祭祖规格上，墓祭虽次于祠祭，但同祠祭一样，有家训族规。族规中往往有"珍祠墓以妥幽灵"的规定，把祖茔几乎看得与祠堂同等重要。"祠以藏魂，墓以藏骸，祖宗之有祠宇，如人之有居室，务宜打扫清净。……至于墓，春秋二祭，先行发削，分清界限，周围树木系遮荫风水，切不可擅自砍伐，致误坟茔。如此则妥幽灵，而祠可长保无虞。慎之，凛之"③。墓祭分春秋

---

① 淳熙《三山志》卷四十《土俗二·岁时》。
② 何乔远：《闽书》卷三十八《风俗志》。
③ 《桃源庄氏族谱汇编》。

两季，春季墓祭在清明前后，秋季墓祭则不固定，从农历七月至冬至前后。如泉州世氏家族《族训》言："坟茔宜巡视也。高曾祖父伯叔弟兄诸坟每年于清明日、七月十五日诸子弟有年至十六岁以上者，父兄宜相率登山各处巡视，有破损者择吉兴修，长上勿妄阳挡，叔侄不可推诿。"①

近祖与远祖，是墓祭的两类对象，其祭祀形式也相应有两种：一种是家庭式的墓祭，另一种是宗族和房族的墓祭。

1. 家庭墓祭。

家庭墓祭的对象是高曾祖祢四代祖先的茔墓，即直系近祖。这同家祭的对象基本相似。这样做，是因为这些祖先同祭墓人的血缘关系最为亲近。每年由家长率家人上山祭扫近祖墓坟，祭祀对象习惯上限于祖、父两代，因关系亲密，感情深厚，故墓祭勤快、周到。家庭墓祭礼仪较简单，带些应时的果品、糕点、香烛、纸帛等供品上山，摆在祖墓前，先由家长焚香祷告，敬酒献礼，然后家庭成员行跪拜礼，礼毕，烧纸帛并燃放鞭炮。

闽南有些地方有"培墓"与"巡墓"之分，"培墓"指新筑之墓，一般要连续三年在清明前后备丰厚牲醴前往祭扫，其中必有一盘甜糯米糕，象征在祖先庇佑下，子孙生活甜甜蜜蜜。培墓祭礼比较隆重。"巡墓"指三年以上的祖坟，主要是除草添土，略备供品，烧香焚纸，礼仪相对简单。各地祭礼虽不尽相同，但清明祭扫祖坟，怀念祖先的活动却是共同的，清明节是古代春祭祖墓活动的重大时节，其祭墓习俗迄今流行。②

闽西、闽北、莆仙和福州等地，有中秋或重阳的墓地秋祭

---

① 泉州《世氏族谱》。

② 参见林国平、彭文宇：《福建民间信仰》，第106页。

风俗。① 这种墓地秋祭可能源于唐宋时冬至上坟"野祭"的习俗。后来民间可以建祠祭祖，冬至成为最重要的祠祭日。这样，原来的冬至墓祭一般就前移为墓地秋祭，或也有自冬至日往后移。墓地秋祭习俗，今在闽南地区非常少见。在清代和民国时期，漳州有的地方在冬至后择日墓祭，或在冬至前后七天墓祭，后者与安溪同俗。泉州地区基本不行秋冬墓祭。厦门墓祭唯在清明，绝无他时。

2. 宗族、房族墓祭。

宗族的墓祭活动，分为合族祭（或称"族祭"）与房族祭（或称"私房祭"、"柱祭"）两种。为了保证远代祖宗的坟墓每年得到妥善的祭扫，有的宗族规定，支祖坟山场由所属房分子孙照管。每年墓祭由房支负责祭扫本房私祖坟茔。各房支皆有祭产以作为本房祭墓之用。宗族将历代祖墓按支房分属，明文规定职责范围，亲疏有别，各尽其职，以做到代代设祭，不遗坟为荒丘。但要做到代代遍祭是很困难的，只有始祖、分支先祖（即支系始祖）以及在宗族历史上有一定的名望和作为的先人，才有可能确保墓祭。有的宗族、房族为了便于扫墓，一定时间后将若干墓拾骨合葬。

房支祭的规模要比家庭墓祭大些，但比合族祭规模小一些，其祭墓时间大体与合族祭一样，有的家族是先分房支祭，后合族祭始祖墓；有的家族则先合族祭始祖墓，后分房支祭各自祖墓。与合族之祭一样，房支墓祭也有本房族"慎终追远"、"敬宗收

---

① 林国平、彭文宇在其《福建民间信仰》一书中说："家庭式墓祭时间比较灵活，在正月里、寒食、清明、端午、中元、中秋、重阳、十月中（名送寒衣）、冬至等时节均可上山祭墓，其中清明、中秋或重阳被视为墓祭中最重要的祭节，俗称'春祭'或'秋祭'。闽西、闽北一些地方常将中秋节作为秋祭时节，福州、莆田等地则以重阳节为墓地秋祭时间。"

族"的目的，但更多的还是出于义务。

墓祭中合族祭规模最大，各房均派人参加，祭祀祖先层次往上推，一般是指一族成员的开基始祖，始祖是最主要的祭奠对象，礼仪隆重，场面壮观。其墓祭时间通常是固定的，即春秋两祭，而闽南的秋日墓祭早已式微。南宋淳熙《三山志》记道："州人寒食春祀，必拜坟下。富室大姓有赡茔田产，祭毕，合族多至数百人，少数十人，因是燕集，序列款昵，尊祖睦族之道也。"① 这种墓祭，是家族派代表上坟，祭毕，回来才合族聚餐。这种隆重的墓祭活动只限于"富室大姓"，故不是普遍的习俗。

三、祠祭

祠祭指宗族祠堂举行的祭祖典礼。朱子《家礼》开宗明义就是要求"君子"建造房屋时，首先应考虑在正厅东侧建立祠堂，以供奉四代祖先。朱熹所说的祠堂还只是家庭或家族性质的，与明清的宗族祠堂是不同的。

明后期开始，特别是清代以后，宗族兴建独立的祠堂蔚然成风，聚族而居者，多建祠。甚至一些小姓也受影响，勉力趋求时尚。族中出了官宦，或者慷慨的富户，建祠置田就举重如轻。"百人大族，一命之官，即设置祠宇、祭田"②，说的就是这种情况。大姓豪族不但建有宗族的总祠，而且房支也建有房祠、支祠。大型宗族的祠堂数量多至十几、数十，并不少见。

祠堂既是宗族祭祀、议事、司法的场所，又是宗族神圣的象

① 　淳熙《三山志》卷四十《土俗类二·岁时》。
② 　乾隆《泉州府志》卷二十《风俗》。

征。因此，有力之族，大兴土木；乏力之族亦勉力而建，唯恐落后于他人。清代中期以后，有族无祠者，已很少见。诏安非富庶之区，而建祠普遍。道光《问俗录》云："诏安居则容膝可安，而必有祖祠、有宗祠、有支祠，画栋刻节，靡费不惜。"① 闽南宗族祠堂，多为三开间两进式，后落厅堂中央安放祖龛，龛中供奉祖宗牌位。始祖考、妣牌位放在最高处，下面依次排设若干代祖宗牌位，昭穆有序，排列井然。

个别宗族无力建祠，就暂且以始祖居住的房屋作为祀先之所，俗称"祖厝"②。宗族内各支房祠多由"祖厅"演变而来。有些开始只有"祖厝"的宗族，兴建了正式的祠堂后，仍沿用"祖厝"旧名。晋江大浯塘翁氏祠堂系三开间两进，至今仍叫"祖厝"。晋江福全卓氏祠堂也是三开间两进，至今也仍叫"祖厅"。"祖厝"和"祖厅"蕴涵着祠堂演变的历史信息。

祠堂祭祖是规模最大、礼仪最隆重的宗族祭祖。古人认为，祠为祖宗神灵所依，墓为祖宗体魄所藏。子孙思祖宗不得见，见其所依所藏之处，如见祖宗。举族祠祭，宗族都有定例，一般是春秋两祭或春冬两祭，"大宗小宗之祠，各春秋两祭"。③但具体祭日因族而异，有的家族为了把祠祭办得隆重、热闹，多把祭日定在传统年节上，如元宵、清明、端午，以及中元、中

---

① 陈盛韶：《问俗录》卷四《诏安县·蒸尝田》。

② 庄景辉编校《陈埭丁氏宗谱》（香港绿叶教育出版社，1996年）中的《重建陈江丁氏宗祠碑记》载："三传至硕德公，徙居陈江，遗命诸子，即所居营祠焉。"这条史料是由祖厝到祠堂演变的典型例证。现存的丁氏宗祠，建于明万历二十八年（1000年），"周围可七十余丈人，绿其费几千余金。……门庑轩敞，寝室深邃，庭墀宏阔"。现为国家级重点文物保护单位。

③ 康熙《漳浦县志》卷三《风土志上·风俗》。

秋、冬至等。清末民初后，不少宗族将祠祭改为一次，多在冬至日举行。内陆山区县份，历来每年祠祭只一次。首修于乾隆三年（1738年）的《龙岩州志》载："冬至……巨族有祠堂者，大会族众，盛陈牲醴、粢品以祭其始祖，乃欢洽燕享，相贺冬年。儒家无祠者亦备物祭于家。"[1]

祠祭礼仪繁复，场面甚大。民国《南安县志》载："泉俗祭礼，凡世家巨族每于冬至祭始祖，前一日设位、陈器、省牲、具馔。祭时，主祭盛服就位，引赞、通赞、读祝，俱序立。主祭奉神主出，就正寝降神、参神、进馔，初衔、亚衔、终衔，侑食受胙，辞神纳主……"[2] 祭礼前一天，主祭人和执事人先进祠堂清扫卫生，布置厅堂，摆好各种用具。执事人中分有陪祭、读祝、引赞、通赞、执爵、司鼓等人，他们均由家族中的男丁选出。主祭者按古礼宗法规定，必须是家族宗子，即嫡传的长子。但如前所述，明代后期开始，一般不再由宗子主祭，而由缙绅、族长以及当年"轮耕直（值）祀"的房长一起担任主祭。但还是有不少宗族采用折中方式，即由宗子、缙绅、族长一起承担主祭。"泉俗，初献以宗子，存古宗法之意也；亚献以爵尊者，谓有禄得祭也；终献以直祭，谓轮直祀业，祭物皆其所备也。此亦不失礼意。或有初献以有爵者，亚献以族长，终献以直祭，而宗子不与者。因宗子愚朴，不能行礼，而大宗法久已不行，非如古者宗子世禄世官之为重也"[3]。

祠祭礼仪的主要内容是行"三献礼"，乾隆《安溪县志》所述比上引的《南安县志》更能凸显"三献礼"在祭祖礼仪程序中的

---

① 乾隆《龙岩州志》卷九《风土志·风俗》。
② 民国《南安县志》卷九《风俗》。
③ 乾隆《安溪县志》卷四《风土·礼制》。

核心地位。乾隆《安溪县志》载："凡祭，先三日斋戒，厥明夙兴，设馔（原注：宦家用猪羊），奉主出龛就位，盥洗，行三献礼，进羹饭（原注：当热的），侑食。礼毕，纳主，彻馔饮馂。此宦族之礼"。"今庶人家合族共一宗祠，冬至阖族同祭，只行一献礼。一献之中，三祭酒、三奠酒一时并举，有祝文，无嘏辞。余俱同"。①

三献礼程序包括有二十几个步骤，各地具体做法略有不同，林国平、彭文宇的《福建民间信仰》做了比较清晰的概述：首先通赞唱，行初献礼，击鼓三通。主祭者走向祖先神位前，接过执爵者手中的爵，献爵于神案，行三叩礼，在场宗亲也跟着跪拜、平身，读《祝文》。《祝文》主要内容是赞颂祖先功德、神灵普照，祈求灵垂显佑，世受禧全。读毕，击鼓三通，行三献礼。主祭者献爵、敬酒、敬馔，行跪拜礼如前，平身。击鼓三通，行三献礼，退盏。主祭者再次献爵，行跪拜礼如前，平身。奏乐侑食，执事者一一将神牌前的酒杯斟满酒，进羹、进饭、进茶。击鼓三通，献爵完毕。最后是"饮福受胙"，主祭者站在香案前，跪拜，诵《嘏辞》。东汉经文学家郑玄释"嘏"为"受福曰嘏"，即接受祖宗的恩赐，执事者代祖考取神案酒馔赐予主祭者，叫"饮福酒受胙"。主祭者俯伏拜献，平身，行辞神礼，撤馔，族人跪拜，焚祝文、金帛、鸣炮，注目送神，平身退位，整个祭祖礼毕。接下来是聚堂宴饮，散席每人还分得一份肉胙。②

有些学者将关于民间宗教的"功利论"移用到祖先祭拜上，诸如：子孙对祖先的祭拜，意在得到祖先的福佑。另者，人们也知道去世的祖先在阴间的能力是有限的，除了极少数显贵及品行可嘉者有可能在阴间受到礼遇外（这也是显贵及品行可嘉者在祠

---

① 乾隆《安溪县志》卷四《风土·礼制》。

② 林国平、彭文宇：《福建民间信仰》，第113～114页。

堂中受礼遇的一个重要原因），一般的祖先在阴间很可能自身难保，没有机会和权力为在世的子孙造福。但如果子孙忽略了对这类祖先的祭拜，祖先也可能会不满而降祸于子孙。其实，"功利论"的解释只是问题的一个方面，并且是次要的方面。除了某些功利意图外，寻根追远、感恩图报，这一华夏民族几千年的传统，才是最根本的动因。从这一大角度，我们才能深刻理解海峡血缘纽带演绎的无数动人故事。经历长期的阻隔后，台湾同胞不辞绕道远行，一次次来到以闽南为主的大陆访亲谒祖。一个唯功利是图的群体是行之不远的，而一个执著于珍惜根基的民族才能拥有"常青藤"般的过去和将来。

四、杂祭

杂祭指在祠堂和住家举行不定期的祭祀以及特殊的祭祀，包括家中遇到大事的祭祀、拜忏等。

每当族中或家庭遇到一些较大的事，如婚娶、添丁、中举、盖房等，当诣祠告庙，向祖宗报喜，并祈求祖先的佑福。有的添丁家庭还要到祖先坟头去上灯报丁。南安码头丁埔，为方姓所居，族内规定，凡生男孩，不仅祭祀祖先，而且每逢正月十五日要到祠堂点灯。后来子孙兴盛，灯数增多，祠堂内容纳不下，遂改在祠堂旁边草埔上点灯，灯满草埔，故名"灯埔"。逢十寿辰，也要备礼祭祀，以示不忘祖先的保佑。娶媳妇的翌日，新人一起到本房祠堂拜祭祖先。获取功名，要备厚礼在本族总祠祭拜祖先。平时有要事也应通报祖先，祈赐福解困。时令瓜果成熟，应让祖先尝鲜。夏收秋获也要献祭。例如：泉州梅洲陈氏宗族，"四时之祭，吾泉中大率皆用俗节之祭……节有元旦之祭，有元旦后三日三大房之岁饭。三月有清明之节祭，七月有中元之祭，十二月有除夕之祭。其余端午献粽，六月献荔枝，七月献瓜，谷熟献新米饭，冬至献圆，皆荐也"①。道光《厦门志·风俗记》载："六月……荐新谷、献荔枝。"②

拜忏也叫"礼忏"，是较为隆重的特殊祭祀，闽南俗称"做功德"。道光《厦门志·风俗记》说："礼忏……云为死者减罪增福。"③拜忏，不一定要"烧大厝"，但起码要请僧道念经（通常请僧人），为死者灵魂超度。嘉庆《云霄厅志·民风·丧葬》说："俗多信佛，礼僧诵经数日，设斋供拜忏。"丧葬时的拜忏较简单，历时较短。死后七天内、四十九天内或百日内为已下葬者拜忏，就比较繁复。殁后数年内的拜忏就更繁复，仪式甚隆重。这种耗资甚多的做功德，既可以表现子孙的孝道，又可以作为夸富方式，故殷实之家多为之。比较隆重的做功德要"烧大厝"：请民间手艺高超的扎纸艺人，制作准备焚化给死者在阴间居住的五彩缤纷的"纸（大）厝"。这种纸厝一般仿照汉式大厝建筑式样，也有仿照多层楼房建筑，中型的约有二米见方。纸厝两旁各糊较大的男女纸俑两尊，分排左右。纸厝内有厅堂卧室，厅中室内仍有纸糊桌椅床橱之类的陈设，还有小尊奴婢及猪牛六畜的纸俑。此外还糊有金山银山，以供祖先阴间花费。超度一位祖先名曰一"荐"。"荐"即"追荐"，意即死者追求冥界的福善。为死者本人做功德，常要以先亡的长辈为"主荐"，俗名"竖头"（排序在前之意），因而做一次功德起码得两"荐"。华丽的纸厝制作后，请来一帮僧人或道士，设神坛，诵经拜忏。亡人名书于一灵幡上，由孝男持幡在神前随仪礼拜。家人根据僧人或道士的指令，向祖先奉香跪拜。僧人或道士有"跑特赦"的仪式，意为替亡魂向天

① 泉州梅溪《陈氏族谱》。
② 道光《厦门志》卷十五《风俗记》。
③ 同上。

上请准特赦令，持此急赴冥间宣布。往返天上、人间要骑马，"马步"交错，如欢乐的舞蹈。"劝愿"采用"答嘴鼓"方式，讲千人百相，人间无常，劝先人安心离开人世。"答嘴鼓"如双人相声，讲究押韵，诙谐逗笑，很吸引观众。演戏是做功德的一项内容，或演傀儡戏"目连救母"，或演高甲戏"打城"。所谓"救母"是孝子目连入地狱过五道鬼门关救母。所谓"打城"的"城"泛指地狱，特指"冤枉城"，"打城"即拯救"冤死者"。有的并无固定剧目，只是营造与现场相应的氛围，并吸引人围观，以壮声势，以耀主人家声。道场法事完毕，焚烧纸厝。此毕，宴饮。① 作为拜忏礼仪中的法事戏，主要流行于泉州府沿海县份，尤以晋江为盛。

在闽南，拜忏的规模之隆，是侨乡民俗的一种表现。华侨回家乡一趟不易，家中父丧母亡，都是事后好久才知道。有的早年贫困，后来才发迹。这样，他们迫切想为故去的父母做功德追荐，仪式愈隆愈感能偿还夙愿。对于一些原本籍籍无名者，也有借此显亲扬名之意。

家祭、祠祭、墓祭、杂祭等不同规模、不同层次的祭祀，组成了宗族井然有序的祭祀系统。信仰礼俗以宗族的血缘秩序为基础，彰显宗族群体的价值观。维持宗族秩序所需的核心价值是"孝"，孝道不仅包括恭敬、奉养父母，而且包括对先祖的虔诚祭祀。孝道的有效实行能使宗族因有序而祥和，因族人的共同参与而亲睦，因祖先认同而增强凝聚力。

---

① 参见陈支平：《近500年来福建的家族社会与文化》，第178～181页；林殿阁主编：《漳州民俗风情》，海风出版社，2005年，第145页。"打城"戏，可参考沈继生：《法事戏——泉州打城戏》，载《泉州人文风景线》，福建人民出版社，1999年。

在传统的乡土社会，乡民生活在现实世界和信仰的符号世界。各种祭祖仪式就属于信仰的符号世界。符号世界的实践活动都会内化到乡民的信仰观念中，习久而根深蒂固。而祖先崇拜的信仰观念，统摄着宗族的道德伦理，制约着宗族的社会秩序。这就是祖先祭仪所体现的信仰的符号世界对现实世界的作用机制。应当说明的是，宗族领导成员在仪式中扮演的重要角色所显示的权威感，也一样有效地内化到族人的观念中。仪式是神圣的，处于仪式场域中心的族长和权威者也因此映照着神圣的光环。这种光环多少会产生炫目的效果，从而使族人更自觉地追随他们。

第二节　宗族与风水实践

风水信仰所涉及的对象有家居、村落、祠堂和坟墓。宗族所关注的风水主要是祠堂和祖墓。由于祠堂择址局限于现有村落，选择的余地很有限，因此，可以在坐向和大门的朝向，以及建筑结构方面做做文章。如在祠堂前造个风水池，既可以产生水不急而气易聚的象征效果，还可以维持龙脉的生气。缺乏水分和植被，即便有龙脉，也会衰竭。根据这一信仰观念，即使不便造风水池，在祠堂后植风水林，龙脉亦有生计。

在闽南，山川别致者，据风水术以阐释文化意义；地貌平庸者，则通过奇迹或灵迹的杜撰，赋予祠堂、墓地以地灵人杰的神秘蕴义，从而建构优越的文化心理定势，产生崇祖敬宗的收族效果。"鸭寮说"是笔者在惠安做田野调查时最早听到的祠堂择址传说，大略是：始祖和某代祖在某处搭寮养鸭，母鸭下的蛋多是双黄蛋。后在此建祠，果然是吉地。近阅南靖和溪麟野林氏族谱，也有"鸭寮说"。晋江最大的萧氏村落是东石萧下村，也流传着"鸭寮说"。据族谱载，其开基一世祖名韦松，于元朝至正四年（1344 年）肇基安海后萧村。生二子，长曰煌，号无怀；次曰烟，号湛怀。煌留守后萧故园，烟往萧下开拓。那时萧下已先有金厝、前埔、岑下、曾安、陈厝等聚落，杂姓居住。其地临近鸿江海港，船只往来，鱼虾充盛，烟公在海滨搭寮养鸭为生。晚年得一地师指点，教他在鸭寮地起屋居住，曰："此地山川聚秀，浓气生春，来日人丁繁衍，子孙昌盛，是难得风水宝地。"萧烟听信，于是用土砖围基，起厝居住。果然子孙繁衍日盛，萧氏成为当地的主姓。①

除"鸭寮说"外，书香、官宦之族多有一些雅致的风水掌故。据传，晋江檗谷黄氏宗祠，南面为海，术者谓其名"玉带"，可主富贵。周围丘陵环抱，所结之穴称为"犀牛望月"，又名"五虎朝金狮"。族人还曾在案山覆釜墩上建文塔一座，黄景昉题句曰："本是覆釜墩，化作揆天笔；风动海涛惊，疑是蛟龙出。"② 晋江芙蓉杨氏宗族人才辈出，先后中举人 14 名，文武进士 7 名，据云与祠堂风水有关。芙蓉杨氏宗祠据称始建于元代，其规制号"美女坐规"，天井设"八卦井"，以疏通煞气。③ 漳浦旧镇乌石林氏宗祠（亦称"海云家庙"、"乌石大厅"）背靠之山，有巨石天然堆砌，如两顶官帽，雅名"御屏紫帽石"。乌石大厅始建于明正统十三年（1448 年），重建于万历八年（1580 年）。据记载明嘉靖十年（1531 年）以后，"乌石林"学士济济、科甲连绵。④

宗族的风水实践主要施行于祖墓上，这不仅是闽南宗族文化

---

① 粘良图：《晋台祠堂及姓氏源流·东石萧下宗祠》。
② 粘良图：《晋台祠堂及姓氏源流·檗谷黄氏宗祠》。
③ 粘良图：《晋台祠堂及姓氏源流·芙蓉杨氏宗祠》。
④ 陈国强、林瑶棋主编：《漳浦乌石天后宫》，漳浦旧镇乌石旅游区管委会，1996 年，第 103、79 页。

的特点，也是华南宗族文化的普遍特点。这种乡土小传统与封建统治阶级所主宰的大传统紧密地连接着。古代皇室极重皇陵的择址和营造，认为这是皇室和国家的命运之所系。民间观念中，风水以墓地为首要，甚至风水与墓地近乎同义词。在民间观念里，以"气血"、"骨肉"来作为个体生命的具象和抽象的表述。在生命代际的延续过程中，个体生命从父、母传承的分别是"气"、"骨"和"血"、"肉"。在父系传承的宗族社会，人们最重视的自然是"气"、"骨"的链接式传承。骨和气是具象与抽象的统一体，生命消失后，据说，唯一存在的是骨殖，且先辈的骨殖与在世的后辈有神秘的感应联系，先辈的骨殖遭到损坏或因所存环境的不利会产生衰变，这将对子孙产生不良的影响。而"吉穴"的地气会赋予骨殖以吉祥，进而福佑子孙。鉴此，有"俗巫信鬼"传统的闽南人，对葬地吉穴的寻找和维护，具有非同寻常的留意和耐心。早在明代，闽南不少地方官员对民间停柩多年以待寻吉穴的陋习，就加以抨击和倡禁。但这一顽习屡禁屡行，世代不绝。

　　祖先的茔墓不仅仅是祖先灵魄之所藏，又是宗族实力和地位的象征，因此，闽南民间对祖墓的修葺很重视。《锦绣庄氏族谱·家规》云："坟墓是祖宗父母体魄所安，松楸（按：墓地代称）必四时祭扫。穴吉者，宜封固；不吉者，或改壤。"为了保护墓地，有的宗族或家族还专门雇人长年看守，称为"墓佃"或"墓丁"。惠安龙塘王氏宗族在泉州东门的祖茔，于清嘉庆年间建，"墓边有田，买予墓佃耕种，为守墓之费，佃人姓郑"①。宗族或家族，把一块土地租给墓佃，墓佃从此必须为田主即宗族或家族看守坟墓。墓佃必须履行好自己的职责，一旦出现问题，就要被追究责任。泉州苏氏宗族，在晋江三十六都洪园乡有祖茔一

---

① 惠安《龙塘王氏族谱》。

座，"付与墓丁叶积、当哥等兄弟看守扫净，其茔前及左右产园五丘，付墓丁耕种，每年定税银八钱，仍还为看守之资。……其遗荫树木不许私受与附近少壮之人伐砍，及放纵牛羊践踏、打晒禾麦于墓庭之内，如有不遵等情，听（苏诣）衙闻官究治，别召他人看守"①。宗族或家族雇佣这种永佃性质的墓佃以保护祖墓，但由于墓地远离主家，世代相传后，墓佃违约而与主家产生争执的事不时发生。庄景辉先生编校的《陈埭丁氏回族宗谱》，辑录了有关丁姓因墓地与墓佃争议而告官的"讼稿"15件，有的还附有官府审理的批语。②

闽南俗重墓地风水，还表现在"二次葬"。闽南民间选择墓地，甚用心，甚至殚精竭虑。富有的人家更是不惜耗费资财，请风水先生专门相地。"葬地惑堪舆家术，尽诚致敬，听凭指挥"。墓葬以后，如有发生凶事，常归咎风水不佳，故有葬而后迁的"拾骸"风俗。棺木埋葬后若干年，其子孙开穴把骨骸拾起，用"烟结棉"包装纳于瓦罐中，或原穴再葬，或异地再葬，或者长期置于岩石旁的向阳处。这种高约一尺半、宽约七寸的瓦罐，闽南称"封金"、"金瓮"或"金罐"。倘若墓地的营造有问题，可以通过改葬或调整方位，从而使墓地灵显起来。这种民间观念，正是闽南俗重二次葬的主要原因。

因墓地风水而产生的争议和冲突，成为引发社会问题的不稳定因素，而二次葬则增加了不稳定性。因此官府深恶这种丧葬陋俗。陈盛韶在《问俗录》谈到他在诏安所了解的墓地忌冲煞和"洗骨"再葬的陋俗：

（诏安）二都连粤省，山深气寒，民愚而蛮、乔而野。

---

① 泉州《苏氏族谱》，见苏黎明：《泉州家族文化》，第177页。
② 庄景辉编校：《陈埭丁氏回族宗谱》卷八。

父母死，治丧重陈酒，衣衾棺椁不以介意。其酒或五六年，或是与年，味美而醇。戚党成群来吊，醉饱每日不归。家产之败，往往因此。其民惑于风水，一棺落穴，前后左右据防冲煞。数里之地，忌伐山脉，社庙香火所照，以为大不详。涉讼者纷纷，始疑为如仙游之索彩也。继而察之，其痛心疾首，誓不甘心，曰："某丧丁若干，实为所害也。"倡于缙绅，达于村民，同声相应，固结不解。且葬至数年，家有灾祲，复开馆验枯骨而洗之，拾诸瓦坛。其坛高尺许，名曰'金罐'。瘗诸山麓向阳处，半露于外，俾受日月光华，如是者有年，乃迁葬。①

在民间观念里，并不是祖先每每灵，墓地个个好，只有那些显要的祖先、特别是开基祖，或者是某房支的某代祖，因子孙登科及第等发迹之故，墓地才会被描述得神乎其神。据《浔江施氏族谱》，一世祖施炳，自光州固始入闽，生男三，三子茂迁居南浔。茂子菊逸卒后，与姻亲杨姓、林姓同葬结草栖山"眠犬穴"②，称结草山"三姓墓"，后传云："狗头出将军，狗肚出相国，狗尾出都督"，施菊逸葬于"狗头"，暗喻施琅为将军。灵水吴氏现有大宗祠一座，小宗祠七座。其大宗祠吴氏家庙始建于明嘉靖四十年（1561 年），是在吴氏始祖懒翁祖宇基地上兴建的。相传懒翁素习青囊之秘术，善识风水。迁居郡南时，曾踏勘多处，观其山龙，察其地气，试泉水之轻重、清浊、气味，寻求福地。因赏识灵源山水之秀，泉水甘香，令饮者神清气爽，且每瓢重于别处一两有余，故择此地居住。有李姓者，家财万贯，欲予

---

① 陈盛韶：《问俗录》卷四《诏安县·风水》。
② 所谓"眠犬"、"眠牛"，皆状山形舒展而不高耸，民间信仰以低缓之山为吉。

居宅财产为谢，懒翁固辞不受，只求其菜地一丘，构筑茅屋安身。这丘菜地坐落灵源山东南侧，靠近灵水源头，前有平地开阔肥沃，正是一处风水宝地。六世吴镒，人称"地中仙"，对此祖居极为推重，认定是福泽之区，龙脉结穴，建议起建祠堂。而且，所建祠堂的形制"不宜过高，过高则尽阳；又不宜过大，过大则伤神；门前最忌壅蔽"。于是族人据其建议在此地建成三开间二进祠堂一座，奉祀懒翁及其下列祖。①

永春《桃源仙乡郭氏宗谱》特别强调了开基祖进保公的墓地风水对全族子孙的影响："公妣同卜于本乡漈兜林，负丁揖癸，先代之筹划尽善。至崇祯初，误听邪师改作坐丙向壬，贪对笔架尖，但水流元神，是以通族倾财损丁。迨至清康熙六十年辛丑，公议复右坐丁向癸兼未丑，合族称庆。后世有贤智者兴，万勿仍蹈故辙，则幸甚幸甚。"②

庄姓于唐末发祥于永春，衍派于晋江、惠安、南靖、仙游等地，为闽南一大望族。两宋以来开派泉漳的庄姓主要是永春入闽始祖第四房第九世庄翼和庄夏的后裔，庄翼、庄夏祖父的墓地"锦绣山"，据说该穴"形曰美人抱孩儿，又曰仙人执玉笏"。庄夏"受荫"于锦绣山七世祖墓地风水，贵为太子少师。自此，该墓地成为确保各地族亲"联甲第，任显秩，代不乏人"的著名风水宝地。明崇祯年间，青阳古山公派下十六代孙庄仰文书有《锦绣山墓记》，描述墓地"仙人执玉笏"的地灵人杰：

> 一家之兴，必有发祥之地，人杰地灵，毫厘不爽。芸生之物，地有肥硗，荣枯殊焉，况于人乎？我祖自森公入闽至

---

① 粘良图：《晋台祠堂及姓氏源流·灵水吴氏家庙》。

② 《桃源仙乡郭氏宗谱》卷五，清道光重修本，1996 年整理，见陈进国：《信仰、仪式与乡土社会》，第 608 页。

于今，代有簪缨，由来久矣。发祥之地，始自锦绣。龙从德化而来，与温陵并峙，送青排闼，奇观万状，屈穴高起一峰，人形特立，五行属木焉。仙人有谶曰："石片旁居戍，仙人执玉笏。谁家葬此地，簪缨世济蔚。"时人莫解其意。是地也，峰峦排列，穴似侧转而右，其实倒结于左，左臂抽出串珠一案，内堂稍倾，外堂则左自德化，右自永春，随永二水会焉。数里许，白水一条从中流出，如玉笏然。环穴万山耸立，术家所谓鼎甲案，文笔尖，贵人峰，曲肖备陈。先时堪舆家得是地，默有所献，忽有老人呵之曰："地主系庄，不可妄泄。"须臾不见，知其神也，乃秘而献于元吉公。葬之夜，公守坟，有鬼相聚而笑曰："地既归庄，吾不复守此矣。"因以鬼笑名山，至此时谶乃解。穴坐壬向丙，术家所谓火库居戍也。山于五行属木，葬取诸此，其中恰有片石竖立，葬即于石后下穴，其石不改，反作碑焉。谶所云"石片旁居戍"是也。迨公之孙夏公显达，仕宋孝宗、光宗、宁宗三君，宁宗少，师事少师，亲题像赞曰："天生美质，学业逍遥。坚冰节操，历仕三朝。忠言逆耳，青史传标。箕裘厥庄，百世不祧。"其宠眷如此。尝与少师谈论地理，少师绘此图以进，帝问山名，公以实对。御笔改曰"锦绣山"。今登坟近界，有石碑大书其字，曰"锦绣山庄公墓道"，即御赐碑文也。文戊申到山，历览其详，颇以道焉，因为之记。凡我同源子姓得是记而披阅之，则锦绣山家喻户晓矣。[①]

宗族的诸房，家族的诸家，其发展是不平衡的，或荣或枯，或兴或衰，或多或寡。既然有同一墓地风水而族人确有命运不同

---

① 南靖龟洋《庄氏族谱》，清康熙抄本，见陈进国：《信仰、仪式与乡土社会》，第 639 页。

的困惑，风水说就要解释这种现象，"不平衡说"应此而生。所谓"不平衡说"，即祖先墓地风水犹如来龙脉络的"结穴点"，尽管是点，但因惯式仍蕴含开叉状，这些开叉状有正脉、次脉和再次脉之分。接到最次脉的房派，不仅少得到或得不到墓地风水之气，甚至连本房派的气运还会被吸走而转移到其他房派。

因"不平衡说"而导致的丧葬陋习历来多为地方官员所厌恶。明惠安县令叶春及撰写的乡约中，有关丧礼的第四条是："凡停柩逾年不葬，及溺于风水，兄弟相推不葬者，各行戒谕，违者罪之。"① 为什么兄弟相推不葬，正是深信墓地对于各房或利或弊的风水"不平衡说"。道光《厦门志·风俗记》说："厦岛人贫者十日半月即葬，房屋窄小故也。富者往往听青鸟家言……听其指挥，又拘年、月、日、时，房分不齐，又各信一地师，彼善此否，往往停柩不葬。"② 明嘉靖十四年（1535 年）南靖县和溪就发生一起因认为墓地风水于己不利而自毁祖墓的事件：黄氏宗族二房派下的六世孙黄乔迁因嫌孟昌祖考妣（二世）坟"房分有亏，往上杭哄贼，诈言冢内有宝物，将棺夜开发起破碎"，后"被众送官究治"。③

尽管风水"房分不齐"会引发房际之争，但一些房族为着"族谊亲谊"，通常采取共同迁、改葬祖坟的折中方式，来维持各房派利益在心理上的适当均衡。各房派约请房亲、姻亲或有威望的异姓来"同堂公议"迁葬以及转卖旧穴事宜。有关的坟山契约反映这类事情。康熙六年（1667 年）晋江陈、施二姓立下买卖

---

① 　叶春及：《惠安政书》卷九《乡约篇》。

② 　道光《厦门志》卷十五《风俗记》。

③ 　南靖和溪《黄氏家谱（龙山祠）》（抄本），见陈进国：《信仰、仪式与乡土社会》，第 599 页。

坟地契字，契约云："晋江县二十七都上福乡陈镜、陈悦等，有先祖在日买得张宅山一所……安葬祖坟一穴……因房分不均，三房子孙公议，迁移别葬外，将此旧穴卖与施宅……听施宅前去葬亲……产山系陈宅管执。"① 同年，苏、丁二姓也立下买卖坟地契约："晋江县八都吴山乡苏俨甫，有承祖应分产山一所，坐在灵源山下陈埭墓凤尾凸，有祖坟一首。因葬不合法，房分不齐，今因欠银择地别葬，托中就与丁宅边卖出旧坟地一穴。"②

　　由于笃信风水，因墓地发生争执的事情屡见不鲜，甚至爆发于宗族之间。有的宗族即使是在本族的土地营葬，但其他宗族认为会产生"挡伤"，即有损本族风水，因而会加以干涉。这种情况直到解放前还时有发生。乾隆《泉州府志·风俗》言："风水之说，惑人尤深。郭璞葬经，递相肆习，苟冀眠牛白鹤之祥。急则牙角交构，缓则迁延岁月。更有近山大姓，恃辖负隅，凡遇人家葬墓，辄行阻止，得贿乃已，名曰'索埔'。人家扫坟，群索祭物，名曰'约饼'，更顽薄之至也。"因争风水而打官司、起械斗的事，经常发生。清末吴增的《泉俗激刺篇·风水》云："迷信之为害，风水最谬祸最大。……相去千百丈，彼此不相让，小则启狱讼，大则持械相打仗。不知此俑创始，谬说害人有如此。焉得国民进步多，不凭地理任天理。"③ 如民国十五年（1926年），安海镇内黄姓和颜姓因祖墓风水发生械斗，张林乡张姓因"张颜同宗"而助颜姓。其时，军阀孔昭同部驻泉，派一连长带兵往张林乡弹压。此事为张林乡张姓事先侦知，伏击而毙连长和士兵共 27 名，事态严重扩大。侨领李清泉在厦门办"救乡会"，

---

① 见庄景辉编校：《陈埭丁氏宗谱》，第 268 页。
② 同上书，第 270 页。
③ 见《泉州旧风俗汇编》，第 121 页。

派苏大山、胡资清二人来泉，先托吴桂生向孔疏通无效，继托陈仲瑾向孔请求。几经周折，孔得到赔款 2.8 万元人命钱，方肯息事。①

① 见《泉州旧风俗汇编》，第 81 页。

第八章

神明崇拜：草根特质与乡族整合

宗族社会实际上是宗姓社区，这就意味着宗族社会的基质是血缘与地缘的结合。宗祠统领着血缘群体，村庙整合着地缘关系。在华南，以地缘性村庙整合着不同血缘群体，是国际汉学人类学一致的看法。准确地说，在宗族组织发达、特别是单姓村落遍布的地区，纯地缘性的村庙是不多的，村庙多属于宗族。即使在杂姓村，一般也由大族主掌或主有村庙。这就是说，村庙基本上就是族庙。但大族的村庙会在观念上演变为乡族的村庙。村庙的主神就是该村或者该村和若干邻村的境主。"境主"是闽南人对村庙主祀神的俗称，却也准确地说明村庙神明庇护的是一方众生，是一个地域的保护神。宗族社会所奉神明的宫庙系本族所建，奉祀和族内庆典系本族所为，这样，所崇拜的神明就有本宗族的印记，甚至有"族神"的意味。宗族组织希望通过对本族所信仰的神灵的崇拜，加强族人的认同和团结，保护本宗族的势力范围和利益。

闽南宗族社会所崇拜的神明纷繁杂芜，有些甚至荒诞不经，却准确地反映了与乡土社会一致的草根性。这种草根性既缘于乡土社会根深蒂固的传统，也为封建社会的等级制度所塑造。

闽南宗族的村庙所祀神明的领地是宗族社区，但在几个宗族协作的"游香"仪式中，某一主导性宗族所祀神明的领地就扩展为乡族社区，也就是祭祀圈社区。在这种场合，游香仪式对于乡族产生了整合作用。比祭祀圈更广阔的信仰圈，也可以对族际关系起一定程度的沟通作用。

第一节　宗族神明崇拜的草根特质

闽南宗族社会的神明崇拜基质可溯至闽越族。早在西汉早期，就有人向汉武帝禀报闽越"俗巫信鬼"。道光《重纂福建通志·风俗志》指出："照得闽人好鬼，习俗相沿，而淫祀惑众……从未有淫污卑辱诞妄凶邪列诸象祀，公然祈报，如闽俗之甚者也。"这种神鬼杂糅并有灵媒介质的信仰形态，至今仍活跃在闽越故地。如果以神庙密度作为信仰深度的一个重要指标，那么闽省在全国为最，而闽南又是闽中之最。这种特色凸显的民间宗教，使闽南宗族社会营造出纷繁杂芜和幽暗奥秘的神明世界。

大型而正统的佛道寺观，素来与士大夫和封建官府的关系比较密切，对于一般的民间宗族来说，关系则比较疏远。这一方面是因为这类大型的寺院是超宗族、超地域的；另一方面，这些较正统的佛道神明，不可能偏袒于某一个宗族，而宗族民间宗教信仰的目的，是希望某些神灵偶像能够对本宗族提供倾向性的护佑。[①]

等级制是中国封建社会的命根子，民间宗教信仰也不能超脱于等级制之外。发生在清代寿宁的毁庙事件具有典型的说明意义。《闽杂记》载："宁化童日新为寿宁训导，县有玉皇庙，童曰：'俗以玉皇为天帝，祀天帝者为天子，士庶祀之，是淫祀也，

---

① 陈支平：《近500年来福建的家族社会与文化》，第187页。

淫祀宜毁',乃拆其材以建文庙。"① 这位宁化籍的训导也太较真了。事件的具体内容尽管没有普遍性,却反映了封建国家要求臣民凡事都不能逾越等级这一事实。例如:关帝虽灵显,也广受欢迎,每个县邑必有关帝庙,每年定期受到官员的祭拜,然而乡里村社建关帝庙罕见。② 当然,凡事也无绝对,如妈祖,贵为"天妃"、"天后";大道公吴夲,敕封为"保生大帝"。这两神生前的平民身份,以及殁后为神仍保持布衣本色,因而与乡土社会保持密切的关系。在乡民的集体无意识中,"天后"、"大帝"升座于乡间村庙,并无屈尊,而是遂了他们扶危济困的心愿。观音菩萨、关帝爷等尊神倒是可以供奉于家户,体现神明的悲天悯人,通常不会出现在村庙做境主,③ 如果有出现,一般也是作为云游四方的"配祀"。因而,乡间村庙也常见有观音菩萨和关帝爷的神像,但只是作为配祀。配祀神的品级不见得比主祀神低,配祀神可能是主祀神的"助手",也可能是主祀神宫庙的"监察"。只要高品级的神明不是宗族社区的境主,就不算"违制"。这就是民间奉祀神明层次的逻辑。这种逻辑已深入乡民的潜意识。在闽南,宋以后封建官府不时以移风易俗为旗号清理民间杂神,实则是担心不正统的民间信仰会蚕食国家钦命的信仰正统。捣毁民间

---

① 施鸿保:《闽杂记》卷一。

② 边鄙乡野,自行其是者亦有之。元代至正年间,林姓由龙岩龙门里象山社迁居南靖县和溪麟野(林野),后分支繁衍于该乡。至迟在清康熙时(无建庙时间,记载古塘寨关帝庙的族谱始修于康熙二十一年),已建庙祀关帝。和溪麟野《林氏族谱》载:"本族神宫:古塘寨关圣帝君庙坐坤向艮兼未丑。"这里的"本族",指以麟野开基地为中心的和溪林氏宗族。

③ 民间文化的特点是纷杂性,本书力求从纷繁杂芜中概括一般。但所说的品级高的神明,也有被奉为村庙主祀神,如南靖县金山乡林姓宗族全族共建的神庙有二:龟山寨供奉关圣帝君;云龙堂供奉林太师。林太师属地方神。见《漳州氏族源流汇编》,第163页。

这些"淫祠"的根据，就是所供乃"淫神"，所祀乃"淫祀"。所谓"淫"，即偏离正统法度，也就是不在官认神谱的下九流者，简言为"未列正统"。

知此，再来浏览闽南村庙，就可以理解这些小庙所供奉的，为什么尽是一些名不见经传的小神了。庙小神明灵，这些村庙平时香火缭绕，每年盛典不绝，即使历经浩劫的野火，依然春风吹又生。

闽南民间宗教信仰的草根性是与闽南宗族制度的演变发展过程相适应的。长时期的宗族和乡族割据，使人们不仅要依靠本宗族自身的力量，而且还要利用政治的、思想的以及宗教信仰的力量，来巩固家族的社会地位，在激烈竞争的动荡社会中取得生存和发展。正因为如此，人们宗教信仰的目的，也是以维护本宗族和乡族的安全和利益为核心的，他们希望通过对各自所信仰的神祇之崇拜，来加强宗族内部的团结和控制，保护本宗族的势力范围和利益，甚至有利于宗族的对外扩张。神庙也是一个宗族的象征符号，如果神明雷同，那么符号的个性要求就得不到满足，那些五花八门的神明最适合符号的个性化。这也是闽南宗族社会神明纷繁、等级较低的又一个原因。

宗族社会信奉的神明，往往被族化，或者说有明显的宗族印记。就是一村或数村形成一个社区的几个宗族，一般也是以其中一族的主神为主导。这种主次结构，体现在村庙的游香等庆典仪式。漳浦县赤岭乡山坪行政村，有一座三界公庙，原系王姓所有，清代康熙初年，蓝姓迁入山坪，而部分王姓陆续迁往龙海县官浔，后来在山坪，蓝姓成为大族，王姓变成小族，每逢三界公庆典，仪式由蓝姓主持，王姓只能做日常的管理宫庙的事。笔者在三界公庙里，看见墙上一张褪色红纸所书，"总理"、"头家"清一色是蓝姓。1999 年三界公庙重建，完全由蓝姓独揽。

闽南民间宗教信仰相当纷杂，道光《厦门志·风俗记》云："邪怪交作，石狮无言而称爷，大树无故而立祀，木偶漂拾，古柩嘶风，猜神疑仙，一唱百和，酒肉香纸，男妇狂趋。平日扪一钱汗出三日，食不下咽，独斋僧建刹泥佛作醮，倾囊倒箧，罔敢吝啬。"① 在泉州，僻巷荒郊到处有神像幽灵，有些实属荒诞不经，诸如阴公、班头公、虎爷、狗舍爷，名号很多。对此。清末泉州进士吴增撰有《泉俗激刺篇》，其中说："淫祠多无算，有宫又有馆，捏造名号千百款，禽兽与水族，朽骨与枯木，塑像便求福。"② 旧时泉州城内分 36 铺，每铺有若干境，铺、境皆有境主，诸如：二郎神、郭圣王、临水奶、伍子胥、萧望之、许远、张巡、郑和等。③ 南靖龟洋庄姓宗族全族共有的宫庙有四座：北龙宫主祀骑龙仙妈；圣龙宫主祀保生大帝；天庭宫主祀圣祖神仙；兴龙宫主祀保生大帝。④ 美国华裔人类学家黄树民著《林村的故事》，林村的宫庙资寿院主祀帝爷公（阎罗王），配祀刘府元帅、池府王爷、三官大帝、注生娘娘。⑤ 笔者在读研究生时，曾在晋江、惠安做民间信仰的调查，或问神明之由来，常有"一仙'佛仔'"或"一块'柴头'""从海上飘来"的回答。询问王爷来历时，这种回答的频率尤高。

脱胎于瘟神信仰的王爷崇拜，流行于清代、民国时期的漳泉，尤以泉地为盛。晋江、惠安、南安等濒海县，以及厦门岛，

① 道光《厦门志》卷十五《风俗记·俗尚》。

② 吴增撰，陈盛明辑注：《泉俗激刺篇·多淫祠》，《泉州文史》1984 年第 5 期，也收入泉州民政局、方志委编：《泉州旧风俗资料汇编》，1085 年。

③ 泉州市民政局、方志委编：《泉州旧风俗资料汇编》，第 161 页。

④ 《漳州氏族源流汇编》，第 61 页。

⑤ 郭志超：《闽南农村民间宗教与迷信管探》，见陈国强、林嘉煌主编：《人类学与应用》，学林出版社，1992 年，第 355 页。

王爷宫的香火之旺，仪式之隆，甚至超过佛道寺庙。道光《厦门志·风俗记》对王爷醮有生动的描述和议论："有所谓王（爷）醮者，穷其奢华，震轰炫耀，游山游海，举国若狂。扮演几百鬼怪，驰辇攒力，剽疾争先，易生事也。禁口插背，过刀桥，上刀梯，掷刺球，易伤人也。赁女妓饰稚童，肖古图画，曰台阁，坏风俗也。造木舟，用真器浮海，任其所之，或火化，暴天物也。疲累月之精神，供一朝之睇盼，费有用之物力，听无稽之损耗。"① 这些对王爷醮的议论很有理性，也反映官府对民间"淫祀"的鄙视。直到 20 世纪，厦门岛农村每逢十月，林王爷巡视各村，所有村子依例按日轮祀。②

民间对王爷信仰的观念与官府的理解有很大不同。闽南和台湾西南部，普遍流传着王爷舍身祛瘟的传说。其中，以池府王爷的故事最为典型。据传，瘟神向池氏流露其奉上帝命，将在其辖区内传播瘟疫，池氏十分忧惧，问瘟神施用何法放毒，瘟神自囊中取出瘟药，池氏急将瘟药倾入口中，一时毒性发作，满脸黑斑，眼珠突出，瞬时而逝。百姓感念其恩，建庙奉祀。

原本是瘟神的王爷，通过舍己救人的行为，实现了由放瘟之神到驱瘟之神的转变。这是闽南以及台湾王爷信仰别于其他地区瘟神信仰的特质。这一转变约发生在明末清初。既有德又有功，自然得到闽南、特别是泉州沿海县份民间的普遍接纳。但王爷原为瘟神的面目没有改变，依然凶神恶煞，因为在民间观念中，唯有这种凶神才有能力镇住放瘟之邪神和作祟之鬼。

---

① 道光《厦门志》卷十五《风俗记·俗尚》。
② 郭志超：《闽南农村民间宗教与迷信管探》，见《人类学与应用》，第 355 页。

随着闽南，尤其是泉州沿海地区开发，人口稠密，卫生不良，瘟疫容易流行。这就是驱瘟之神首先产生于泉州的重要原因。民间屡屡奉祀驱瘟的王爷，反映了当时疾病、瘟疫对于民间的严重危害，以及民众对于健康保障的诉求。晚清至民国，惠安白奇回民社区多次发生鼠疫。莲埭村创建较大王爷宫，供奉泉州最著名的王爷萧望之；在田吟建了低矮的王爷庙，供奉郭王爷。这两座王爷宫庙先后建于清末和民国。除了瘟疫，其他各种天灾人祸多归因于鬼邪。因此，驱除鬼邪是王爷的"常职"。在闽南"送王船"的仪式中，王爷的左膀右臂就是捉鬼大将和锁鬼大将。

在闽南，主要是泉州所辖的沿海县份，宗族社区以王爷为境主的有较高的比例。晋江陈埭丁氏宗族的社区，还出了一位"因祛瘟神而成为神仙"的丁王爷。据传，丁王爷字鸿基，曾为太子内帘官。一日，遇瘟神来散播毒药，为保全众生，他奋然夺其毒物吞食，身死成神。"因毒性缘故，脸面乌黑"，故至今丁王爷的塑像脸色为黑。丁王爷在泉州晋江县一带香火甚旺，如清代靖海侯施琅的老家龙湖镇衙口村，就有一座丁王府宫，奉祀丁王爷，又称"丁府八千岁"。宫门镌联一对："庙貌庄严崇祀诚，神威显赫覃恩重"。宫里石柱两对，联为"玉宫清澈窥民隐，金阙辉煌翊圣明"、"长钦隆德届遐方，宏沛洪庥被众庶"。宫中神龛三格，居中为丁王爷，左设兵头公，右为夫人妈。晋江县有一个粘氏家族，是女真人的后裔，也供奉丁王爷。清代乾隆五十三年（1788年）粘氏族人粘粤、粘恩、粘尚、粘秉两对兄弟渡台谋生，定居彰化县福兴乡，繁衍成大族，聚居顶粘、下粘两村。他们渡台时为求平安顺遂，带去家乡境主丁王爷作为保护神，建成宝顺宫，全族奉祀，邻近的信徒甚众。台湾云林县口湖乡仑中村的下仑福安宫也奉祀丁王爷，据说是全台唯一的一尊"抓赃神明"。①

　　神明、神庙繁如星云，这是闽南宗族社会民间宗教的显著表象。惠安北部十三都的陈氏宗族，现有人口 3000 多人，有福德正神庙、东岳宫、相公祠、姑妈庵、关帝庙、天妃宫、祖师庙、九峰宫、三教祠等宫庙 10 多座，另有各房所属的斋堂 7 座。惠安山腰乡的庄氏家族，族人达万人，各类寺庙、斋堂，据称不下 50 座。同安柏埔的洪氏宗族，族内的宫庙有真武祖师庙、吴府王爷庙、池府王爷庙、徐府王爷庙、芳洲大人祠、社公庙、慈济庙等 10 余座。南靖县金山乡新村半径的林氏家族，本族共建神庙有"龟仑寨，在新村外角，供奉关圣帝君；云龙堂，在新村下半径，供奉云山林（偕春）太师"。麟野乡，"族人信仰，佛道并奉，喜庆多请道士设道坛，丧葬或兼请和尚作佛事。……全族共建的寺庙，林坂村有龙显岩，主供观音菩萨，兼奉三宝佛、玄天上帝、陈真祖师；龙水宫，主供天上圣母。林中村有万灵宫，主供保生大帝，兼奉哪吒、伽蓝；古塘寨，主供关圣帝君；碧云岩棣华书院，主供文昌帝君。其中万灵宫保生大帝，每逢天干甲、乙、丙年份举行大型香会，至龙海青、白礁慈济宫进香，在社里演戏二三台，一连四五天，数千人列队抬着神轿、锣鼓、旌旗、舞狮、彩棚、清唱等游乡串社"。② 泉州《何氏族谱》记载每年该宗族应举行庆典的族庙有：东岳庙，祀玄天上帝、中岳大帝、天齐帝；夏游殿，祀协天大帝；正顺王庙；还有三宝殿、观音堂、仙姑庙等。③ 道光《厦门志·风俗记》载："满地丛祠，迎

---

　　① 参见完颜仲仁：《晋江民间信仰庙宇》，《泉州民间文化》创刊号，1993 年。

　　② 《漳州姓氏源流汇编·林氏源流》，1991 年编，第 163 页。

　　③ 《温陵何氏族谱》附记《佛缘》。

神赛会，一年之交，且居其半。"①

这些名不经传的村庙神明尽管怪异驳杂，但还是有共同的特点，那就是亲和力。即使是阴森可怖的王爷，也多有舍己救人的动人传说，更不说慈眉善目的土地公了。笔者读研究生时随美国华裔人类学家黄树民先生在厦门农村做田野调查时，村民告诉我们："三尺就有一个土地公。"可见，土地公随时随地与乡民"打成一片"。中国的农业文明源远流长，农民对土地的感情太深厚，土地公就是这种情感的表征。

从神明信仰的本位来说，民间信仰的神明多具有高尚的德性，并在世时有功于民。从祭祀的效果来看，大抵"有求必应"。有些学者将民间宗教以功利性一言以蔽之，实属片面。仅有崇拜的功利目的，而受崇拜的对象无德，即使有求必应，也只能游荡于乡民信仰世界的边缘。② 例如：在闽南，乡民把有归葬的孤魂野鬼作为祭拜对象。泉州地域称"有应公"、漳州地域称"人客公"，并建有小庙。这种亦鬼亦神的"公"，据传灵验程度较高，特别是在一些鸡零狗碎或有碍正耳之听的事情的应求上。但此"公"之庙不属正式的村庙，有应公更不可能充当境主。由此可知，有德或有功之人殁后才有成神的可能。这些大多是历史人物的乡野众神身份无论尊卑，都是乡民的道德偶像。他们的受奉就是社会对他们的表彰。

第二节 祖先崇拜对神明崇拜的渗入

在闽南乡民看来，与本宗族有某些渊源关系的神祇，或是本

---

① 道光《厦门志》卷十五《风俗记·俗尚》。
② 汪毅夫在《闽台缘与闽南风》指出："'崇德'和'报功'构成了民间信仰的双翼结构。"（福建教育出版社，2006年，第171页）以笔者的理解，"崇德"是慕神德而习之，"报功"即念神绩而追之。

族的同姓同宗，或是与本姓氏有过缘分，这类神明对于保护本宗族的安全和利益最为可靠。①

惠安县北部，吴姓聚居地所供奉的神祇称为"吴大帝"，陈姓宗族所供奉的则称为"陈公爷"。② 安溪县陈坂洋的李氏家族，建有福安庙，内祀七府王爷，以唐代中期宰相李泌为首尊，盖李泌与李氏宗族同姓也。"农历八月十二日是七府王爷的诞辰，是李姓在一年中最热闹、最隆重的一日，延请道士做醮，演大班戏，燃放烟花爆竹火马"③。唐代名将郭子仪和东晋名臣谢安、谢石，也经常被福建的郭氏和谢氏家族尊为主神。龙岩县适中乡谢氏家族供奉的圣王公，据说就是谢安。谢氏《圣王公行孝歌》云："王政足民推首重，五风十雨以为常……四时呵护我坪乡，民安物阜淳风播，富贵荣华姓字扬，岁岁门庭驱百祟，家家男妇纳千祥。"谢氏《祭安石公祝文》云："恭维尊神，赫声濯灵，恩敷赤子，泽被苍生。力战苻坚，自昔功高淝水，官居太傅，于今惠及岩坪。合四姓以祈年，历宋元明恪遵旧典；萃七团而报赛，逢甲乙丙庆赞下元。幸圣驾之遥归，车随甘雨；喜王灵之銮降，道载福星。"④

安溪陈氏宗族供奉的泰山显应禅师，生前曾由陈氏家族供养，禅师去世后，陈氏宗族认为禅师与本族有着特殊的关系，故世代供奉。《陈氏族谱》载云：

> 泰山显应禅师者，永（春）之小岵黄氏子民，少依吾家学禅，专精戒行，于南苑蜕化，于泰山兴利置塔，礼拜千

① 参见陈支平：《福建族谱》，第 204 页。

② 陈支平：《近 500 年来福建的家族社会与文化》，第 191 页。

③ 参见李瑞发：《翰苑王爷》，《泉州道教文化》创刊号，1993 年。

④ 《谢氏族谱》卷二，见刘永华：《明清时期闽西民间文化与社会今年国家变迁》（硕士论文，1994 年）。

年，我祖实为檀越主，故于今岁时月朔诞辰忌神，我陈家实致祭焉。盖师之始终于我祖，故后世子孙亦奉之为祖也。①

有些神明很早就被族人供奉，被认为与本族关系密切，甚或昵称"祖佛"。安溪榜头白氏宗族，建有灵应宫，"宫中供奉天师、地师、人师、祖师、圣祖、玄女，共六尊菩萨……历来尊为白氏祖佛"②。

在福建民间崇拜的许多神灵中，有一部分是与崇拜者的家族有着直接的血缘关系的先祖，其神灵的光彩不少是由族裔们塑造出来的。保生大帝吴夲，是深受漳州、泉州以及台湾等地民间崇拜的神明，漳、泉等地的地方志对于吴夲的事迹多有记载。闽南许多吴氏宗族在其谱牒中，认吴夲为祖先，如泉州《延陵吴氏宗谱》，载有《吴真人谱系纪略》：

真人，讳夲，字华基，号云衷先生，乃泰伯之后。……子孙逃窜九州，一枝插入清溪（安溪），因粮累分寓临漳。九世修斋圣父讳通公、圣母黄氏，避乱隐居于银同之南、沧海之滨，择白礁结茅而居。宋太宗兴平四年（按：疑为"太平兴国"之误，979 年）圣父年四十八，圣母年三十八，梦见南陵使者北斗星君护卫白衣长素真人，送中天紫微星下降，三月十五日辰时生，三台列精，五老庆诞，异香满室，毫光灿烂。公少颖异，不妄言，及长，不娶妻，不茹荤。乙未年中秋月夜，清风徐来，公步海滨，有异人浮槎呼公同乘槎，偕行至昆仑山，遇青衣童子引观蓬莱胜境，入西宫见王母，受以医书，传教斩妖伏魔之法。返而登槎，片刻回家。

---

① 《清溪陈氏族谱》卷首《董仙公》，见陈支平：《福建族谱》，第 205 页。
② 《福建安溪榜头白氏族谱·族史》，1991 年编，见陈支平：《福建族谱》，第 200 页。

于是修真养性，采药炼丹，以医道救世。……宋真宗帝诏召
陛见，授职御史，公辞归隐。……仁宗明道二年漳泉疫疠，
公于四月初七日步罡踏斗，命使天圣者驱雷击死蜚户魔王、
一千四百四十毒鬼。玉帝闻其阴隲浩大，诏公升天。景祐四
年丙子岁五月初二日，公阖家白日飞升。靖康二年汜马渡江，
见公在云头御寇。绍兴二十一年建庙白礁。孝宗乾道元年勅
封济慈灵官，二年勅封忠显侯。……明太祖鄱阳湖见公助战，
洪武五年勅封昊天御史医灵真君。永乐七年孝慈皇后乳患，
诏求名医，公应诏……瘥之。成宗（祖）皇帝赐官不受，赐
金又却之，俄而白鹤缠绕乾清宫，公乘鹤而去。御赐春秋享
祀，勅封万寿无极保生大帝。洪熙元年勅封昊天金阙御史慈
济灵医冲应护国孚惠普祐妙道真君万寿无极保生大帝。①

宗族或乡族中有气节、功名的先祖，或被尊为神，受到族
人、乡族的奉祀，甚至香火广布。漳州诸邑，尤其是林姓社区，
供奉林太师相当普遍。林太师，名偕春，号云山，明代嘉靖万历
年间名臣，《云霄厅志》有传略云：

林偕春，字元孚，嘉靖乙丑进士，改庶吉士，授检
讨，历编修，以文章气节推重一时。当管诰勅，为江陵
（张居正）相父撰述，相欲增改数语，偕春执不更。曰：
"王言有体。"相啣之，出为湖广副使，拂衣归。……江陵
殁，起两浙提学，其所取士多在牝牡骊黄之外。……忤台
使者，挂弹章。后复起南赣兵备，迁湖广参政，竟不能与世
俗合，曰："宇宙如许，莫能容一林元孚，吾逃之醉乡已
矣。"归与故人痛饮剧谈，绝口时政。至里中有不平事，无
问缙绅士庶，辄怒目苛责，不少含茹，人皆曰："此古道也，

---

① 泉州《延陵吴氏宗谱》卷一，见陈支平：《福建族谱》，第207页。

今也则无。"①

林偕春"性坦直无城府","凡缙绅家居，月致舆馈，公悉谢不受"，"卒之日，云霄为之罢市，盖公自通籍以迄考终，所为德于乡甚笃"。② 所谓"神性"实质就是超越通俗的"人性"，林偕春生前已具有超凡脱俗的品格，为世人所景慕。他坦直、清廉并乐于行善，殁后被尊为神，盛传于漳州各地，尤其是林姓宗族社区。南靖金山乡林姓族人，建庙云龙堂，供奉的就是"云山林太师"。

惠安沙格乡的王忠孝，是明代崇祯年间进士。明清鼎革时，王忠孝矢志不移，不肯屈服于清王朝，与延平郡王郑成功等坚持在闽台一带抗清，最后终老于台湾岛上。现今惠安沙格乡的《王氏族谱》，称王忠孝死后做阎罗王，建庙祭祀。在当地奉祀的诸神中，据说王忠孝的神力，颇以厉猛见称。该族谱载有《王忠孝传》云：

　　王氏谱系，自宋入惠卜居蟹谷仙塘沙堤，传十四世愧两公，讳长孺，官章忠孝，别号愧两。……天启丁卯科以诗经中式乡试第四十名，崇祯戊辰联捷会试第一百三十八名，殿试二甲第三十二名。……（清兵入关后，隆武帝）擢为光禄寺少卿……升太常寺正卿……未几晋都察院左副都御史、协理院事，再晋兵部右侍郎，恩荫一子入监读书。戊子鸠一旅建义，遭时艰，挈眷避地，与同志曾樱阁部、辜朝荐给谏寄寓于金门、鹭岛，佃渔自给。后遂弃家全肤发渡重洋，远居于台。丙午年得正而殁，享年七十有四。……其没之夕，内地有贡生林之豸，死而复苏，云：见公与石斋黄先生接任为阎罗，著有《回生记》。事属近诞，然《纲目》有生为上柱

---

① 嘉庆《云霄厅志》卷十四《人物·缙绅》。
② 张耀堂标点：《林偕春墓志铭》（附有铭文拓片），云霄县文物保护协会云山书院、林太史墓工作委员会编印。

国，死作阎罗王之语。著于鉴史，似亦非诬。①

泉州《董氏家谱》载有董希祖，以祛瘟神救乡人而被尊奉为董仙公，该宗谱载云：

> 董仙，讳希祖，字日华，晋江人也，原温陵派也。素行甚孝，然乐善好施，飘逸仙态，亦遗外世俗，以气节自高。维郡郭巡按与公交最久，情笃甚密。忽一夜知天灾瘟使入郡，谕郭友遍买柚柑不计其数，次日付信与郭友曰："若带至新桥候之，日中有人从桥之中起者，将此信付与首者。"郭友听之虽于新桥候之，至日中之时果有七人，双瞽相携，郭友将信付与首者，其人□连况瞽疾，尾一人先知，问曰："董大哥寄信来乎？"首人应曰："然也。"郭大惊，不敢多言，随走自家，试问先祖是何？公笑之不答。越数日瘟气流行，众俱来求柚柑，柑尽求汁，所求食之即愈，救四方，万人感恩。至飞升时，郭友后尸解清源下洞，今有石刻四字"紫泽洞天"者，即其真身。塑像祀焉，祈雨辄应。②

在闽南宗族社会，族中被奉为神者，与民间造神的"入围"资格是一样的。有"拯民于水火"的功业善行，有高尚的品德、超凡的人格魅力，这两点就是民间造神"入围"的基本资格。云霄林偕春就是一个范例。陈支平先生认为还有一种"悲壮而死"型。③ 他以明代同安人洪朝选作为例说。洪朝选与林偕春差不多

---

① 惠安沙格《王氏族谱》，见陈支平：《福建族谱》，第216页。
② 泉州《董氏大成宗谱》卷首《董仙公》，见陈支平：《福建族谱》，第208页。
③ 陈支平先生认为："族中有功名的人被奉祀为神的，一类是刚正不阿，功业、道德文章足以传世者；另一类是舍己救人者或仕途坎坷而屈死者。"（《福建族谱》，第218页）他认为，悲壮而死者为厉神，灵力高于善神，故更受民间所崇，王爷信仰也是如此。

是同时代人，他以逆忤上司而罢职，最后被福建地方官投于大狱
而屈死，被洪氏族人奉祀为"芳洲大人"。①

闽南宗族不仅有许多男性的神明，还有一些女性神明。闽台
的第一大姓陈氏，其中一支是陈邕的派下。唐开元年间太子太傅
陈邕在漳州兴建华屋，被告发僭越。陈邕之女陈金花劝其父改屋
为寺，得免祸发。陈氏后裔感念陈金花的恩德，尊其为神，世代
奉祀。改建的寺庙，就是漳州著名的南山寺。《陈氏族谱》记云：

> 上祖陈忠，原籍京兆府万年县……厥子邕，唐神龙初进
> 士，官至太子太傅，与李林甫不协，开元二十四年被谪入闽，
> 始居兴化，移泉州惠安社稷坛后，旋移漳之南驿路南厢山居
> 焉。生四子：夷则、夷锡、夷行、夷实……衣冠填门，因筑
> 室备钟鼓楼台，宏其范围，州府参谤逆谋。时夷则、夷锡官
> 居在外，夷行、夷实尚幼。有女名金花……谓父曰："今日之
> 事无可奈何，幸唐奉佛，可将家宅变为寺宇，物业尽行施舍，
> 庶可弭谤而免祸。"父曰："可。"即以上闻寺门，书"悠然"
> 二字，系女发笔。遂去三联单都后水头居焉，卒年九十五。②

清朝咸丰十年（1860 年）陈邕后人陈朝能为族谱作序曰：

> 金花郡主，讳金，忠顺王邕公女也。宗亲通称'姑婆
> 祖'，永春小岵乡号为'安家姑'，总之皆崇祀金花郡主也。
> 正月十五日寿诞，九月二十四日忌辰。因唐邕公筑室南厢
> 山，州府参害，金花郡主善用计策，两全其美，故家宅号为
> 南院。念其功大，崇祀于南院后座，世代子孙如往南院，宜
> 先向后座拜谒，今卓源亦其成神，朝能与众等，复集一盟，

---

① 详见陈支平：《福建族谱》，第 219 页。

② 《陈氏大宗谱》卷首《陈氏族谱序》（郑茂撰），见陈支平：《福建
族谱》，第 220 页。

轮流敬奉，不忘本也。①

这种例子虽然少见，但可以说明由祖先崇拜发展为神明崇拜这一原始宗教的发展逻辑，到了封建社会依然有着活力。在近现代的惠安，这种活力甚至还激荡出普遍性。惠安东部沿海地区的夫人妈崇拜，② 是兼有神性的家鬼崇拜，属于神明崇拜对于祖先崇拜渗入的一种特异类型。

所谓"夫人妈"，一是对供于家庭内室的形态似神、实质是鬼（因供奉时间的延长和灵验性而渐增神性）的概称，一是对凌驾于这些众多家鬼之上的某女神的专称。家庭所供的这些有塑像的家鬼有着具体不同的称谓，依主人在家庭的辈分的变化而变化：某少女为某夭亡的"姐妹伴"塑像崇祀，该塑像称为"姑仔"；若早逝的为少妇，则称为"娘娘"或"夫人"；若夭亡的"姐妹伴"的供奉者，婚后为人妇，"姑仔"就升格为"夫人"；若原为少女的供奉者成为祖母辈，"夫人"就成为"顾家妈"或称"夫人妈"。若"姑仔"升格为"夫人"，多被配以"将军"为夫。至于幼年或少年男性夭亡可为"太子"，或者青壮年男性未婚早逝者可为"将军"，则是夫人妈崇拜演变的次生形态。为健在的女主人塑一"将军"为其"前世丈夫"，或为健在的男主人塑一"夫人"为其"前世妻子"，则又是夫人妈神谱中的再次生形态。初塑一尊夫人妈，须到山霞青山宫"过炉"后，方可供祀。家庭供奉的夫人妈，每年也须到青山宫"过炉"。所谓"过炉"，即将放在竹篮里、罩着花布的夫人妈在青山宫后殿的香炉上顺转三圈、逆转三圈。前一种"过炉"，大概是一种"注册"

---

① 《陈氏族谱》，陈朝能《谱序》（咸丰十年），见陈支平：《福建族谱》，第 221 页。

② 惠安东部沿海地区的夫人妈崇拜对县西部、特别是西南部也有辐射。

仪式，并获得一些神性；后一种"过炉"，则是年度"确认"仪式，以维系和增加一些神性。①

如上所述，当"姑仔"升格到"夫人"或"夫人妈"后，就进入祖先崇拜范畴。"姐妹伴"的供奉者的后裔，与所供的夫人妈关系是虚拟的女性旁系的血缘关系。而"姑仔"的兄弟姊妹的后裔，与升格后的夫人妈则是真实的女性旁系的血缘关系。这种兼有一些神性的家鬼，虽然是特异的民间信仰形态，却返照出远古时代祖先崇拜发展为神明崇拜的过渡时期的某些情形。鬼和神没有截然的鸿沟。秦汉时期闽越的"信巫俗鬼"，说的应是闽越人将祖先奉祀为神，而"巫"是人与神交流的灵媒，但在西汉帝国正统的信仰观念来看，闽越众多的杂神即鬼。在惠安，有灵验的家庭夫人妈会成为社区或者某个角落的地域性夫人妈，这种夫人妈多有"神姐"（巫婆）在为问神者做"神谕"。这正是"信巫俗鬼"的现代版。在惠安，也有为夫人妈建造的宫庙。这便是夫人妈从鬼到神演变的表征，这种表征也是夫人妈并非纯粹为鬼的见证。②

较之闽西客家人"婆太"的女性祖先崇拜，闽南人崇尚"贞女"崇拜。惠安夫人妈崇拜的原生形态就是贞女崇拜。以下一例具有典型的说明意义。

漳州府云霄县莆美镇的张氏宗族，建有英济宫，祀莆美张氏四世"神姑"张云。庙始建于明嘉靖年间，后世几经修建，规模不断扩大。张氏家族后人撰写《四世神姑状略》载云：

---

① 郭志超：《夫人妈与青山王关系考》，见陈世雄编：《三生万物》，海风出版社，2003 年。

② 关于夫人妈信仰，可参见陈国强：《惠安崇武的民间寺庙与信仰》，见乔健、陈国强、周立方主编：《惠东人研究》，福建教育出版社，1992 年；石奕龙：《从孤魂野鬼到神灵的转化》，《闽台民俗》创刊号，1997 年 12 月。

> 英济夫人，我莆三世祖俊元公之女也，讳云，字英敏。明成化乙巳九月十六日诞降焉。数岁教以诗书，辄晓大意，比长，好谈玄学，不事女红，俊元公奇之。……年十八，厌弃尘嚣，与诸姐妹言，常作辞世语，群疑为诞，乃整发更衣，瞑坐而逝。时弘治壬戌正月十三日也。……族里乃议择地立祠，专祀神姑。……遂有神姑庙。①

张云逝世后，张氏族人不断加以神化，张神姑显灵的事迹日益增多，故至嘉靖时，"嘉靖乙丑科进士莆山公张纯以神姑事，请敕封英济夫人"②。

同云霄张氏女一样，晋江苏氏女也是少女为神。苏氏女后被称苏六娘，生于明朝洪熙元年（1425 年），"生而神异，料祸福多奇中，年十六不字。素不知书，临终竟索笔写诗"。"未婚而殁，里人建庙紫帽（山）祀之。既能保婴救产，也能阴退倭寇。里人闻于朝，敕封护国卫生衍圣崇福夫人"。③

无论是张氏女还是苏氏女，并无称得上"崇德"、"报功"的事迹，其成神主要是基于闽南人的贞女崇拜观念。由贞女而神姑，成为张氏族人崇拜的神明兼祖先，最终与婆太崇拜殊途同归。借助贞女崇拜观念以及由女而姑而婆的观念升格，可以较简捷地理解惠安夫人妈崇拜的内在机制。此外，少女夭亡，其魂归属是个问题，民间的理解是沦为孤魂野鬼。声称为神，即可祭于家或祭于祠。这一分析也有助于理解惠安夫人妈崇拜的肇因。

这种祠堂与神庙的结合，至少在笔者做田野调查较多的惠安

---

① 莆美《张氏族谱》，见《云霄文史资料》第 11 辑，第 136 页。

② 同上。

③ 沈继生：《泉州民间信仰中的女性崇拜》，载《泉州人文风景线》，福建人民出版社，1999 年。

乡村，是经常看见的。但与神庙结合的祠堂都是房祠。结合的方式是在房祠供奉有神明。反之，在神庙供奉祖先牌位则罕见，除非所供设的祖先生前对神庙有过贡献。

神明崇拜对祖先崇拜的渗入，体现了闽南宗族社会祖先崇拜与神明崇拜的密切关系。将祖先崇拜与神明崇拜糅合一体，意在增进祖先系统的神圣性，意在使宗族奉祀的神明给予本宗族兼有亲情的倾向性庇佑，意在让宗族借助神的灵光提升宗族声望。至于夫人妈崇拜，则让我们进一步了解鬼、神的关系以及祖先崇拜与神明崇拜的关联。

第三节　神明崇拜对乡族的整合作用

在闽南人的观念中，民间基层宫庙从属村落或村落群，而缺乏像大小宗祠从属有关宗姓群体的观念。基于研究者的客位角度，才有属于何族何房的理念。宗族既有血缘的性质也有地缘的特征，即使是几个宗族挨在一起，也还是有地域之别的。这样，祠堂占领着宗族的血缘层次，村庙占领宗族的地缘层面。也正因为如此，祠堂显示排他性，而村庙则富有兼容性。以对族灵和神灵理解的主位观来说，祖灵之心褊狭，神灵之心宽容。供奉某神的族人只是属于某神庇佑的广泛人群而已。鉴此，即使是十分纯粹的血缘群体的宫庙，在族人看来，还是作为一方保护神的境主。村庙所具有的这种地缘倾向，使之在某种条件下会成为联结不同血缘群体的纽带。

1. 书洋萧姓宗族宫庙的游香仪式对乡族的整合。

南靖县书洋乡萧、刘、吕、简乡族社区，萧姓为大族，其宗祠所在地的角祖庵是萧姓的主庙，每年正月初九，萧、刘、吕三姓协同举行该庙主神蛇岳王公的游香仪式，游香队伍走遍三姓所有的村落。另一座地位仅次于角祖庵的供奉保生大帝的显应宫，每隔 11 年，萧、刘、吕三姓组织香火团到九龙江入海口的青礁慈济宫举行割香仪式。

据书洋《萧氏族谱》，书洋萧姓在漳州的始祖是萧时中，其长子萧积玉从漳州东门外移居南靖郑店。萧积玉孙萧奋于明天顺八年（1464 年）肇基书洋外坑（山下），而稍此前，萧奋之叔萧细满（一说萧细满与萧奋同辈）已开基书洋内坑。萧奋后裔称"书山"支派，萧细满后裔称"东山"支派，共有总祠堂，已历 23 代。

书洋萧姓宗族有四座主要宫庙：位于车田村的角祖庙，位于田中央村的显应宫，位于庵背村的永胜宫，位于赤洲村的福灵堂。角祖庙供奉南海岸蛇岳王公，原有庙田，每年田租 30 多石。显应宫供奉保生大帝，配祀释迦牟尼、观音、哪吒太子、伽蓝爷、福德正神，原有庙田，比角祖庙少，数量不详。永胜宫主祀夫人妈，一为陈夫人（临水夫人陈靖姑），一为李夫人。配祀观音、三平祖师、林太师、吴公大帝（保生大帝）。20 世纪 50 年代前，永胜宫每隔九年到福州割香，有庙田，为萧姓、张姓、简姓所献，现尚存清代咸丰二年（1852 年）及同治八年（1869 年）的两方《重修永胜宫捐题石碑》。福灵堂主祀保生大帝，配祀五谷神、陈夫人（陈靖姑）、福德正神，无庙田。

角祖庙是萧姓的族庙，但在地缘关系上，为车田、山下、内坑等八个村落俗称"下三甲"的萧姓所有。永胜宫为庵背村萧姓和毗邻的简姓所有。福灵堂为赤洲、楼仔、外茶坑、内茶坑共四个村俗称"上三甲"的萧姓所有。位于书洋萧姓社区中部的田中央村显应宫，为田中央、后田、梅坝、潭角、石跳头的萧姓五村以及邻近的吕厝村吕姓、刘厝村刘姓俗称"中六甲"所有。角祖庙为萧姓族庙，其重要地位可能是因为其庙址紧邻萧姓肇基书洋的山下、内坑村，附近又有萧姓总祠芳远堂之缘故。随着历史上萧姓社区向书洋溪上游方向拓展，山下、内坑一带观念上的社区中心及其核心村庙的地位继续得到了维护。

每年书洋萧姓社区要举行以角祖庙为中心的"游香"活动。每年正月初九，显应宫的保生大帝，永胜宫的夫人妈、福灵堂的保生大帝都汇集到角祖庙供祭，当晚做"透冥（夜）戏"。正月初十，到角祖庙会合的诸神周巡萧姓诸村及毗邻的刘厝、吕厝两村。翌年游香所经诸村，则是倒逆顺序。由于萧姓社区的自然村差不多都在书洋溪两畔，而紧邻车田的角祖庙，则位于溪畔萧姓诸村的中心地带，而且附近溪上又有桥梁。故上午的游香路线形成一个椭圆形，下午的游香路线再形成一个椭圆形。因此，两种游香顺序也奉行了均等的原则。游香队伍中，先后有锣鼓阵、八音团、由童男童女化妆为戏剧人物的辇艺阵以及各色彩旗。参游诸神的顺序是：福灵堂保生大帝、永胜宫夫人妈、显应宫保生大帝、角祖庙蛇岳王公。每个神轿前有一捧香炉者，除永胜宫夫人妈的专由庵背村民掷杯选出外，福灵堂保生大帝、显应宫保生大帝、角祖庙蛇岳王公的捧香炉者，分别由"上三甲"、"中六甲"、"下三甲"的村民掷杯选出。游香队伍每到一村，要稍作逗留，该村民在村口放鞭炮、设供，进行公祭，直到最后一站（村），诸神方可解散，返回本宫庙。当晚，角祖庙、显应宫、永胜宫、福灵堂分别由所属各片（村）演戏娱神。游香习俗自 20 世纪 50 年代废，1994 年正月，开始恢复的游香暂由"下三甲"、"中六甲"、"上三甲"各自进行，拟适时完全恢复旧制。

每 12 年举行一次显应宫的保生大帝到九龙江出海口左岸的青礁慈济宫的割香活动。萧姓村落近邻的刘、吕、简姓也参加，甚至远在几十里外的马头背（文峰）的客家赖姓、张姓也参加。有参加的村皆有香旗，上书"保生大帝东宫进香"。启程前一天，各家户到显应宫祭拜保生大帝，为之"钱行"。进香团约100人，从青礁返回时，萧、刘、吕、简四姓要组团到南靖县城迎接，并接回显应宫。接回是日，角祖庙的蛇岳王公、永胜宫的夫人妈、福灵宫的保生大帝（"副驾"）移置显应宫前临时搭盖的"神寮"，与刚返回的保生大帝（"正驾"）合供，演三天戏庆祝。①

角祖庙游香所覆盖的村落，包括萧、刘、吕三姓所居村落。角祖庙的祭祀圈整合了萧、刘、吕三姓宗族。显应宫割香活动的参与者包括萧、刘、吕、简四姓，以及赖、张二姓。照理，永胜宫为庙背村萧姓和毗邻的简姓所有，永胜宫的夫人妈也在游香的诸神行列，但简姓村落不在游香范围。原因是简姓也是当地大族，加入另一个祭祀圈里。由于简姓村落也供奉保生大帝，故参与保生大帝割香活动。保生大帝割香活动展示地域性信仰圈所覆盖的范围，不仅包括中心群体（萧、刘、吕），也包括依附群体（简），还包括边缘群体（赖、张）。

2. 山霞青山宫对李、苏宗族的整合。

清代晚期惠安县山霞乡，以李姓为主的"青峰铺"与苏姓的"青山铺"发生"三李拼九苏"的械斗。和解后，李、苏两个宗族在清明节和中元节"青山王"春秋二祭时，在青山宫举行共祭仪式，而后协调处理两铺事务。整合李、苏两族的青山宫系纯地缘性宫庙。

青山宫建于青山麓，西负山东面海，前面不到百米处为下坂村，左一里处为东坑、下坑，右四里是苏坑。东坑、下坑和下坂，为李姓村落。苏坑是一自然村名，也是俗称"九苏"的苏姓九村的总称。

---

① 郭志超：《民间宗教视野的闽客族群比照》，见《文化理论与族群研究》，黄山书社，2004年，第389～392页。

晚清时，李姓与苏姓发生矛盾，进而引发械斗。事后，苏氏宗族的苏叁主动投案，两族械斗几个主要责任人，被从轻发落。苏岱坤家藏的《苏氏家谱》载："十四世公讳叁，矜公之三子，廪生，官章省身，字传吾，公为苏李械斗事出宫，荫及两族。"苏叁系苏岱坤（又名眉山）的祖父。

械斗后，李、苏和解，通过青山王祭仪融洽两族关系。每逢清明节与七月半，青山宫做青山王春秋二祭，由青峰、青山两铺的乡绅老大（李、苏为主）联合主办。祭时，由有名望的读书人念祭文。祭后，两铺乡绅老大共同讨论青山宫有关事务以及近几个月来牵涉两铺的民事纠纷。解放后，春秋二祭废，由苏坑苏姓与东坑李姓分别办祭。苏坑在本村灵安宫办祭，东坑在本村潭边墩仔口下厝埕办祭（李氏祠堂在墩仔边）。东坑有三宝佛庙和观音佛祖庙，青山王神像平时或供于三宝佛庙或供于观音佛祖庙。20 世纪 80 年代初，东坑始塑青山妈一尊，与青山王神像供奉于李氏祠堂。①

3. 九峰城隍妈对陈、张宗族跨民系的整合。

在闽西南闽南人与客家人的比邻地带，由于方言和习俗的差异所造成的社群之间的排拒力一直是处于隐性状态，一旦发生矛盾，这种状态就被激活起来，对矛盾演变为冲突起加剧作用。

民间信仰的认同对异方言社群产生的文化亲和力，在族群之间产生的矛盾甚至对抗时，能起化解作用。这种化解作用也是神明对宗族整合的另一种类型。塔下张姓客家人与平和芦溪叶姓闽南人欲发的械斗就因民间信仰的介入而偃旗息鼓。

明正德十四年（1519 年）析南靖、漳浦二县地置平和县，

---

① 参见郭志超：《青山王信仰调查》，见《惠安青山考》，中国统计出版社，1994 年，第 201 页。

治所在县西北，即平和县芦溪乡南面的九峰镇。早在清初，九峰镇城隍庙盛传"阴盛阳衰"之说，城隍妈之灵验闻名遐迩，远在南靖县书洋乡塔下村也拥有信众。塔下和芦溪都同处于城隍妈信仰圈里。

　　塔下与芦溪相距三四十里，清乾隆年间，塔下张姓族人的一中年妇女到芦溪赴墟，返回途中遭芦溪叶姓族人的两名男子调戏，这两名叶姓男子被随即赶到的塔下张姓数男殴打。两个被打的叶姓逃回去后哭诉"无故"挨打。叶姓自恃族大势众，扬言到塔下拼杀，因时近年关，拟过了年到正月二十日才杀至塔下。张姓为做御敌准备，到与芦溪交界的牛屎岭试放铜铳，铳声如雷。正月十九日，芦溪南面的九峰镇的数名童乩被城隍妈"附身起乩"，飞奔至芦溪向叶姓传达城隍妈关于两姓要化干戈为玉帛的神谕，向来崇奉城隍妈的叶姓敬从。翌日晨，两名童乩带领叶姓180多人前往塔下，严阵以待的张姓见来人撑着雨伞（讲和信号），遂迎到张氏祠堂招待，童乩再次起乩发布神谕，两姓皆从，当场议和。原本就有供奉城隍妈的塔下张姓更加感谢神恩，自此，每隔两年组织进香团到九峰城隍庙进香敬拜，至今不衰。城隍妈通过童乩发布神谕固然荒诞，然而民间宗教提倡的宽容精神和激发的同一信仰圈的认同感，却发挥着对社会裂隙的弥合作用。

　　双言区乃至邻近地带不同族群和社群其信仰圈与婚姻圈、贸易圈是有所重叠的。如塔下至上坂地带的双言区社群所参加的墟市，除了本双言区的下坂墟（逢二、七），还有邻近的客家人地区的曲江墟（逢四、九）、湖坑墟（逢一、六），以及邻近的闽南人地区的芦溪墟（逢四、九）和书洋墟（逢三、八）。在某些情况下，较远的集市更有吸引力。例如，塔下到芦溪镇有三四十里，但芦溪镇的集市对于塔下和下坂的村民来说却很重要。由于芦溪地势低缓多田，盛产稻米、瓜果蔬菜，而处于狭仄溪谷的塔下、下坂社区田少缺粮但盛产竹木、土纸，这样，芦溪与塔下、下版就产生经济上的共生关系。某些共有的民间宗教与这种不同经济类型的共生关系是相辅相成的。①

① 郭志超：《客家人与闽南人社群关系的历史考察》，见周雪香主编：《多学科视野中的客家文化》，福建人民出版社，2007 年。

第九章

族际关系：契合与斗争

乡族的地缘关系决定不同宗族的乡族共同体有着共同的地方利益，因此族际关系远非"争斗"一语可蔽之。既有竞争也有协作，既有对峙也有整合，这才是乡族内部真实的族际关系。这种族际关系实际是不平等的，即乡族组织由人多势众、特别是士绅较多或政治地位较高的宗族掌控。同时，乡族又以规约面前诸族平等的约束来制衡族际关系的不平等。以宗族的理性观念而言，宗族对"乡族睦而宗族兴"是有共识的。如安溪湖头李氏宗族，就是本地乡族的主导性宗族。康熙时任大学士的李光地曾为本乡里已有的乡规补续一篇《同里公约》，强调：虽"乡规……条约遵行"，然"（处事）心虽无私而气不平，事虽不错而施之甚，则亦于仁恕之理有乖，皆未足以服人心"，希望慎酌"事之轻重大小"，"约正……秉乡政，则须主持公道"。① 这说明乡族规约重视秉公施政的原则。陈支平先生指出："在那些乡规民约得到长期执行的地方，大族巨姓在操纵、控制地方事物的同时，一般也能顾及其他小姓的利益，俾之和谐相处。"②

---

① 李光地：《榕村别集》卷五《同里公约》。
② 陈支平：《近500年来福建的家族社会与文化》，第116页。

第一节　宗族之间关系的契合

前一章述及神明崇拜对宗族的整合作用，这种整合主要发生在观念层面。乡族公约则从组织和制度上对乡族进行整合。有乡族公约，若干个宗族才组成乡族共同体。在共同的规范下，族际关系进入契合状态。宗族依存于一定的地域，而这个地域不是孤岛而是与其他宗族地域连成难于隔离的乡族地域。地域共利激发着乡族进行实务很强的整合。

一、族际协调：乡族公约

在闽南宗族与社会的联系中，地缘关系是其纽带。当地方上的利益与宗族的利益基本上相吻合的时候，同一区域的各个不同姓氏的宗族，可以和睦相处，甚至联合起来。明代嘉靖万历年间倭寇猖獗之时，宗族为了保家卫族，经常联合起来，遇有贼警，各个宗族相互呼应，相互救援，以保障地方上的共同安全。如漳州沿海一带，所谓"凡数十家聚为一堡，砦垒相望、雉堞相连，每一警报则鼓锋喧闹……提兵一呼，扬旗授甲，云合响应"。①

这种由各宗族族长、士绅们牵头制定的乡规民约，无疑比起封建政府的里甲、保甲制度更能够协调地方上各个宗族之间的关系。在这种情况下，族长们的权力得到进一步的扩展，他们不仅有权处理宗族内部的事务，而且对于地方上的事务，也负有了一定的责任，甚至于有权主宰。正因为如此，傅衣凌先生在论及中国封建社会晚期的民间基层社会时，使用了"乡族势力"、"乡族组织"的概念，这是十分符合福建民间基层社会的这种血缘关系

---

① 　嘉庆《云霄厅志》卷八《兵防志》。

与地缘关系相结合的乡族共同体特征的。在某种意义上可以说，乡族势力对于地方事务的控制，是宗族制度向外部世界的必然延伸。宗族制度的道德和功利概念，超出了聚族而居的界定，当地方的利益受到侵害时，乡族组织便能够代替宗族组织的职能，较好地团结本区域的不同宗族，共同维护乡族的荣誉和利益。当然，在这种乡族共同体的规约下，大姓与小姓所发挥的作用有所不同。

一般而言，在同一个区域内，对地方事务发挥主要作用的是那些人多势众、特别是士绅政治地位较为显赫的大姓巨族。如安溪湖头李氏家族，因李光地父子叔侄多人为宦，地位显赫，便成了乡族的主导者，李氏宗族所在的乡族的乡规民约，几乎全是由李氏宗族撰定，由乡族共同遵守执行。李光地曾经写过《同里公约》，字里行间流露出他身居高位而训导乡里的心态。该《公约》略云：

　　一、诸乡规俱照去岁条约遵行，我已嘱托当道，凡系人伦风俗之事，地方报闻，务求呼应做主。但恐我辈用心不公，处事不当，或心虽无私而气不平，事虽不错而施之甚，则亦于仁恕之理有乖，皆未足以服人心，而取信于官长也。嗣后举行旧规，必酌其事之大小轻重，可就乡约中完结者，请于尊长会乡之耆老，到约完结；必须送官者，亦请尊长会乡之耆老，佥名报县惩治。……

　　一、约正于族行虽卑幼，然既秉乡政，则须主持公道，自后乡邻曲直有未告官而投诉本乡者，除尊长发与约正调停者，则为从公讯实复命，尊长而劝惩之。……

　　一、约正须置功过簿一册，写前后所立规条于前，而每年分作四季，记乡里犯规经送官及约中惩责者。于后务开明籍贯姓名并因何事故，以备日后稽考，或能改行，或无悛心，俱无循情。①

有政治地位的巨族大姓虽然在地方事务上发挥主要作用，但是地方社会的长期稳定，却有赖于大姓、小姓间乡族的共同配合。因此，在那些乡规民约得到长期执行的地方，大姓巨族在操纵、控制地方事务的同时，一般也能顾及到其他小姓的利益，俾之和谐相处。强调禁止大族欺凌小姓，正是大姓协调小姓利益的一种体现。李光地劝诫其族人，不得恃强凌弱，横行乡里，所谓"维桑与梓，古人必恭，巷路乡邻，孰非亲串？侮老犯上，谓之鸱鸮；贪利夺食，谓之虎狼。吾等老老尚在，必不尔容"②。我们不能想象一个长期存在大姓欺凌小姓现象的乡族共同体，其道德和法制准则，能够得到切实的遵守和永久的执行。

李光地撰写的《同里公约》，只是处理同一区域内各个宗族关系的一般原则，实际上，地方上有大量的日常生活和生产的活动，需要乡族组织加以协调管理，在这些具体事务的协调管理中，乡族间有利同享，也都体现了和谐相处的原则。

宗族与宗族间偶尔发生某些纠纷，也可在乡族组织和士绅公亲的调解下，得到顺利的解决。光绪年间华安县仙都乡陈、林二姓族人为水圳纠纷而由乡族里的"公亲家长"调解，兹将该契约摘录如下：

> 立换字人豪洮与仲通公派下等为平圳圳水滋嫌一事，蒙公亲子狗、万意延请两保公亲家长出为调理评判，全港圳水改收流入豪洮右边厝下水窟，转流入田培苗，不得分散，将洮向豪昌、隆盖置买两片茶畲判换仲通公派下等栽

---

① 李光地：《榕村别集》卷五《同里公约》。
② 李光地：《榕村别集》卷五《戒子孙》。

插杉松竹木，又将豪捧承管茶畲一片判换豪洮掌管，又昌
畬内判付新开横路一条。至公至夷，相得相益，俾春风于
两面，复和气于一团，凭公人立出换字一样二纸，各执
存照。

光绪十六年庚寅闰二月　日　公亲人　前坑黄雪

霞林林卉

云山汤和春

大坪林集福

吉土陈吉生

立换字人　豪洮①

这种地方乡族"公亲"所调解成立的契约，在乡族社会具有一定
的公信力和权威性。

乡族势力对于地方事务的控制和管理，实际上是宗族制度下
的基层社会自治化的进一步扩展，正因为如此，中国封建社会晚
期的基层社会统治体制，可以分为二级制，即国家与乡族（家
族）的双重统治。明清时期国家的封建统治已越来越丧失其有效
的社会控制能力，正是在这种历史条件和社会变迁中，宗族组
织、乡族组织的政治势力得以崛起，从而对民间基层社会实现了
近乎全面的控制。

二、地域共利对乡族的整合

血缘与地缘的交叠甚至重合，是中国农村社会的基本特点，
而在华南、尤其是闽南，这个特点就更为显著。宗族的血缘自成
一体，但宗族血缘所依存的地缘则与其他宗族所依存的地缘连成
一体，宗族的地缘利益就必然依存于乡族的地缘利益。在地域共

---

① 见陈支平：《近500年来福建家族社会与文化》，第117页。

利这一原则的制约下，一个宗族唯有与其他宗族协调，共同进行地域内的经济开发，才能获取预期的利益。这样，乡族就在"地域共利"① 的制约下整合起来。

晋江东石港的玉井港道和港埠的建设就是一个很好的例子。雍正元年（1723），东石蔡氏为凝聚力量，开发海港，由银炉户蔡达光发起，联合原来不同支派的蔡氏为一个宗族，② 并在蔡层石故宅蔡襄祠遗址上，鼎建东石蔡氏大宗祠，下分三房十柱份：长房三柱（金浦、前埔、珠泽）、二房三柱（玉井、西湖、衍泽）、三房四柱（西霞、东埕、银炉、庭窟）。而后，蔡氏联合其他几个宗族，疏浚并拓宽出一条长 2 公里、宽 60 米的港道。"建大宗，号十房，开新港"，成为蔡氏族人传承的佳话。新港建设的同时，参与开发港道的各姓纷纷在新港边兴建船坞，连通港道，供本行号船只入泊。船坞旁就是栈房，装卸货物十分便捷。沿港道自东到西有数以十计的桥坞、船坞、码头：檗谷桥坞（陈氏）、盐仓桥坞（周氏）、源利坞、玉记坞（蔡氏二房）、中心港（蔡氏）、盛记坞（蔡氏珠泽房）、德泰坞（蔡氏西霞房）、源远坞（蔡氏）、双金坞（蔡氏）、周益兴坞（吴氏、周氏）、泰兴坞（黄氏）、鸡母石坞（杨氏）、合宝坞（黄氏）、石墓口（黄氏）、路仔

---

① 陈支平指出："地域内的家族共利，由乡族组织控制地方事务和协调各家族之间的比较和谐的关系……是中国封建社会晚期福建民间家族外部关系的一个方面。"见《近 500 年来福建家族社会与文化》，第 118 页。

② 在东石蔡姓中，玉井和西霞各有其开基祖，玉井开基祖来自兴化，西霞开基祖来自泉州。东石蔡姓组合为一个宗族后，玉井为二房，西霞为三房，后来各建起玉井蔡氏宗祠和西霞蔡氏宗祠，晚清东石蔡氏大宗祠坍塌后，没人提议复建。这种不是开基祖繁衍的后裔而是根据有共同远祖而组合的宗族的凝聚力是较弱的。在开新港这类共同利益驱动下，东石蔡氏的凝聚力高涨，在缺乏共同利益时，凝聚力转弱，甚至消失。迄今东石蔡姓早已分为两个基本没什么相干的宗族。

头港（叶氏、黄氏、蔡氏）、石蛇尾码头（近大港，公共使用）。
这些宗姓多参与港道的建设，有的宗姓没有参与开港工程，是向
拥有者购置的。①

　　这个港道就在玉井村，笔者曾去参观过。港道宽阔而规整，
两侧堤岸用条石砌成，至今没有一处塌陷，可见当时工程质量还
过硬。港道边的栈房鳞次栉比。蔡氏宗族是建设新港的倡导者和
主导者，获益最多，从上述的船坞的占有率就得以体现。蔡氏宗
族自新港开发后通海贸易，盛于清代。玉井村宏敞精致的清代民
居群成为闽南民居建筑的一个大观园。据晋江博物馆粘良图先生
的调查，蔡氏族人因港而兴的例子不胜枚举：清道光咸丰年间，
东石玉井长房十三世蔡文由及其子章情、章凉创办了著名郊行
——源利行。玉井蔡氏玉记行，是东石又一家著名商行，从咸丰
年间到民国初年，经营了80多年。玉井房十四世章嵒、章湾、
章叶三兄弟，置有盐场、牛磨房、糕果店，又合建玉记、玉胜商
行。玉记于咸丰八年（1858年）置船"瑞合"号，川走东石至
福州，到同治二年（1863年）又购进"瑞荣"号大木帆一艘，
运盐进省城，运杉木回东石。同治十三年连续增置"同春"、"万
春"、"茂春"三号大帆船，北上天津、牛庄、烟台，南下台湾地
区以及东南亚贸易。最盛时拥有大船10余艘。成为当时东石
首富。②

　　乡族共利的事务颇多，修水利、防洪、修桥、筑路，以及安
全保卫，等等。宗族之间合则荣，分则枯。地域社会的共同利益
整合了分立的宗族群体。

---

　　①　参见粘良图：《清代东石港航运业考析——以族谱资料为中心》，
《海交史研究》2005年第2期。
　　②　同上。

第二节 宗族之间械斗及其起因

宗族在认同和凝聚的同时，必然伴生着对族外群体的偏见和排斥。族际矛盾和纷争与宗族社会的形成和发展相伴随，当矛盾纷争激化到不可调和时便诉诸武力。械斗是族际斗争激化的产物，也是历史上闽南宗族社会突出的问题，因而本节将族际斗争聚焦于宗族械斗。

闽南宗族械斗，最早发于明代漳州。咸丰九年（1859 年），曾到过闽南，即将赴福建履新的地方官员张集馨，被召见于勤政殿东暖阁，与皇上有一番对话："上曰：'彼处（按：指福建）械斗，始于何时？'对曰：'臣查《漳州府志》，盛于永乐末年，其始则不可考。'上曰：'械斗是何情形？'对曰：'即战国合纵连横之意。大村住一族，同姓数千百家；小村住一族，同姓数十家，及百余家不等。大姓欺凌小姓，而小姓不甘被欺，纠数十庄小姓而与大族相斗。'"[1] 张集馨，道光九年（1829 年）进士，到地方任职前在翰林院供职，对于文献的了解是比较权威的。关于福建械斗之始发，他所陈的"永乐漳州"说，应是饱览群书的厚积薄发。笔者查阅了万历元年（1573 年）刊刻的《漳州府志》，没有发现有关记载。笔者推测，即使明永乐年漳州就有械斗发生，也不可能"盛"。至于明万历至崇祯年，漳州械斗风习已经萌生，出现了几个宗族结盟为一个姓氏群体对付异姓豪强。[2] 更多的资

---

① 张集馨：《道咸宦海见闻录》，中华书局，1981 年，第 266 页。

② 江日升《台湾外记》卷六曰："（平和一带地方）崇祯间，乡绅肆虐，百姓苦之，众谋结同心，以万为姓。"庄吉发《清代天地会起源考》引《宫中档·刘师恕折》曰："（在漳州）其初，大姓欺压小姓，小姓又联合众姓为一姓以抗之。"见陈支平：《近 500 年来福建家族社会与文化》，第 124 页。

料还有待进一步检索。

明末清初以后，宗族械斗成为闽南突出的社会问题，连雍正皇帝也受到惊动。雍正十二年（1734 年）上谕："朕闻闽省漳泉地方，民俗强悍，好勇斗狠，而族大丁繁之家，往往恃其人力众盛，欺压单寒，偶因雀角小故，动辄纠党械斗，酿成人命案，及至官司捕治，又复逃匿抗拒，目无国宪。两郡之劣习相同，而所属之平和、南胜一带尤为著名，此中外所共知。"① 嘉庆二十二年（1817 年）前后，云霄厅同知薛凝度说："闽中下南四府，号移难治，以漳泉为最，而尤以漳州为最。云霄僻处一隅，地割三县，抑又甚焉。……械斗最为漳泉恶习。"② 道光咸丰时期，龙溪、漳浦、云霄一带，"大姓则立红旗，小姓则植白旗……订日互斗，大姓则合族相帮，小姓则合帮相助，本村壮丁不足，则于外间招募，总以必死为能"③。直至民国时期，云霄械斗仍然未艾，其中的莆阳械斗仍很大，延及数十个乡村和族姓，双方购置军火，修筑碉堡，形成包围和反包围的层层对峙，历时十余年。④

清代晚期闽南宗族械斗的重灾区逐步由漳州往泉州转移。清末至民国，闽南宗族械斗以泉州地区为最，主要发生在惠安、晋江，尤其是惠安，时间集中在光绪二十九年（1903 年）至民国十八年（1929 年）。

光绪二十九年，晋江塔头村刘氏宗族修建宗祠，新祠修得较旧祠高。这使得蔡氏祖厝低于刘氏宗祠，蔡氏宗族恐有碍祖厝风水，由此发生纷争，继而爆发两姓械斗。械斗延续六年，晋江县令五易

---

① 见乾隆《泉州府志》卷二十《风俗》。
② 嘉庆《云霄厅志》卷二《学校》。
③ 张集馨：《道咸宦海见闻录》，第 61 页。
④ 见陈支平：《近 500 年来福建家族社会与文化》，第 123 页。

其官。① 这就是骇人听闻的"刘蔡冤"。闽南话的"冤"也指吵架争斗，"刘蔡冤"就是"刘蔡斗"。因刘姓拉了本都一些村庄参战，"刘蔡冤"又叫"都蔡冤"。

光绪三十三年（1907 年），惠安辋川前张村方肴与陈江水因讨赌债发生争吵，导致方、陈两姓爆发械斗。时间延续三年。②

光绪三十三年，惠安涂岭因藏匿孩子导致两姓械斗。③

光绪三十四年，惠安洛阳镇因客栈争客导致有宗族参与的械斗，时间延续三年。④

民国十三年（1924 年），晋江安海镇黄姓与颜姓，因祖墓风水导致两姓械斗。张林乡的张姓，因张、颜同宗而助颜姓。驻扎在泉州的军阀孔昭同派兵前往弹压，遭张、颜族人伏击，事态进一步扩大。几经周折，孔昭同得 2.8 万元赔款而息事。⑤

民国十六年，惠安张吴村因盗牛导致两姓械斗。时间延续三年。⑥

民国十六年，泉州东门外田园坑与后园因争夺水源导致宗族械斗，时间延续七年。⑦

民国十六年，晋江陈埭西边与高岑因争夺水源导致两姓械斗，时间延续 15 年。⑧

民国十八年，晋江东石蔡氏宗族同肖下渔民因争海港产权而械

---

① 李锐：《刘蔡冤》，《晋江文史资料》第 9 辑。

② 王成龙：《辋川械斗惨案》，《惠安文史资料》第 1 辑。

③ 李玉昆：《试论泉州历史上的械斗》，《泉州文史》第 10 期。

④ 吴毓芬：《昔日洛阳码头工》，《惠安文史资料》第 5 辑。

⑤ 同③。

⑥ 同③。

⑦ 曾连昭：《略述泉州近郊解放前刘氏年间的旱灾》，《泉州文史资料》第 13 辑。

⑧ 同上。

斗。民国十八年，泉安汽车公司董事会议商定：将公路通到东石，在东石建码头，并与厦门海运公司商定由顺安轮每天定时定班从东石开厦门。由于东石蔡姓同肖下渔民因海港产权发生械斗，码头无法修建。后来，马来亚华侨蔡天锡向肖下渔民买下海港的产权，并将这张产权契献给蔡姓，械斗终告平息。①

闽南宗族械斗有三大原因：

1. 国家衰败。

当封建国家衰老时，其社会控制的能力就衰微。封建国家的衰老和腐朽的表现是多方面的，国防力量捉襟见肘，只好让海疆边民自保，就是其中之一。自明代嘉靖以后，福建民间各宗族纷纷建立家族武装、团练乡兵，使得宗族间的矛盾向武装对抗升级。所谓"前明之季，海氛不靖，剽劫公行，滨海居民各思保护村庄，团练乡勇，制造戈兵……百姓习于武事，其间聚族之人，挟睚眦之嫌，辄至操戈相向，彼此报复，习以为常"②。于是，宗族间的武装械斗事件频频发生，成为福建地区尤其是漳州、泉州两府的一个非常特殊而又十分严重的社会问题。如清代同安马巷厅一带：

> 民皆聚族而居，习尚嚣凌，以强欺弱，以众暴寡，睚眦之仇，动辄列械互斗。……地方官员下乡查办，明知其敝于斗案，完结之后，其命案不得不以缉凶了事。甚者需造累年斗杀，并不报官为之清理，只得延请公正绅者往为调处，则计两造所伤人命，照数准抵，多则赏以银钱，名曰赔补，每名多则百余千，少亦数十串。其钱或出于本乡之匀摊，或出公亲之赔垫。……愚民无不以斗为乐，踊跃从事，转辗报复，数世不休，性命伤

---

① 蔡福藩：《东石码头地产公司》，《泉州文史资料》第 2 辑。参见李玉昆：《试论泉州历史上的械斗》，《泉州文史》第 10 期。

② 《皇朝经世文编》卷二十三《治械斗论》。

残，死而无悔。（马巷）厅属弹丸之地，查历年斗案共有三十余起，每起百十名至数十名不等。经年累岁，愈积愈多，思欲逐案清理完，属无从措手，此械斗之难治也。[①]

寓兵于民，是嘉靖年以后明清王朝强化基层社会统治的方法。在闽南，地方政府甚至从海疆边患的角度出发，私下鼓励民间设置军事防御设施和器械。而一旦失控，就成为地方动乱的资源。如明清闽南土堡和土围楼修建的第一推动力缘于倭乱，但在接续的土堡建设中，就与族际紧张乃至械斗有关了。漳州土堡盛于闽南，而漳州土堡、围楼甚多的漳浦、平和、云霄、诏安，也最是闽南宗族械斗的高发区。土堡和土围楼具有很强的防卫功能，正是这个原因，漳州沿海的云霄、平和和诏安，尽管械斗最盛，但伤亡情况不算惨重。撰于道光十年（1830 年）左右的陈盛韶《问俗录》描述道："（诏安）四都之民，筑土为堡，雉堞四门如城制，聚族于斯，其中器械俱备。二都无城，广筑围楼，墙高数刃，直上数层，四面留空，可以望远。合族比栉而居，由一门出入，门坚如铁石，器械毕具，一夫疾呼，执械蜂拥，彼众我寡，则急入闭门，乞求别村，积弱为强。"陈盛韶接着谈起土堡、围楼缘起以及械斗祸害："其始由倭寇为害，民间自制藤牌、短刀、尖挑、竹串自固。后缘海盗不靖，听民御侮，官不为禁。至今遂成械斗张本矣。江、林、沈、程、许、徐斗案，死者数十人，张、胡两村斗几百年。田地荒芜，死者难于仆数。"[②]

2. 强凌弱。

地域内的家族共利，由乡族组织控制地方事务和协调各家族之

---

①　程荣春：《桐轩案牍》，马巷厅任内。

②　陈盛韶：《问俗录》卷四《诏安县·土堡》，书目文献出版社，1983 年。

间的比较和谐的关系，这只是中国封建社会晚期福建民间家族外部关系的一个方面。而在另一个方面，割据性的家族制度具有很强的排他性，特别是为了争夺对于地方社会的控制权，家族与家族之间，乡族与乡族之间相互欺凌、相互对抗的情况也处处可见。前引张集馨所说"大姓欺凌小姓，而小姓不甘被欺，纠数十庄小姓而与大族相斗"颇能说明问题。嘉庆时曾经在福建担任地方官的姚莹也说："平和地界闽广，从古为盗贼之薮，自王文成平寇乱而始建邑，其地溪岭深阻，掺簧丛密，无三里五里之平，岩壑蔽亏，彼此阻碍，民皆依山阻水。家自为堡，人自为兵，聚族分疆，世相仇杀，故强凌弱，众暴寡，风气顽犷。……民则以户姓之大小，支派之富贫为强弱，一夫振臂，和者千百，其势汹汹。"[1]　道光时陈盛韶《问俗录》说：漳州一带，"强凌弱，众暴寡，福建下四府皆然。诏安小族附近大族，田园种植，须得大族人为看管，方保无虞。其利或十而取一，或十三而取一，名曰包总。否则强抢偷窃，敢怒不敢言"[2]。吴增《泉俗激刺篇》云："械斗祸最深。彼此同一乡，既分大小姓，又分强弱房"，说的还是强凌弱问题。

3. 宗族视"细故"为"大事"。

闽南宗族械斗的起因在外人看来，都是些小事。上述的清末民国时期泉州（惠安、晋江）发生的九起大械斗中，除了后三起以争水源、争海港为肇因，其他六起的导引依次是：祖厝风水、讨赌债、藏匿小孩、客栈争客、祖墓风水、盗牛。这六个引起械斗的事情基本上确如地方官员所说的"雀角细故"。但是，在宗族看来，风水关系到宗族命运兴衰，甚重之。如果"细故"牵涉到宗族风水，举族就要为维护族运而抗争。此外，在宗族看来，族人受欺就是宗族受

---

① 《皇朝经世文编》卷二十三《上汪制军》。

② 陈盛韶：《问俗录》卷四《诏安县·包总》。

侮，宗族就要为面子而抗争。这就是宗族观念逻辑，这就是"细故"
酿成族斗之大祸的缘故。

在宗族制度十分严密、血缘观念十分浓厚的闽南民间，人们普
遍认为宗族的荣誉受到损害是不能容忍的，即使是很微小的事情，
只要有损于宗族的荣誉，每个族人都应挺身而出，不得苟且。宗族
与外部的抗争、械斗，不论是出自意气面子，或是出自经济利益，
都使族人感觉到宗族势力对于自身安全和权益的庇护，感受到宗族
存在对于自身存在的必要性。一旦族人与外族发生冲突，举族就会
齐心协力，一致对外。如云："乃通族之羞，非一人私愤，其公费等
钱，除养子孙外，照依派盐丁数均出，如有恃顽不出者，会众同
取。"① "事关通族，将历年所积羡余公动公用，不敷就族上、中、
下丁协鸠济公；或族人罹外侮者，公同出力，若分心异视，通族摒
弃之……能捍大患，御大侮，保全子姓，通族倚重祀之，显有功
也。"② 这种共御"外侮"的观念，有时会非理性地将族际并无涉及
宗族"大事"的个人纷争激化为族际群体纷争，乃至诉诸武力。

应当指出，并不是不同宗族个人之间、家族之间的纷争都会导
致宗族纷争乃至械斗，否则，宗族械斗的频率将会很高。由小事引
起的族际纷争，通过族长之间的沟通，以及公亲、乡族组织的调解，
常可达成息事宁人的效果，有的个人甚至以宽阔的胸襟，消弭纷争，
达成谅解。由此而观，教育可化愚顽，良风可敦和谐，革除械斗的
"教化"说，确有深刻的道理。南靖奎（龟）洋上洋庄氏后美祠有一
联文："和气始能生瑞气，书声方可振家声"，③ 上联的"和气"，应

---

　　① 晋江《浔海施氏族谱》天部《族约》，见陈支平：《近 500 年来福建家
族社会与文化》，第 127 页。

　　② 惠安《骆氏族谱》附记《倡义立字稿》。

　　③ 《漳州氏族源流汇编》，第 112 页。

是包括族内外。晋江塔江刘氏祠堂厅壁嵌有碑刻一方，碑文劝导和亲族、睦乡人："勿因睽眦细故，旧怨复萌。勿因口角微嫌，前仇顿作。勿得弱肉强食，须知桑梓敬恭。勿得尔诈我虞，须念朱陈婚姻……相助相扶，兴仁兴让，化互乡为仁里，卖佩刀以买牛。"① 南靖书洋萧氏宗族的族规的"睦乡党"云："凡处乡党，当以古法，出入相友，守望相助，疾病相扶。乃若以强凌弱，以众暴寡，以富吞贫，横暴者以欺其良善，此后世之弊，最为可戒。或有非礼以加我者，则避逊之而勿较，其或不得已不得避，则国有常宪，不必私与之争。孟子所谓：行有不得者，反求诸己而已矣。"② 清同治年间，晋江葛州杨氏家族与林氏家族因盖房碍及祖坟发生冲突，双方族长进行协商，最后立下合约。明万历年间，泉州城内林氏家族的林欲栋、林欲楫兄弟先后登进士第，林欲栋迁工部尚书，林欲楫任礼部尚书，故称"兄弟两尚书"，高官显赫。时泉州一唐姓任地方官，兴建府第与二尚书家毗邻，为一墙基两家发生争执，二尚书家族派人上京告争，要尚书老爷修书责成地方官处理好争端。二尚书倒显得宽宏大度，并不以势压人，只于回函中写诗一首："千里修书为一墙，让他三尺亦何妨。万里长城今犹在，不见当年秦始皇。"接信后，二尚书家主动退让三尺。唐家见尚书胸怀宽广，谦逊礼让，也让地三尺。两家礼让，让出一条六尺巷，即今位于文化宫东侧的"礼让巷"。③

　　光绪二十九年（1903年）至民国十八年（1929年），是泉州地区械斗频发的时期，九起械斗（有些械斗间断式地延续数年）已令人触目惊心。然而，若以宗族数量为基数，发生率是相当小的，也

① 粘良图：《晋台祠堂及姓氏源流·塔江刘氏祠堂》。
② 台湾《萧氏族谱·萧氏家规》，1977年重编本。
③ 见苏黎明：《泉州家族文化》，第164页。

就是说绝大多数的宗族之间还是相安无事的。较之剑拔弩张的族际关系，也有一些宗族的族际关系是不错的，个别甚至是相当好的。漳浦县旧镇一带，陈、张、钟、吴四姓比邻而处，和谐友好。乾隆五年（1740年），在翰林检讨张公光的倡导下，四姓"供奉圣母，以庙为祖，鸠集父老，分为四房，序以昭穆"。民国十三年（1924年）四姓重修天后宫，抚今追昔，感慨："比邻之间同姓既可为兄弟，则异姓亦可同祖庙。"①

第三节　官府对械斗的处理和认识

清代嘉庆以后闽南吏治腐败，不少官员竟然利用械斗渔利，虽也有尽职的官员能劝谕，甚至对引起宗族冲突的隐患加以防微杜渐，可惜，随着时间的推移，后者愈来愈少。对于械斗的消解和根除的办法是以学校为中心的教化。

1. 渔利。

封建官吏在处理械斗案件时，宁承担缉查不力，也不肯下力实办。尤其严重的是，在械斗激烈进行时，官吏作壁上观，等械斗收场时进行勒索。道光二十二年（1842年）张集馨在福建任职时记道："漳州毗连粤省潮州……其俗专以械斗为强，而龙溪、漳浦、云霄三属为尤甚。……斗之时，营县不敢过问，若亲往阻挠，矢石立至。惟俟两姓收场后，差役前往收械斗费。近则斗者日穷，规费拖欠者多，不能视为利薮。"②

嘉庆年间云霄厅同知薛凝度对本地官吏如何借械斗渔利了解甚

---

① 《重修天后宫序》，见王日根：《明清民间社会的秩序》，岳麓书社，2003年，第45页。

② 张集馨：《道咸宦海见闻录》，第62页。

周详，他说：

> 械斗最为漳泉恶习，而其械斗之风，半由地方官有以酿成
> 之也。雀角鼠牙，其始不过两言而决。乃怠缓者既不能早为清
> 理，而不肖者更得赃鬻狱，颠倒而失其平。官府之公道不昭，
> 百姓之私怨日积，弱者泣饮吞声，强者乃攘臂呼群，列械而争
> 先报逞矣！漳泉积习，盖非一朝一夕之故焉，乃地方官不以械
> 斗为地方之祸端，而转以械斗为官府之利薮，利其犯法而后逼
> 其行贿。故虽可以禁止之械斗，文武衙门坐视不救，以待其成。
> 而后率兵役到乡，不拘正凶，而逼勒富户派出兵费差费，盈千
> 累万。不从则延烧遍抢，玉石俱焚。富户不得已敛钱送官，求
> 安买静尸亲亦得钱息讼。……且虽械斗，而官府仅派富户出钱，
> 而凶犯之可以不拿到案也，而械斗乃不畏官府矣！遂不可止矣！
> 此实云霄民不畏官而械斗之所由来也。[1]

2. 调停。

当乡族组织无力解决宗族之间的矛盾时，政权的司法作用就派
上用场。如安溪山珍黄氏家族，"七世一晖设书馆于牛头号寨埔。梁
大受说占他田畔，上挖不休。迨至明隆庆丁卯，族首曰中公往县据
理争辩，言得了结。"[2] 晋江锦马林氏三世祖长乐令林抟墓，在晋江
二都磁灶乡。清康熙九年（1670 年）二月被当地土豪吴诞吉挖占，
葬他祖父之柩。锦马林氏族人获讯后阖族公愤，各地支族族长联合
诉官。经过多方的交涉，最后官府判吴氏无理，把地交还林氏家族。
晋江儒林唐氏族长控告张氏家族："我先祖儒林公，肇基晋江三都樟
林乡，科登乡进士，任征辟知县，有政声。欲起盖唐衙，即栋折榱
崩，尚有唐厝基石、唐厝埕、唐厝井作遗据。有埕围被张家侵占，

---

① 嘉庆《云霄厅志》卷二《学校》。
② 《善珍黄氏族谱》，见苏黎明《泉州家族文化》，第 155 页。

清乾隆年间，我壁里族长召集三房流芳乡，以及西山族长向阻，控告在案。可惜先祖之业八百余年之倒塌，几为张家所有矣。"① 此事得到县衙处理。

国际汉学人类学一致认为，中国封建社会中，尤其在华南，国家政权仅仅延伸到县一级，县以下的乡村实行自治。这一看法大体正确，但不够准确。封建国家在县级政权仍然像章鱼伸开其长长的腕足，伸入到基层社会。宗族之间关系的仲裁和制衡作用，就是县衙"腕足"所发挥的功能。

3. 教化。

教化，是减少乃至杜绝械斗的最好方法，这是不少官员的认识。宗族与械斗固然有联系，但不是必然联系。根据明清地方志中的议论，械斗以漳为甚，而民风之"悍剽"亦以漳为首。对于民风与械斗的关系，时人已有洞察，一些官员主张从移风易俗来对械斗进行釜底抽薪。薛凝度在其主修的《云霄厅志》中将主讲械斗的内容编在卷二《学校》，其因在于："械斗最为漳泉恶习"，"积习相沿"，"不立学校，无以正其本"。薛凝度认为：械斗与健讼好斗的民风有关，"惟有建学明伦，则弦颂可消讼狱之气"。②

清末吴增撰《泉俗激刺篇》，其中议论械斗云："蔑天理，无人心，械斗祸最深。……械斗祸一起，杀伤数十里，四解尸，冢发骨，乡里毁成灰，田园掘成窟，伤心惨目有如是，不知悔祸不讲理。劝君快设小学堂，学堂不兴祸不止。"

通过教化，提高人的素质，对械斗进行釜底抽薪，确有见地。宗族尽管有排他性，但只有在民风悍狠和吏治腐败的情况下，宗族才会长出伤害他族的尖牙利爪。宗族与械斗没有必然的关系。

---

① 《儒林唐氏家谱》，见苏黎明《泉州家族文化》，第155页。
② 嘉庆《云霄厅志》卷二《学校》。

第十章

闽南宗族形态在台湾的延续与变异

早在宋代，闽南沿海，尤其是泉州，土地不堪人口负荷的矛盾已经显露，明清时期更甚。这个矛盾转变为移民的驱动力，因此，经商往南洋，垦殖到台湾，成为闽南移民的两大走向。清代台湾移民大多数是闽南籍，因此可以将清代台湾宗族社会基本上视为闽南宗族社会的延异。

在垦殖台湾的浪潮中，移民急切形成社会组织来求得生存和发展，血缘关系人口的集中远不如以地缘关系人口的集中来得快速。这样，以漳、泉府籍乃至县籍的移民，以奉祀原乡神明的宫庙仪式产生认同的群体成为移垦社会最早的社区组织。紧接着，以同一地籍（以县籍为普遍）、同一姓氏形成的虚拟血缘宗族，以及原居地宗族的成员形成的重组宗族迅速登场，成为清代台湾移民社会普见的宗族组织。台湾移民主要增长于乾隆嘉庆时期，一个开台祖繁衍的后裔一般要百多年才能形成宗族。这就意味着开台祖后裔的血缘宗族一般出现于咸丰年之后。这就是 1860 年左右台湾由移民社会转型为定居社会重要的内在依据。

以同一县籍、同一姓氏为纽带而合成的虚拟血缘宗族，是闽南宗族组织在台湾的变异。族际斗争中出现的诸姓宗族整合为单姓宗族联盟，以及族谱编纂中以同姓统合为一个基本上是虚拟血缘的大宗族，这两个闽南宗族社会新出现的基质，台湾虚拟血缘宗族对原乡这种新基质有进一步演绎。同一宗族的族亲形成的重组宗族，是闽南宗族人口在台湾的重新整合。开台祖或开基祖后裔形成的血缘宗族，是闽南宗族形成机制在台湾的继续运作。以一、二世田产提留的祭祀公业为基础、建祠滞后，是台湾血缘宗族与闽南宗族的突出差异。这些都是闽南宗族形态在台湾的延续与变异。并且，在台湾宗族社会的演进过程中，延续中有变异，变异中有延续。

第一节 清代台湾的宗族发展类型

因渔而暂住兼事农，由暂住而常住再定居，这是大陆汉民开发北港的方式，也是大陆汉民开发台湾最早的历史图景。到了明代末期，北港的汉族人口已有一两万人。[①] 1662 年郑成功驱荷复台后，数以万计的人口集中移住台湾。1683 年康熙统一台湾后，移民赴台以涓滴成流的方式进行。乾隆嘉庆期间移民数量剧

---

① 陈碧笙：《台湾地方史》，中国社会科学出版社，1982 年，第 38 页。江日升《台湾外记》卷六记载："查自故明时，原住澎湖百姓有五六千人，原住台湾者有二三万人，俱系耕渔为生。"

增。嘉庆中期，台湾汉族人口接近 200 万。移民及其后裔大多数是漳泉籍，少数是潮梅籍。在乾隆至道光年间，新型（虚拟或重组）的宗族组织陆续涌现。此前，也有数量甚少的传统和新型宗族组织。咸丰年以后，台湾由移民社会开始向定居社会转型，血缘宗族大量涌现。

台湾学者将清代台湾的宗族分为"合约字宗族"和"阄分字宗族"。合约字宗族指同一祖籍地（主要是县籍）的同姓成员，按照契约形式，依议例纳份钱、集资置田（"祭祀公业"）、祭祖会餐，以此组成虚拟血缘宗族。还有一种是来自原居地宗族的族亲也按照这种虚拟血缘宗族的组建方式，重组宗族。台湾学者也将这种宗族归入合约字宗族。阄分字宗族指某一开台祖或开基祖的后裔形成的宗族。开台祖或开基祖的第二代在阄分析产时留一部分田产为祭田，即"祭祀公业"，这种家族的祭祀公业后来成为宗族的祭祀公业。在庄英章先生的调研中，确有开台祖或开基祖的第二代在阄分析产时留一部分田产为祭祀公业的例子。然而，开台祖或开基祖并非都能留下产业（主要是田园）而成祭祀公业。如果是第三代以后的阄分而有的祭产，那就不是整个家族的而只属于家族某代某房的祭产，以后也不会成为整个宗族所共有。因此，所谓的阄分字宗族的祭祀公业主要应不是"阄分"而生，而是其他形式（如发迹族人的捐献，或者也按丁份集资置产）而来。鉴此，所谓"阄分字宗族"命名并不准确。这一命名成为深入探讨这类血缘宗族族产形成的障碍。有的学者将这种主要由闽南宗族组织在台湾的延续与变异而出现的合约字宗族和阄分字宗族作为福建宗族组织的两种基本类型，^① 有本末倒置之嫌。

早在康熙晚期就有合约字宗族的记载："台鲜聚族，鸠金建祠宇，凡同姓者皆与，不必其同枝共派也。"^② 但这只是指开发时间久的台湾县新出现的情况，在台湾西部平原南北两路移垦地区尚未呈现这种新习。从"台鲜聚族"一语可知，同宗聚族的血缘群体还是有的，只是很少见，但既然非同宗共祖的同姓都要鸠金建祠，那么血缘宗族当然更早就建有宗祠了。

---

① 郑振满说："在清代台湾的开发进程中，合同式宗族曾经发挥了重要的作用"，"清代台湾的'阄分字宗族'或'小宗族'，一般都是经由分家而形成的继承式家族"。在其概念中，"合约字宗族"和"阄分字宗族"可以分别与"合同式宗族"和"继承式家族"置换。他又将"合同式宗族"、"继承式家族"，另加一个派生性的"依附式宗族"作为福建宗族组织的三个基本类型。所谓"依附式宗族"，即"继承式家族"变质后转化而成。见《明清福建家族组织与社会变迁》，湖南教育出版社，1992年，第203、212、63、81页。郑振满在解释"合同式宗族"时，用士绅以入股集资置田以祭一二世祖墓进行例说（第107～110页）。其实，头几代祖先的墓祭，皆是族中若干人作为代表为之，这是通例，费出的何种方式并非决定宗族类型的关键。至于例举的族内诸房出田建墟，墟税收入诸房公平分配（第105页），这是房族采用出田合作建墟的经济活动，宗族组织的性质不因之而发生变化。郑振满认为，"明清时期福建各地的散居宗族，一般都是合同式宗族"（第111页）。"散居宗族"与"聚居宗族"相对，是跨地域的若干个宗族，它们的"继嗣关系"不一定可靠（第19、111页）。且在福建，散居宗族有"合同"者实属少见。此外，他认为"'阄分字宗族'或'小宗族'一般就是继承式宗族"，即"不完全分家析产的结果"（第212、63页）。他所说的"不完全分家析产"指分家析产时留一部分作祭田。但在福建，宗族的形成几乎是在建祠后才设置祭田，因此所谓"不完全分家析产的结果"是宗族内的某代房分成为有祭产的房族，而不是宗族。当然，福建所谓的"合同式宗族"往往有真实血缘关系，这不同于台湾"合同式宗族"的血缘虚拟。

② 范咸：《重修台湾府志》卷十三《风俗一》，中华书局1984年影印本，第2074页。

台湾县这种开发已久的地区出现同姓合成的宗族，也仍以建祠作为建立宗族的根本举措。就这点来说，其宗族形成的标志与大陆原乡是一致的。上引的这条"鸠金建祠"的记述接着叙道："祭于春仲秋仲之望，又有祭于冬至者。祭则张灯结彩作乐，聚饮祠中，尽日而罢。"既有祠堂，又有祭祀，当然有供奉的始祖。由于只是同姓合为一族，所祭始祖一定是"唐山祖"，而且历史久远，以便成员认同。南投县林圯埔（竹山）东埔蚋刘氏宗族所奉的始祖刘仲三，据称是开基南靖县春雅社的"汉高祖之子"，遽不可信。在急速垦殖的移民浪潮中，像台湾县那种契约式的建祠合族的形式基本弃用，急不可耐的移民尚未建祠，便以"祭祀公业"的设置开始宗族组织的创建。这是台湾移民社会时期宗族形态的显著特点。这种特点也不同程度表现于重组宗族和后来的血缘宗族。

精确地说，祭祀公业的实质不只是祭产，它含有祠祭的内容。祭祀公业的收益用于祭祖，逢祭日族众聚饮"吃公"。血缘宗族祭祖，除了极少数以墓祭替代祠祭，多数是以"祖厝"、"祖厅"或"公厅"这种祠堂雏形作为祭祀之所，或者是其他权宜的祭祀场所。公厅是家族共有的祀先厅堂。后来家族发展为宗族而未建祠堂时，家族公厅即成宗族公厅。甚至血缘宗族已建祠堂，仍依惯习称为"公厅"。罕闻虚拟宗族或重组宗族的祠堂叫"公厅"。

合约字宗族和阄分字宗族的命名很有地方特色，但比较不明确且缺乏学术上的通约性。为了方便，以"祭祀唐山祖的血缘族人的重组宗族"和"祭祀唐山祖的虚拟血缘宗族"指称"合约字宗族"，以"祭祀开台祖的血缘宗族"指称"阄分字宗族"。这三个概念可以简化为"血缘族人的重组宗族"、"虚拟血缘宗族"和"血缘宗族"，甚至还可以简化为"重组宗族"、"虚拟宗族"和"血缘宗族"。

庄英章先生对清代南投县竹山镇宗族形成过程的研究是一个有代表性的区域宗族史的个案调研。① 以下转引竹山镇宗族史资料，进行类型分析，进而结合台湾宗族发展史的综论，来展示清代台湾宗族社会发展的概貌和宗族类型。

1. 祭祀唐山祖的血缘族人的重组宗族。

（1）社寮庄招富、招贵堂的宗族。

清嘉庆十五年（1810 年），社寮的庄妈盛为谋求宗亲的和睦团结，以抵御外姓之凌辱，乃发起鸠资置庄姓公业，远至集集、清水沟，凡是庄姓宗亲皆可参加，共同祭祀开基南靖龟洋的始祖三郎公。庄姓祭祀公业有派下 200 多人，要集会聚餐等事颇不方便，乃议分"上（顶）下两公"，取"富""贵"两字而命名。"顶公"名"招富"，"下公"名"招贵"。嘉庆十六年召开宗亲会议，让派下人自由选择归依。"顶公"设在社寮以北的田中央，派下人有 60 余名，水田二甲余；"下公"设在社寮，有派下人110 余名，水田五甲余。两公均以祭祀祖先及教育子孙为宗旨，派下人以当初参加者为限，派下人死亡由其子继承。祭祀公业通常由族亲中最有权势者掌管，时有管理人侵占公业的事发生，致使不少派下人脱离祭祀公业。

日据中期以后，公业的收入增加，于是族亲中乃议建祠堂。"下公"在 1925 年兴建庄氏家庙，号"招贵堂"；"顶公"也在翌年兴建一幢庄氏家庙，号"招富堂"。两"公"均在农历十一月四日举行祭典，祭祀共同的始祖庄三郎，并且举行聚餐，全体派下人每户派一人参加，俗称"吃公"或"吃祖"。日据末期，日本政府为了消灭汉人的宗族意识，因此有征收祭祀公业之议。

---

① 庄英章：《台湾汉人宗族发展的若干问题》，《民族学研究所集刊》第 36 期（1973 年秋季刊）。以下引用的 12 个宗族资料均来自此文。

"下公"由于管理人的偏私，曾经发生土地纠纷，又恐公田被政府征收，乃于1936年变卖财产，分配给各派下人。"顶公"派下人中亦有建议出售公共财产者，但因管理人的反对而未遂。其时议定公业之基本章程，重新拟定派下人之名单。1939年通过招富公业章程，除了设管理人掌握公产和祭祀等事外，又设置理事会负责审议会计收入及账簿整理工作。理事任期三年，连选得连任。

"顶公"自1939年重新拟定公业章程后，派下人共有30名，由于派下人的资格是父子相承，至1972年派下人增加到56名。"顶公"有一甲多的公田，由派下人承租耕种，每年的收入除了充当祭祀及"吃公"的费用外，还设置子女教育补助金。后来由于派下部分人迁居都市或因工作的关系，往往无法参加祭祖及"吃公"，特将祭祖日期改为11月的第一个星期天。祭祖仪式相当简化，参加的代表已不限于男性，妇女也可参加。"下公"由于失去共同财产的支持，每年定期举行祭祖及"吃公"的活动也就取消了。目前仅剩下家庙两边的几间房子出租，以充当祭祀之费，由管理人负责祭祀，其他派下人已不再参加，"下公"实际上几近解散。

（2）林圮埔崇本堂的宗族。

清乾隆五十三年（1788年），林圮埔地方的林姓族人为怀念林圮开拓之功，募款建祠。嘉庆七年（1802年）由林施品首倡，向林圮埔附近林姓殷户募款重建。咸丰五年（1855年）林姓族人捐款修祠。除春冬两祭外，每逢清明、端午、中元、重阳、除夕等节，亦行小祭。管理人从林姓主要族人中遴选，任期无限制，不置炉主，仅设首事，由湾仔、街仔尾（林圮埔下街）、竹园子、猪头棕、下埔等五区各推举一人担任，轮流主持祭典事宜。崇本堂有水田约二甲，旱田四甲余，房地约五分，以其收益充作香灯费及祭典费。台湾光复后，崇本堂的土地因都市计划而增值，于是重新组织一个宗亲团体，派下人限于竹山镇的林姓，只要住在竹山镇内的林姓均可参加，如果迁离竹山则取消派下人资格。现有会员 417 名，设理事会，聘干事一人，以管理崇本堂。每年冬至召集派下人，举行祭祖仪式，并分发纪念品。1968年崇本堂出售部分土地财产，扩建崇本堂，该堂成为竹山最豪华的祠堂。

值得注意的是，林姓族人建祠后，议定：只要在竹山的林姓者均可加入林氏宗族，一旦离开竹山，则宗族成员的资格便被取消。鉴此，林姓宗族与庄姓宗族的重组是有差异的，原有血缘关系的庄姓整合为一个宗族，随即按地缘关系分裂为两个宗族。而林姓族人立祠组成宗族后，允许本地（竹山）的林姓加入。林姓宗族是血缘兼地缘的宗族，或者叫血缘兼虚拟血缘的宗族，是一种混合型宗族。

小结：庄姓在社寮设祭祀公业时，远至集集、清水沟的庄姓宗亲参加，后由于居住分散，分成两个"房族"祭，这说明散居对于血缘凝聚力起着削弱作用。嘉庆年间，庄姓刚置祭祀公业时派下就有 200 多人，说明若干族人开垦后，原居地族人续至。垦点产生后，引族亲或乡亲续至，这是移民垦台的主要模式。每年除春冬两祭外，每逢清明、端午、中元、重阳、除夕等节，亦行小祭，这说明林氏宗族的整合性较强。庄姓和林姓的宗族都是闽南"母族"通过分散徙台而聚族形成的"子族"，这种情形最有宗族复制的意味。此外，庄姓从置公业到建祠历经 110 多年，而林姓则于乾隆五十三年（1788 年）设祭祀公业又建祠。

2. 祭祀唐山祖的虚拟血缘宗族。

（1）后埔子曾氏祠堂的宗族。

早期沿革不详，据传在清道光初期，后埔子地区一些来自漳州的曾姓为了团结宗亲以抵抗外来的侵扰，组成一个祭祀公业，供奉曾子公。曾氏祭祀公业现有派下人 130 名，早期的资料不详，设有管理人一名，处理祭祀公业。每逢冬至举行祭祖，全体派下人一起"吃公"。曾姓于 1890 年建了简陋的祠堂，1931 年重建。目前曾氏祠堂在后埔子街道两旁有房地产出租，收入充当祭祖"吃公"的费用。

（2）东埔蚋刘氏家庙的宗族。

道光三年（1823 年）左右由东埔蚋的刘神崁首倡，联合附近各庄的刘姓组成祭祀公业，并募款兴建刘氏家庙。供奉一世祖刘仲三（相传为汉高祖之子，居福建省南靖县春雅社）、二世祖刘季五、刘季六等神位。每年清明、端午、中元、重阳及冬至等节举行祭典，以冬至为大祭，延请道士诵读"三静咒"。刘氏家庙创建未几，即由刘姓宗族人募款购置田园二甲余，以其收入充当香灯费及祭典费。1912 年，刘来旺首倡募款重修祠堂，同时又添置五分余园地。设管理人一名，以管理祠堂的事务。管理人由族人遴选，任期并无限制。近年来刘氏祠堂的土地渐减，收入已不足维持祭典费，因此每年仅在冬至日由管理人备简单祭品祭祀而已，全体派下人不在一起参加祭典。

（3）砠硐陈五八祠堂的宗族。

陈五八祭祀公业于清乾隆四十六年（1781 年）八月十四日成立于沙连堡林圯埔，当时有 35 名来自漳州府平和县的陈姓垦民联合出资组织祭祀公业，供奉他们在漳州的祖先陈五八，约在清朝末期兴建陈五八公祠堂，每年春秋两祭，全体派下人一起"吃公"。日本殖民统治时期派兵进犯竹山时，日军在陈五八祠堂枪杀数十名抗日分子。自此，陈五八宗族成员不在祠堂祭祖，改为轮流在派下人家中举行祭祖。后因竹山实施都市计划，殖民当局为开辟市区道路而强行拆除陈五八祠堂，加上派下人对祭祀公产产生纠纷，祭祖仪式中断。台湾回归祖国后，部分派下人在硿磶重新组织陈五八祭祀公业，设置代表三人，任期四年，轮流管理一分多的公共土地，并负责主办春秋两次祭祖仪式，春祭时举办"吃公"活动，全体派下人均可参加。

小结：三例祭祀唐山祖的虚拟血缘宗族中，后埔子曾姓于道光初期设祭祀公业，1890年建祠；东埔蚋刘姓于道光三年（1823年）建祠，随即置祭田；硿磶陈姓于乾隆四十六年（1781年）设祭祀公业，清末建祠。

3. 祭祀开台祖的血缘宗族。

（1）社寮张创公厅的宗族。

张氏渡台始祖张创，生于清雍正十一年（1733年）。祖籍为福建省漳州府龙溪县，张创排行第四，乾隆中期与一位兄长渡台抵社寮。乾隆三十九年兄长去世，其嫂吴氏欲回龙溪，翌年乃订立分家契约，吴氏回福建，张创定居社寮谋生。张创定居社寮，力田耕作，稍有积蓄。生子三人，长子早卒，次子天球，继承父业，务垦水沙连，家道渐兴。嘉庆十九年（1814年），天球与陈佛照等四人合资开浚隆恩圳。嘉庆末年，张天球又开拓浊水溪以北的八杞仙地区（今中寮乡）。其长子焕文留居社寮，其余三子移居新开垦的土地，导致后来张创宗族分成社寮、中寮两大支派。张创宗族分为三房，有祭祀公业，由三房轮流耕种，并负责祭祖费用。道光十三年兴建公厅。咸丰四年（1854年），二房的张焕文选为恩贡生。台澎提督学政裕铎，为其立匾曰"贡元"，因而奠定张创宗族在社寮的基础。日本殖民统治初期浊水溪大泛滥，张创宗族的祭祀公业大部分被洪水冲失，仅剩下公厅附近的部分房地产，因缺乏祭祀公产的支持，每年全体派下人祭祖的仪式也就取消了，社寮与中寮两地的派下人乃渐渐疏远。1952年重修"开基祖妈"（张创之妻）的坟墓，全体派下均分摊费用。

1956 年重修公厅却只有社寮的派下人负责，迁居中寮的派下人并未参与此事。

简言之，社寮张姓的开台祖张创，于乾隆早期迁台，开基竹山，留有祭祀公业，其后裔约在同治年以后形成宗族，道光十三年（1833 年）兴建公厅。

（2）社寮陈佛照公厅的宗族。

陈佛照在乾隆末年从福建漳州南靖迁到社寮。他在嘉庆末年曾与张天球等合资开浚隆恩圳，灌溉社寮地区的农田。陈佛照有六子，分为六房，历代务农，迄今传至第八代，早期有系谱记载，到日据末期该族没落后则不再记载系谱。陈佛照留下公产三甲，由六房轮流耕种，各房每六年轮耕一次，轮到耕种公田者则负责该年的祭祀费用。每年清明节前后，请历师择一吉日扫墓，祭祀他们的渡台始祖，祭祀后并请村中的耆老一起参加他们的"吃公"，场面盛大。在日本殖民统治时代，二房的陈克已经商发迹，1915 年捐建公厅。陈克已不仅在宗族内有很大的影响力，而且在社寮的公共事务上也扮演重要角色。1936 年，陈克已过世后，一些迁居彰化、集集等地的陈姓族人要求分公产，祭祀公业均分后不再定期举行祭祖及"吃公"的活动。台湾回归祖国后，不少宗族成员迁移他处谋生，目前还住在社寮的仅剩下 13 户，宗族几近解体。

简言之，社寮陈姓开台祖陈佛照，于乾隆末年迁台，开基竹山，留下祭祀公业，其后裔在清末形成宗族，1915 年建公厅。

（3）溪洲子陈氏家庙的宗族。

渡台始祖陈朝，约在清雍正年间从福建漳州府漳浦县迁到南投的隘寮。其子陈寄又迁移到现在的羌仔寮，迄今已传至十一世，派下人有 60 户。他们有系谱记载，派下人之间的系谱关系相当清楚。目前住在羌仔寮附近的派下人有 44 户，其余的分散在南投县各处。陈寄曾留下一甲左右的土地，作为祭祀公业，一直设专人管理。1921 年兴建陈氏家庙，供奉渡台始祖陈朝及历代高曾祖考妣。1946 年正式成立理事会，设理事四名，监事一人。各由派下人推选，任期三年，连选得连任。陈朝宗族现有族产水田五分，由四位派下人承租耕种，此外，在公路旁又有四分多的房地产，出租给其他村民兴建店铺，收入充当祭祀费用及派下人子女教育补助金。每年清明节全体派下人每户各派一人参加祭祖及"吃公"。陈朝宗族历代大多是务农为生，到了第七代曾出了一位武秀才。第八代以后则有多人参与地方政治活动，先后有担任台中州议员、南投县议员及竹山镇农会理事长之职务者，目前他们在竹山地区的政治活动还颇具影响力。

简言之，溪洲子陈姓开基祖陈寄，是开台祖陈朝之子，约在乾隆年间来到竹山，留有祭祀公业，其后裔约在同治年之后形成宗族，日据时建家庙。

（4）林圯埔叶福兴堂的宗族。

开基祖叶初，漳州府平和县人，生于清康熙四十六年（1707年），卒于乾隆五十五年（1790 年）。叶初父名叶保，排行第四，与其长兄位五一起渡台。叶初何时迁抵林圯埔不详。他务垦于林圯埔一带田园，乾隆五年在林圯埔东南兴筑猴雅寮陂，为竹山地方凿圳之滥觞。根据他们的系谱，迄今已传至第八代，约有 40 余户。叶初生子建，建又生六子，分为六房。渡台始祖留下共同财产及猴雅寮陂水权，由六房轮流收取水租，同治元年（1862年），五房的国显发起兴建福兴堂，俗称叶氏宗祠，供奉叶氏历代祖先之神位。福兴堂设管理人一名，负责管理祠堂一切事务。每年岁俗时节，各派下人均前往祭拜。日据时期，猴雅寮陂被政府征购，叶福兴堂仅留下若干公共土地财产。1946 年五房的叶万枝又倡修福兴堂，修护费用大部分均由叶万枝负担。目前每年清明节举行祭祖仪式，全体派下人用所提供的祭品一起"吃公"。

简言之，林圯埔叶姓的开基祖叶初，应于雍正至乾隆初年迁台，开基竹山，留下水租为祭祀公业，其后裔约在咸丰年形成宗族，同治元年建福兴堂，即叶氏宗祠。

（5）猪头棕陈尊德堂的宗族。

渡台始祖陈高，漳州府海澄县圳尾社人，生于清康熙十六年（1677 年），卒于雍正六年（1728 年）。何时渡台不详，可能在康熙年间抵台湾府嘉义县盐水港。第四代孙陈意迁抵沙连堡林圯埔。陈意之孙莲池，咸丰四年（1854 年）四月授修职郎。莲池之子上达，曾协力建造云林县竹城，后授奋武郎。陈上达于光绪三年（1877 年）迁居猪头棕，建尊德堂。上达有三子，即绍唐、绍平及绍祯等三房，其后代组成"陈上达祭祀公业"。他们有详细的系谱记载，至 20 世纪 70 年代有派下人 15 名，公共土地二分余，设管理人一名，负责祭祀公业的事务。他们已不在尊德堂祭祖，仅清明节前后择一吉日扫祖墓，由三房轮流负责预备祭品，公共财产的收入仅供维持祠堂的香油费及缴纳地租，因此并不举行"吃公"的活动。

简言之，猪头棕陈姓开基祖是开台祖陈高的曾孙陈意，约在乾隆末年或嘉庆初年开基竹山，当时已近 40 岁，应携妻带子而来，猪头棕陈姓是以他为开基祖繁衍的后裔，约在清末形成宗族。陈意曾孙于光绪初年建尊德堂，未交代此前有无祭祀公业。但根据庄英章先生后来的著述，咸丰四年（1854 年）组成"陈高祭祀公业"。[1] 从开基祖算起，建祠的陈莲池是第三代，因此此时设的祭祀公业只是家族公业。第四代陈上达所建的尊德堂也

---

[1]　庄英章说："陈意之孙莲池，咸丰四年授修职郎，因此组成陈高祭祀公业。"见《林圯埔》，上海人民出版社，2000 年，第 189 页。

只是家族祠堂。只有到了清末，猪头棕陈姓形成宗族，陈高祭祀公业和尊德堂才转变为宗族祭祀公业和宗族祠堂。

（6）硿碏廖武威堂的宗族。

渡台始祖廖孟，汀州府永定县人，生于清康熙五十六年（1717 年）。雍正年间渡台，先抵台南，后迁沙连堡林圯埔街之南郊，以制陶为业，该地遂称"硿碏"。从渡台始祖迄今已八代，现有派下人 80 余户，其中约有 60 户住在硿碏。他们早期有系谱记载，现已不再记载。1925 年兴建武威堂，俗称"廖姓公厅"。现有公共土地八分，收入充当祭祀费，但是全体派下人已不一起祭祖，由管理人负责祭祀，其余派下人各自来公厅拜祭祖先。

小结：根据祭高祖以上才为宗族的指标，即：前五代为家族，第六代以后为宗族。除硿碏廖姓之外，其他五例中，有四例很早就有祭祀公业，若以 25 年为代际，至少要约 125 年之后才会形成宗族。也就是说，乾隆元年（1736 年）以前迁台的移民，其后裔在移民社会时期形成宗族；乾隆元年以后迁台的移民，其后裔则在定居社会时期（咸丰末年之后）形成宗族。这里的血缘宗族的形成时间即依此估算。林圯埔叶姓开台祖于乾隆早期迁台，开基竹山，其后裔约于同治年形成宗族；猪头棕陈姓是开台祖的曾孙，约在乾隆末年或嘉庆初年开基竹山，尽管开台祖来台时间较早，但开基竹山是其曾孙，故后裔形成宗族迟至清末；溪洲子陈姓是开台祖之子于乾隆时开基竹山，其后裔约在同治年之后形成宗族。社寮张姓和社寮陈姓到竹山的开台祖分别于乾隆早期和乾隆末年开基竹山，其后裔先后在同治年间和 20 世纪初形成宗族。竹山血缘宗族大多数是宗族形成也配备祠堂，少数宗族即使建祠滞后，间隔时间也比虚拟宗族和重组宗族明显要短。

从台湾人口增长的情况来看，康熙二十二年（1683 年）郑氏归清后，郑氏官兵和部分移民迁回大陆，汉族人口一度减少到7 万至 8 万人，不过很快回升。根据档案资料，台湾人口：乾隆二十八年（1763 年）为 67 万，乾隆四十七年为 91 万，嘉庆十六年（1811 年）为 190 万。① 也就是说，台湾人口在乾隆末年约100 万，嘉庆末年约 200 万，人口的增长主要是移入的增长。竹山宗族发展史的资料显示，乾隆以后迁台的移民，其后裔在定居社会时期才形成宗族。大陆移民迁台多数在乾隆以后，因此台湾血缘宗族一般形成于定居社会时期。这一宏观的估计与台湾学者具体研究的结论是一致的。

庄英章和陈运栋通过实证研究并综合同行的研究，指出：台湾汉人宗族组织有两个类型，一种是以"合约字"为基础所组成的"会份尝"（合约字宗族），另一种是"阄分字"为基础所组成的"血食尝"（阄分字宗族）。"会份尝"成立的时间较早，大约在乾隆末期至嘉庆年间。"血食尝"成立的时间较晚，大约在咸丰年之后。换言之，"会份尝"成立的时间是 1860 年以前的移垦社会时期，而"血食尝"成立的时间则大多在 1860 年以后的土著化社会时期。② 这一观点得到越来越多的验证。有些台湾学者认为庄英章先生关于竹山宗族建祠的发展相对于全台情况偏滞缓，王崧兴先生等人就认为："至 1850 年时，台湾各地已普遍有宗庙家祠的建立。"③ 这个看法显然有误。

---

① 陈孔立：《清代台湾移民社会研究》，九州出版社，2003 年，第 32 页。

② 庄英章、陈运栋：《台湾头份的宗族与社会发展史》，刊于《历史与中国社会变迁研讨会论文集》，"中研院"三民主义研究所，1981 年，第362 页。

③ 见陈其南：《台湾的传统社会》，第 172 页。

第二节　闽南宗族形态在台湾的
延续与变异

台湾移民社会时期普遍出现的血缘宗族是某一开台祖后裔形成的继嗣群体。这种继嗣群体是依照原乡宗族形成机制进行复制。台湾学者陈其南在其《台湾的传统社会》一书中指出："在台湾土著化了的汉人社会，实际上是把台湾汉人在华南原居地的社会形态重新在台湾建立起来。换句话说，台湾汉人移民在后期虽然独立发展出一个土著社会来，就如华南汉人社会之为土著社会一般，但其社会结构形态是相同的，特别是表现在宗族发展的过程上。"①

当然，血缘宗族在台湾的发展也有一些变异，如不少宗族的形成是先有祭祀公业而建祠滞后。

台湾移民社会时期大量出现的虚拟宗族是一种变异性宗族，但也有对闽南宗族社会新出现的基质（族际斗争中出现的诸姓宗族整合为单姓宗族联盟，以及在族谱编纂中以同姓统合为一个大宗族）的继承和演绎。台湾学者将移民社会时期出现的重组宗族和虚拟宗族都包括在合约字宗族里。从形式上看，似乎在理，但从台湾宗族对闽南宗族形态的延续和变异的角度，这两种宗族在类型上差别很大。重组宗族主要是延续性的，而虚拟宗族基本是变异性的。

原乡同一宗族的族亲以自愿为原则、以"丁份"以及"祖公份"组成祭祀公业的祭祀群体，是移民社会时期重组宗族的一种类型。彰化社头乡的萧氏宗族就是这样的祭祀群体。陈其南先生同意清代

---

① 陈其南：《台湾的传统社会》，第 181 页。

台湾宗族分为合约字宗族和阄分字宗族，他又将这两种宗族分别称为"唐山祖宗族"和"开台祖宗族"。① 然而，他在对彰化社头乡萧氏宗族的调研中，发现该宗族对于唐山宗族的"移植性"。

彰化社头乡萧氏宗族源于漳州府南靖县书洋乡萧氏宗族。书洋乡萧氏宗族的宗祠是芳远堂，两大房的房祠是书山祠、斗山祠，书山祠下的若干代支祠是车田祠、深丘祠、龙山祠等。彰化社头乡萧氏宗族也有芳远堂、书山祠、斗山祠、车田祠、深丘祠、龙山祠等。有的世代有祠，有的世代无祠，但每代祖先之祭都设置有祭祀公业。祭祀公业以半自愿原则按"丁份"组成，交纳丁份的萧姓成员便组成"丁仔会"。并且，丁仔会的成员是某一开台祖的后裔。丁仔会的丁份数量大多数是固定的，以当时出资者的数目为准，无论历经多少代均不变。这样，经过若干代后，后裔较多的一个丁份便由数十人共有。这些丁仔会可视为基本的祭祀团体。若干个丁仔会还可以组成更大的祭祀团体，称为"祖公会"，祖公会多以股份组成。例如，第三代的伯海公祭祀公业为六股，由第四代的四个丁仔会各认一股，剩下的两股由第六代的仕朝公丁仔会认五分之二，第八代的五个丁仔会认五分之三。又如，第四代的团钦公祭祀公业也是祖公会，有四股，分别由第八代的长、二、三、六房各认一股。和加入丁仔会一样，这些祖公会都有派下的房或丁仔会没参加。例如：积玉公（芳远祠）祭祀公业，第六代仕经公丁仔会没参入；奋公（书山祠）祭祀公业，其派下的第二代永仁公丁仔会及第三代伯河公丁仔会都没加入。也就是说，祖公会是一种半自愿性的祭祀团体，而不是包括完整的亲属团体。②

---

① 　陈其南：《台湾的传统社会》，第 143～144 页。
② 　同上书，第 145～149 页。

陈其南先生将丁仔会和祖公会称为"'移植性'的宗族团体",根据是:它们所祭祀的是以未曾到过台湾的唐山祖为对象;组织方式不是闽南宗族的房支组织,而是采取某一开台祖后裔组成的丁仔会,以及由丁仔会组成祖公会的形式。

其实,用闽南宗族形态在台湾的延续和变异来描述这种"移植"可能更准确。以某一开台祖后裔组成的丁仔会以替代闽南宗族房支的组织形式是一种类型的变异,而以地缘关系重组血缘组织则是另一种类型的变异。如前述南投县庄姓宗亲,嘉庆十五年(1810年)由社寮的庄妈盛发起鸠资置业,以庄姓公业整合了社寮等三处的庄姓族人,共同祭祀开基南靖龟洋始祖庄三郎。后因族人居住不集中,公议分为"顶公"、"下公"两个群体,分别供祭庄三郎,公业也析分为二,由族人自由选择归依。"顶公"、"下公"的组合,就是采用以地缘关系重组血缘组织。

重组宗族首先是血缘关系的认同和聚合,其次才是契约形式组成祭祀公业而整合起来。尽管闽南宗族不可能举族迁移台湾,但可以通过积少成多的方式在一处汇聚起一定数量的族亲人口。庄英章先生指出:"竹山各宗族的渡台祖都是单独的移民。"[①] 但就来自闽南某一宗族的移民来说,即使渡台时是"单独的",渡台后可以结伍成群。以庄先生例举的南投县庄氏宗族来说,当时来台的庄姓族人也不见得都是"单独的",来台后更是汇聚而众,如嘉庆十五年组成祭祀公业的以竹山社寮为主的庄姓族人多达170人。竹山社寮庄姓来自南靖龟洋,据南靖龟洋庄氏族谱的迁台族人的资料,兄弟都赴台湾是普遍的方式。兹按原编谱顺序将渡台族人记载转述如下:

---

① 庄英章:《台湾汉人宗族发展的若干问题》,《民族学研究所集刊》第36期,第130页。

1. 十四世良玉的二子汝镕（"渡台"——原注，下同）、汝嘉（"渡台"）。

2. 十四世廷玉子绍本（"渡台"）。

3. 十四世元进二子朝煌（"迁台湾桃简堡"）、朝炳（"迁台湾桃简堡"）。

4. 十四世元学二子朝孟（"迁台湾八里盆"）、朝爽（"迁台湾八里盆"）。

5. 十一世王任四子（按：有六子）应章（"渡台"）、应文（"渡台"）、应诚（"渡台"）、应贤（"渡台"）。

6. 十四世伟子朝裕（"渡台"）。

7. 十三世芳章子（按：有二子）世达（"雍正元年同妻沈氏，子朝港、朝茶、朝学，迁台湾八里盆堡长道坑，后移和尚洲"）。

8. 十六世明真子纪雄（"渡台"）。

9. 十五世朝坚子（按：有二子）明容（"渡台"）。

10. 十四世世亨四子朝绵（"渡台"）、朝宜（"渡台"）、朝殷（"渡台"）、朝信（"乾隆间，同子明亲、明厚、明真，全家迁台湾"）。

11. 十四世世弼二子宽直（"迁台湾南投"）、克信（"迁台湾南投"）。

12. 十四世世锐二子朝辉（"孙伯敬迁台湾南投"）、朝凤（"孙靖和携子文定迁台湾漳化东门"）。

13. 十七世辉斋二子鸿瑞（"渡台"）、鸿场（"渡台"）。

14. 十六世金镇子复旦（"渡台"）。

15. 十六世凤苞子锦江（"渡台"）。

16. 十二世应盛子文显（"渡台"）。

17. 十三世志伟子元臣（"携子三人渡台"）。

18. 十四世肥三子檐（"渡台"）、对（"渡台"）、出（"渡台"）。

19. 十四世象三子操（"渡台"）、月（"渡台"）、丁（"渡台"）。

20. 十五世我老三子文彬（"渡台"）、令（"渡台"）、彭（"渡台"）。

21. 十五世淇篆二子护（"渡台"）、书（"渡台"）。

22. 十四世二子（按：有四子）文套（"渡台"）、文尚（"渡台"）。

23. 十四世雪子文央（"渡台"）。

24. 十三世可钱二子莅（"渡台"）、圣（"渡台"）。

25. 十四世三子吴殿（"渡台"）、吴甫（"渡台"）、光杖（"渡台"）。

26. 十三世志基五子贞（"渡台"）、贯（"渡台"）、伴（"渡台"）、克（"渡台"）、伍（"渡台"）。

27. 十四世扁子金唇（"渡台"）。

28. 十四世洞三子咏（"渡台"）、自（"渡台"）、旦（"渡台"）。

29. 十四世可铰三子光恒（"渡台"）、光咸（"渡台"）、光图（"渡台"）。

30. 十六世首茅子天眼（"渡台"）。

31. 十五世勿蚌子心梭（"渡台"）。

32. 十四世曦驱二子乾（"渡台"）、简（"渡台"）。

33. 十五世魁二子钮（"渡台"）、桧（"渡台"）。

34. 十五世尚澄二子栋（"渡台"）、松（"渡台"）。

35. 十六世文海子松岩（"渡台"）。

36. 十五世文清子崇祥（"渡台"）。

37. 十四世仲举子观（"渡台"）。

38. 十五世在老子珠美（"渡台"）。

39. 十三世志鹏三子（按：有五子）亦兼（"渡台"）、美士（"渡台"）、柳（"渡台"）。

40. 十五世文江子芳揩（"渡台"）。

41. 十五世文河子（按：有二子）芳梁（"渡台"）。

42. 十三世日炳五子可钰（"渡台"）、可铉（"渡台"）、可钎（"渡台"）、可锐（"渡台"）、可铖（"渡台"）。

43. 十四世献三子论（"渡台"）、次（"渡台"）、有（"渡台"）。

44. 十四世可镛二子汝代（"渡台"）、汝光（"渡台"）。

45. 十四世可钫二子文恬（"渡台"）、文浦（"渡台"）。

46. 十四世可铖四子种（"渡台"）、国（"渡台"）、威（"渡台"）、郎（"渡台"）。

47. 十四世可钱三子寸（"渡台"）、际（"渡台"）、腾（"渡台"）。

48. 十一世子桧二子（按：有三子）则吉（"渡台"）、则有（"渡台"）。

49. 十二世则兴二子（按：有四子）新（"渡台"）、保（"渡台"）。

50. 十三世日佑三子伯彻（"渡台"）、双能（"渡台"）、南经（"渡台"）。

51. 十五世师章二子钟（"渡台"）、滩（"渡台"）。

52. 十五世友居四子仕（"渡台"）、院（"渡台"）、昌（"渡台"）、旺（"渡台"）。

53. 十一世应钊子（按：有二子）子槐。

54. 十二世宣直二子志坡（"渡台"）、志圭（"渡台"）。

55. 十四世之铨子廷规（"渡台"）。

56. 十四世之镇（"子本、通、素、齐同渡台"）。

57. 十四世藏巧（"子东、南、西同渡台"）。

58. 十六世济文子仰中（"渡台"）。

59. 十七世谷辰二子（按：有三子）青萍（"渡台"）、结六（"渡台"）。

60. 十四世清雅子少言（"渡台"）。

61. 十四世统一二子（按：有三子）时快（"迁台湾水新街"）、时泽（"迁台湾水新街"）。

62. 十五世时漳子天瑞（"渡台"）。

63. 十四世伯祖（"子孝、礼、伦同渡台"）。

64. 十四世�静子坦人（"渡台"）。

65. 十三世志赤二子（按：有三子）绵梃（"渡台"）、迈千（"渡台"）。

66. 十三世正朴（"子辅、重、棒渡台"）。

67. 十三世志录子一烹（"渡台"）。

68. 十四世之铢（"子善、东渡台"）。

69. 十四世敦谨（"可人、润、海、乃恩渡台"）。

70. 十四世朴直（"子吴松、德新渡台"）。

71. 十四世联卫子恭志（"渡台"）。

72. 十四世质果（"子允洙、允泮渡台"）。

73. 十四世叠君（"子银、钱、火同渡台"）。

74. 十三世志墉子元镶（"渡台"）。

75. 十三世志起（"子德昭、灿、秉中、选同渡台"）。

76. 十三世志壕（"全家渡台"）。

77. 十三世志炯（"全家渡台"）。

78. 十三世敦敬子元钵（"渡台"）。

79．十四世帝生（"子光誉、象生、狮生、层生、榜生同渡台"）。

80．十二世则钭（"子渡台"）。

81．十二世则驰（"子志植、吴猛同渡台"）。

82．十二世则燮（"子志厚渡台"）。

83．十四世以日（"子海、万渡台"）。

84．十四世水保子文尺（"乾隆十四年迁台湾漳化县沙连堡社寮田中央经商"）。

85．十四世少钦（"子宜、牵、跃同渡台"）。

86．十四世日新（"子照、胆、送同渡台"）。

87．十四世光应（"乾隆初携子尚杰、尚俊、汝芳同渡台"）。

88．十四世南光（"乾隆乙卯年在台湾立军功，授雷州海防分府"）。

89．十三年世志坟（"子元求、肖怀、元首同渡台"）。

90．十四世宝赤（"迁台湾嘉义县打猫街"）。

91．十三世潜浮二子亨通（"迁台湾嘉义县打猫街"）、润水（"迁台湾嘉义县打猫街"）。

92．十五世忠慈（"子端友、汝提同渡台"）。

93．十五世仲珠子强高（"渡台"）。

94．十二世朴勤三子（按：有五子）元微（"渡台"）、京达（"渡台"）、益之（"渡台"）。

95．十六世大松（"携四子全家渡台"）。

96．十四世世弥（"迁台湾彰化县二林坳坮"）。

97．十四世世松（"携子近清、溪清迁台湾彰化县坳坮"）。

98．十四世世授（"乾隆初迁台湾淡水八里盆堡，后迁加纳堡"）。

99. 十五世等朴（"子跳、面渡台"）。

100. 十五世承沕子国俱（"渡台"）。

101. 十六世子上（"子丹霞、廷琮渡台"）。

102. 十五世承富子盛典（"渡台"）。

103. 十五世承翰子金河（"渡台"）。

104. 十七世廷俊（"子仰武、三晨、福建渡台"）。

105. 十三世志垦（"子尚钹、尚镨渡台"）。

106. 十五世纯直（"子天配、天略、信思、五祥同渡台"）。

107. 十三世德千（"子惆、瑞、弗、廉同渡台"）。

108. 十三世旭麟二子魁藏（"渡台"）、英斌（"渡台"）。

109. 十三世旭乞子早（"渡台"）。

110. 十三世旭秀子松耀（"渡台"）。①

在上引的资料中，兄弟皆往台湾的有67例（父携数子渡台也计内），占61%，其中或特别注明"同渡台"。在这67例中，兄弟3人至5人皆渡台的有33例，占兄弟渡台数的一半。父子、兄弟同往或同移垦一处，甚至全家同往，在龟洋庄姓移垦彰化社寮、集集、清水过程中，并非没有出现。澄清"单独"说的意义在于说明：同族成员可以在不太长的时间里，在一个开垦地集中，进而形成重组宗族。这种情况在移民社会时期的宗族中占有不算少的比例，在庄英章先生的竹山宗族调研取样中就占四分之一。

族亲在移垦地的集中，除了"筑巢引类"的主动方式，还有"散居汇聚"的被动方式。这种被动方式的驱力来自移民社会紧张而激化的族群关系。在族亲会集的过程中，"筑巢引类"和"散居汇聚"的方式先后追随，一起促进重组宗族的加快形成。

---

① 《漳州氏族源流汇编》，第31～43页。

基于族群矛盾激化的分类械斗是清代台湾移民社会突出的社会问题。闽粤械斗多数发生在早期,道光后期明显减少。漳泉械斗延续时间较长,在嘉庆至咸丰年间达到高峰。从区域来看,闽粤械斗和漳泉械斗多发生在北部;漳泉械斗除了北部地区以外,在彰化、嘉义地区也常发生。分类械斗逐步改变了过去某些地区不同祖籍移民混居的状况。①

就以来自南靖书洋的萧姓宗族所处的彰化平原来说,人口按祖籍分布的格局相当显著。靠海岸地区的几乎全是泉州人,而靠八卦山麓地带则分布着漳州人或潮州人。而漳州人与潮州人也有各自集中的倾向。这种集中使同一县籍的同姓更容易集中,也使来自原乡宗族的族亲也更容易汇聚。如社头以南、田中镇以北就是萧姓分布区;而田中以南到二水之间则为来自漳浦的陈姓的分布区。② 方言或土腔族群以及县籍人群的集中使原有的"同类援引"的移民样态,在"散居汇聚"的进一步强化下,促进重组宗族的加快形成。虚拟宗族和血缘宗族演进的加速过程也是如此。

社会文化传布的特征是延续,而新的社会环境会促使传布中的社会文化产生变异。这就是清代闽南宗族形态在台湾延续与变异的原因。社会文化延续与变异的科学原理是冷峻的,而闽台宗族的历史脉络至今依然充满血缘亲情的温热,一切人为的政治坚冰必将因之而消融。

---

① 陈孔立:《清代台湾移民社会研究》,第 379~383 页。
② 陈其南:《台湾的传统中国社会》,第 133 页。

后　记

　　在传统社会里，宗族作为基层的社会组织奠定了中国传统文化的基础，凝聚着中国传统文化的精华。基于文化传布的规律，华夏边缘的闽南汇集着丰富的中国传统文化。闽南宗族社会留下丰富的遗存，成为影响着当今和未来的文化遗产。并且，这些遗产还融入当代社会而焕发出生机。闽南宗族源远流长的历史和有如常青藤的社会脉络，紧紧地维系着海峡两岸。越过如衣带之水，我们联袂主编《闽南文化丛书》这本分册——《闽南宗族社会》，唱和着高山流水的闽南情。

　　本书各章作者如下：

　　绪论、第一、二、七、八、九、十章：郭志超；

　　第三章：郭志超、蒋俊；

　　第四、五章：郭志超、李虎；

　　第六章：郭志超、毛伟。

编者

2007 年 7 月

图书在版编目（CIP）数据

闽南宗族社会/郭志超，林瑶棋主编 . —福州：福建
人民出版社，2008.8
　（闽南文化丛书）
ISBN 978-7-211-05726-9

Ⅰ. 闽 ...　Ⅱ. ①郭 ... ②林 ...　Ⅲ. 宗族－研究－
福建省　Ⅳ. K820.9

中国版本图书馆 CIP 数据核字（2008）第 090328 号

（闽南文化丛书）

闽南宗族社会
MINNAN ZONGZU SHEHUI

作　者：郭志超　林瑶棋　主编			
责任编辑：史霄鸿			
出版发行：福建人民出版社		电　话：0591-87533169（发行部）	
网　址：http://www.fjpph.com		电子邮箱：211@fjpph.com	
地　址：福州市东水路 76 号		邮政编码：350001	
印　刷：福建省天一屏山印务有限公司			
地　址：福州铜盘路 278 号		邮政编码：350003	
开　本：890mm×1240mm　1/32			
印　张：8.5			
插　页：2			
字　数：197 千字			
版　次：2008 年 8 月第 1 版		2008 年 8 月第 1 次印刷	
印　数：1－3500			
书　号：ISBN 978-7-211-05726-9			
定　价：21.00 元			

本书如有印装质量问题，影响阅读，请直接向承印厂调换